新潮文庫

カズサビーチ

山本一力著

新潮社版

11070

カズサビーチ

アメリカ大陸
サンフランシスコ
ニューヨーク
ボストン
大西洋
パナマ運河
太平洋
ブラジル
リオデジャネイロ
ホーン岬

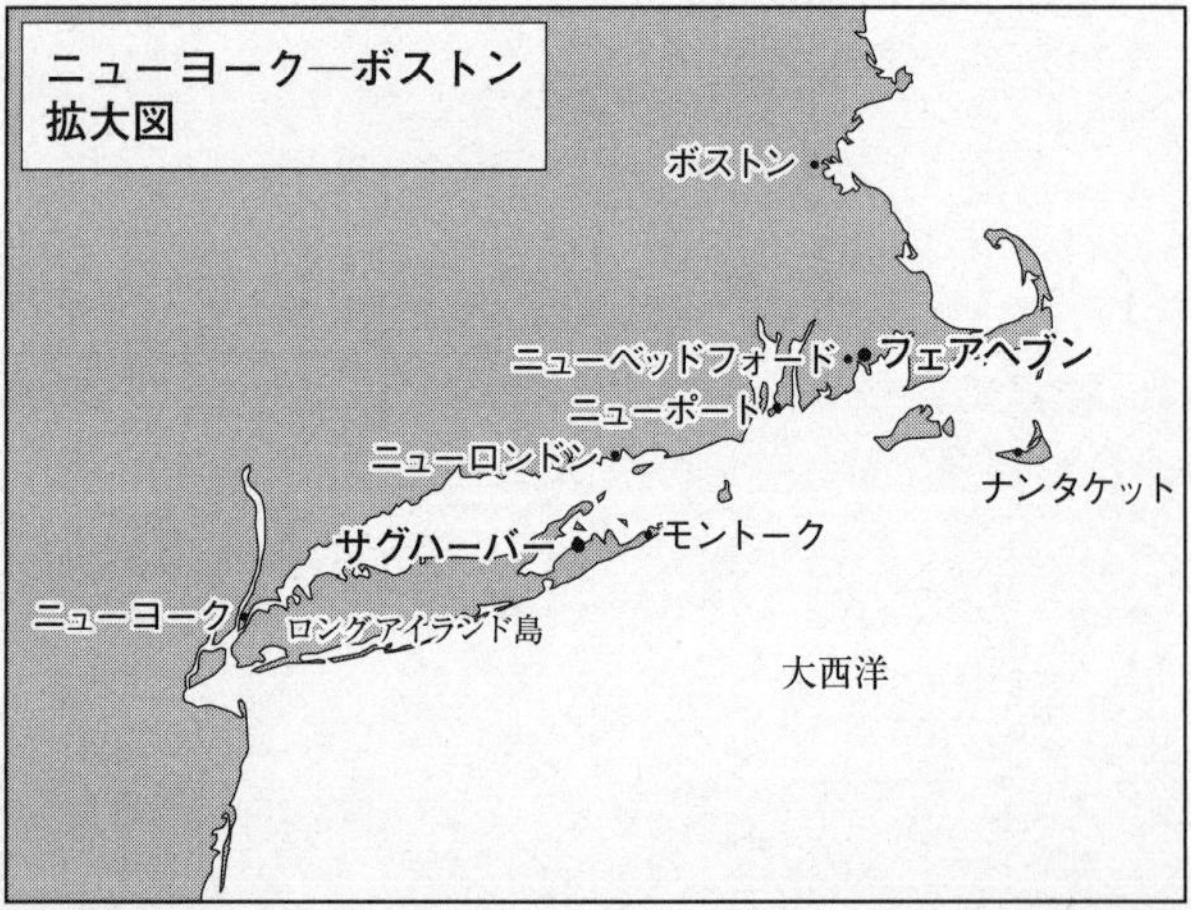
ニューヨーク―ボストン
拡大図
ボストン
ニューベッドフォード
フェアヘブン
ニューポート
ニューロンドン
ナンタケット
サグハーバー
モントーク
ニューヨーク
ロングアイランド島
大西洋

房総半島付近

江戸
銚子
九十九里浜
カズサビーチ
太平洋
浦賀
金谷
大多喜
城ヶ島
守谷村納戸浦
白子遠見番所（千倉）
洲崎御船蔵
野島崎灯火屋

I

1850（嘉永《かえい》三）年10月6日、日曜日の正午どき。

米国東部ロングアイランドの捕鯨《ほげい》基地サグハーバーは、この時季にはめずらしい晴天に恵まれていた。

海岸から高台の住宅地に向かう幾筋もの街路には、どこも樫《かし》の並木が植えられている。10月初旬の柔らかな陽を浴びた樫の葉は、忍びやかな緑色を見せていた。

サグハーバーの海員礼拝所は純白に塗られた二階家である。

周囲の邸宅との間に違和感を生じないように……配慮がなされた佇《たたず》まいである。芝生の庭には白い敷石の長いアプローチが、玄関前まで続く。玄関は5段の石段を登った上にあり、広いポーチが構えられていた。

日曜礼拝の終了後、庭で遊んでいたこどもたちは一斉に玄関ポーチへと駆け上がった。

礼拝所のキッチンから様子を見ていたスージーは、顔をほころばせてマーケイター・クーパー船長を見た。

「船長がなさるお話は、こどもたちに大人気ですのね」

「それは違います」

クーパーは鋏《はさみ》と剃刀《かみそり》で手入れしたばかりの、自慢のあご鬚《ひげ》を撫《な》でながら答えた。

「ミセス・スージーが焼かれたクッキーと、ホットチョコレートを飲みたくて集まってきたのです」

ミセス・スージーは礼拝所の管理人で、クッキー焼きが得意である。日曜日の昼過ぎに集まってくるこどもたちは、彼女が焼き上げたクッキーと、熱々のチョコレートが目当てのようだった。

「理由はどうであれ、礼拝所の椅子《いす》が埋まるほどのこどもが集まっているのです」

スージーはクッキーが山盛りになっている銀の盆を両手で抱え持った。

「今日もまた、楽しい海の冒険譚《たん》を聞かせてやってください」

「承知しました」

キャプテン帽子のつばに手をあてて、クーパー船長は答えた。

先に礼拝所に入ったスージーの周りに、こどもたちが群れをなした。

「ひとり3個ずつですよ」

年少のこどもから順に、スージーは紙ナプキンを1枚ずつ持たせた。26人のこども全員がクッキーを紙に包んだところで、船長が礼拝所に顔を出した。

年長の男児ふたりが礼拝所備品の台に設置された黒板を運び入れてきた。その子たちが長椅子に座ると、クーパーは話を始めた。

「今日は赤道の話と、南アメリカ大陸の一番南にあるホーン岬の話をしよう」

クーパーは礼拝所の黒板に3色のチョークを使って、南北アメリカ大陸を描いた。

「赤道というのは、南北に長いアメリカ大陸の真ん中辺りに位置している。ここは1年を通じて真夏だ」

こどもたちに目を閉じさせた。

「6月から7月にかけてのサグハーバーは、立っているだけでひたいに汗が浮かぶ暑さだ。きみたちも今年の夏がどうだったか、覚えているだろう?」

目を閉じたまま、こどもたちは大きくうなずいた。

「赤道直下は、その暑さの何倍も暑い。しかも1年を通じてだ」

うおおっという驚きの声が、礼拝所に満ちた。こどもたちの素直な反応を見たクーパーは、安堵《あんど》の吐息を漏らした。

この子たちは、まだ西海岸に毒されてはいない……と。

けた。

「もう目を開いていいぞ」

26人の男児・女児の目が、クーパーに注がれた。キラキラと輝いている瞳《ひとみ》に見詰められた船長は、分かりやすい言葉を選びながら、南米最南端までの帆船航海の話を続けた。

紙ナプキンに包まれたクッキーを、こどもたちは膝《ひざ》に載せている。クーパー船長の話に聞き入っている間は、どの子もクッキーのことなど忘れているかのようだった。

＊

クーパーがサグハーバーを歩いていると、おとなたちは敬意を込めた会釈《えしゃく》をした。海員姿の者はクーパーより年長者でも立ち止まり、先に敬礼をした。

サグハーバーにおけるマーケイター・クーパーは、知らぬ者がいない有名人である。しかも住人のだれもが、深い尊敬を抱いている人格者だった。

すでに5年前の話だが。

1845（弘化《こうか》二）年3月中旬、クーパーが船長を務める捕鯨船マンハッタン号は、クジラを追ってジャパン・グラウンドを航海していた。

ジャパンの首都・エドから真《ま》っ直《す》ぐ南に約324マイル（約600キロ）の海域を

航行していたとき。

「ひとが救助を求めています！」

マスト上部の籠番《かごばん》（見張り当番）が、甲板《かんぱん》のボースン（水夫長）に大声で報《しら》せた。

ボースンから報告を受けた船長は、航海を中断して救助に向かった。

無人島のトリシマにいた漂流民は男ばかり11人で、全員がジャパニーズの船乗りだった。

ジャパンは1850年のいまでも鎖国政策を敷いている。5年前ももちろん同じで、沿岸に近寄る外国船には警告なしの砲撃を浴びせた。

クーパー船長は危険を承知で、鎖国中のジャパンに向けてマンハッタン号を走らせた。

トリシマで船乗りたちを救助した翌日、さらに海上を漂っていた11人も助け上げた。

トリシマの漂流民とはまったく別の11人で、難破した船に取り残された水夫たちだった。

クーパー船長は合計22人もの漂流民を乗せて、ジャパンに向かった。捕鯨とはまったく無縁の、人道的行為である。

救助した者たちを送り届けた船長に対し、ジャパンは感謝の意を示した。帰国後は米国大統領からも賞賛された。

サグハーバーの住人たちは、子細は分からずとも、クーパー船長の勇敢な行動を称《たた》えた。

アメリカ合衆国では、いまも多くの開拓者が新天地を求めて移動を続けている。

道中に潜むリスクは、すべて自分の責任で負うというのがアメリカ人に共通した精神である。

難儀をしている者を見かけたときは、損得を考えずに手を貸す。

これもまた、アメリカ人の精神だと信じられていた。クーパー船長の行為は、まさにアメリカ人魂を見事に表していたと、サグハーバーの住人たちは考えたのだ。

クーパー当人も、マンハッタン号で22人の漂流民を救助したことは誇りに思っていた。同時に、米国捕鯨船乗組員の勇敢さ、規律正しさも大きな誇りとしていた。

しかし昨年西海岸で勃発《ぼっぱつ》したゴールド・ラッシュが、アメリカ人魂を地に墜《おと》してしまい、いまは深く悲しい思いを抱いていた。

マンハッタン号を下りたあと、クーパーはまた別の捕鯨船に乗船した。

昨1849（嘉永二）年8月、サグハーバーに帰港する前にサンフランシスコに立ち寄った。

西海岸から東部へは、南米大陸の最南端を回り、赤道を越えて向かうしかない。サンフランシスコは大事な補給地だった。

湾に入ったクーパーは、我が目を疑った。

寒流が流れて夏でも寒いサンフランシスコは、常に霧が立ちこめている。ところがクーパーが入港したときは、晴天で見通しがすこぶるよかった。

船乗り全員が舷側《げんそく》に集まり、目の前の光景に瞳を曇らせていた。

「なんてえざまだ、まるで船の墓場だぜ」

「おれたちの命を守ってくれた帆船に、なんだってこんな罰当たりなことをしやがるんだ」

眼前の眺めに、水夫たちはやるせなさを毒づきで表していた。

まさに帆船の墓場だった。

乗組員がいない船だが、高いマストはまだ多くが達者だった。そのマストの林の彼方《かなた》に、坂の美しいサンフランシスコが見えていた。

ところがどれほど目を凝らしても、坂や通りを行き交うひとの姿が見えない。湾に棄てられた帆船と同じで、町までが棄てられたかに見えた。

人前でため息をついたことがない船長が、思わずふうっと、深い息を漏らした。

これがゴールド・ラッシュなのか。

船長はあごを引いて見詰めた。

サンフランシスコに向かう手前のハワイで、すでに話は聞かされていた。

「毎日、何百人ものよそ者が、砂金目当てに押しかけている。多くは東部からの連中だ」

はるばる100日をかけて乗ってきた帆船は、ほとんどが湾に棄てられた。

「船乗りだって、砂金に目が眩《くら》んでいるのさ。船で揺られ続けて、3年かけて稼ぐ数百ドルのカネが、砂金なら1週間で手に入るからな」

そんな馬鹿《ばか》なことがと、クーパーは本気にしなかった。船乗りは砂金よりも豊饒《ほうじょう》の海が好きだと、信じていたからだ。

ところがサンフランシスコは、まさにハワイで耳にした通りの様相を見せていた。

あろうことか、水・燃料・食料を補給しているさなかに、下船する水夫が複数名いた。サグハーバーに帰ってから払われる報酬を捨ててでも、砂金で稼ぐほうがいいと考えたのだ。

船に残った人数が減って、1人当たりの作業はきつくなった。その代わり、逃亡水夫たちの報酬は、残った水夫に分配された。

クーパーの落胆は、サグハーバーに戻ったあと、さらに深くなった。

かつてはアメリカで一番の捕鯨基地として栄えたサグハーバーだったが、クジラが減るにつれて基地は北上を続け、いまではニューベッドフォードと対岸のフェアヘブンがアメリカ一の繁栄を誇っていた。

とはいえ水深が深くて大型船の発着に適しているサグハーバーも、クーパーが出航した1847（弘化四）年は相応の繁栄ぶりだった。

しかし、今年の6月に母港に帰ってきたとき、長い埠頭《ふとう》には1杯の捕鯨船すら舫《もや》われてはいなかった。

「この港町に残っているのは、わしらのような船から下りた者がほとんどだ」

町のパブで年配の船乗りから聞かされたとき、クーパーは外に出てため息をついた。

かつてのマンハッタン号の乗組員たちも、いまは大半が西海岸に移っていた。

このまま放ってはおけない。

強く抱いた危機感が、クーパーにこどもたちへの冒険譚語りを始めさせた。

立派な船乗りに育ってくれ。

強く願いつつ、隔週日曜日の正午過ぎから、クーパーは説教台の前に立っていた。

＊

「なにか質問はあるか？」

こどもたちに問いかけたとき、郵便配達夫が説教台に近寄ってきた。

「船長あての速達です」

手渡された封書には、ジョセフ・C・デラノの差出人名が記されていた。

2

例年、10月初めから11月下旬までは、分厚い雲がロングアイランド全体にかぶさった。

陽が差さない寒いなか、強い北風がモントーク岬の沖からサグハーバーに向かって吹いてくるのが常だった。

ところが1850年の10月初旬は、上着が不要と思われるほどの暖かな日が続いた。

ガラス窓の多いパブの内では、常連客は上着を脱いでテーブルを囲み、なかには半《はん》袖《そで》シャツの者までいた。

「こんなにぬるい10月は初めてだ」

「西のほうでは、いまも砂金、砂金で浮かれとるそうだ」

「陽気がいつもの年とまるで違うのは、ゴールド・ラッシュのせいに決まっている」

「まったくいまいましい話だ」

常連客たちは西海岸への文句をナッツ代わりにして、泡の美味《うま》いビールを堪能《たんのう》した。

話が盛り上がり、火照《ほて》りを感じ始めたあとは、銘々《めいめい》がガラス窓を開いた。

店を通り抜ける潮風の心地よさは、まるで真夏を思わせた。

が、この陽気も中旬を過ぎると一変した。

10月17日に顔を出したときのクーパーは、ジャケットに濃紺のコートを重ね着していた。

「コートをお預かりします」

店主の次女アンナが、二重ドアの内側でクーパーからコートを受け取った。

冬場はきつい北風にさらされる港町である。商店やレストランの出入り口は、どこも二重ドアの造りだった。

「ありがとう、アンナ」

クーパーはいつものテーブルについた。

サグハーバーの埠頭につながる大通りには、ガラス窓が美しいパブ「corne

r」が店を構えていた。

この店の名物は苦《にが》みの利《き》いたビールと、湾で獲《と》れるハマグリをふんだんに使ったクラムチャウダーだ。

店には船の舳先《へさき》を模したテーブル席「コーナー」が、1席だけ設けられている。席に着いて正面を見れば、波濤《はとう》を越えて疾走する帆船の舳先に立っているかのような眺めが得られた。

この席に座ることができるのは、座るに足るキャプテンだと店主が認めた男に限られた。

１８４６年から今日に至るまで、コーナーはクーパー船長の席とされ、クーパーが航海に出ている間は、空席とされてきた。常連客も、それを当然のこととして受け入れた。

航海から帰ったあとのクーパーは、ほぼ毎日コーナーに座り、ビールとフィッシュ&チップスを楽しんでいた。

オーダーしなくても、錫《すず》のカップに注がれたビールと、揚げたてのフィッシュ&チップスが盛られたバスケットが供された。

「ありがとう、アンナ」

アンナが笑顔を見せて下がると、クーパーはジャケットの内ポケットから封筒を取り出した。

つい今し方、クーパーの自宅に届いたC・デラノからの返信だ。前回同様、速達で届いた。

コットン紙の封筒は、シーリング・ワックス（封蠟《ふうろう》）で閉じられ、ワックスにはデラノ家の紋章が押されていた。

過日、海員礼拝所でこどもたちに講義していた折りに、C・デラノ氏からの書状を受け取った。

クーパーは即日、返事を書いた。コーナーに持参していたのは、その返信だった。

「クーパー船長の都合に合わせて、来《きた》る10月20日の日曜日、正午到着の船でサグハーバーを訪問させていただく」

羊皮紙《ようひし》の便箋《びんせん》に、およそこれらの内容が記されていた。

上等な羽根ペンを用いて書いたと思われる文字は、優雅な筆記体である。

読み終えた手紙を封筒に戻し、内ポケットに仕舞った。

10月20日の日曜日は3日あとである。ニューベッドフォードからC・デラノは船で向かって来ると記されていた。

多数の捕鯨船や貨物船を有するC・デラノのことだ。ニューベッドフォードからサグハーバーまでは、船を使うのが当然だと思われた。分からないのは「正午到着の船」という記述だった。

たとえ3本マストのシップ型大型帆船で向かって来る気だとしても、正午到着と時刻を明記した根拠を察しようがなかった。帆船は風次第で時間が大きく動くからだ。前日もしくは当日早朝にサグハーバーの近くで投錨《とうびょう》し、時間待ちをなさるのか？

これしかクーパーには考えられなかった。

たとえばリオデジャネイロとかギューアン（グアム）のように、港が深い入り江の奥にある場合は、湾への進入時刻を指定されることがある。

C・デラノ氏はいまもサグハーバーが大賑《おおにぎ》わいしていると思っているのだろうか？

浮かんだ考えを、クーパーは打ち消した。

サグハーバーも深い入り江の奥に設けられた良港だ。1847年に出航したときは、港湾事務所から出帆時刻を指定されていた。

しかし捕鯨船が姿を消したいまは、すっかり寂《さび》れている。C・デラノほどの海運長者が、そんなことを知らぬはずはない。

なぜ正午到着と明記してきたのか。

ビールを飲みながら、思案はまた振り出しに戻ってしまった。

「アンナ……」

思案に詰まったクーパーは、小声でアンナを呼んだ。他の客が少なかったこともあり、アンナはすぐに寄ってきた。

「わるいがここに来てくれるよう、ダニーの都合を訊《き》いてくれないか？」

「おやすいことです」

明るい声で応《こた》えたアンナは、キッチンへと足を急がせた。幾らも間をおかず、店主のダニーが顔を出した。

今年で47のダニーはクーパーと同い年だ。互いに相手を尊敬しており、相談を持ちかけたり持ちかけられたりも度々あった。

「これを読んでもらいたい」

クーパーは再び内ポケットから取り出した封書を、ダニーに差し出した。封筒を受け取る前に、ダニーは分厚いコットンの前垂れで両手を拭《ぬぐ》った。

読み終えると、娘を呼び寄せた。

「おれにコーヒーをくれ」

「イエス・チーフ！」

弾んだ声で応えたアンナは、急ぎいれたコーヒーを父親の前に供した。

ひと口すすってから、ダニーは話し始めた。

「船長がおれに知恵を求めたのは、なぜ正午と明記しているかじゃないのか？」

「まさにそのことだ」

錫のカップに残っていたビールを飲み干したクーパーは、静かにテーブルに戻した。

「どうしてそれが分かったんだ？」

「手紙の文面で、他には船長が理解できない部分はなかったからさ」

涼しい顔で答えたダニーは、熱々のコーヒーをすった。

「正午だと明記してきた理由に、あんたは想像がつくか？」

「つくとも」

ダニーは即答した。

「ぜひ教えてくれ」

クーパーは上体を乗り出した。

「船長に講釈するみたいで気がひけるが、この手紙の主は蒸気船でやってくるのだと思う」

つい先日、ダニーのいとこのカールがニューヨークから遊びに来ていた。

「マンハッタンの南にある桟橋には、何杯もの蒸気船が舫われているそうだ」

マンハッタン島を両側から挟んで流れているハドソン川とイースト川を、いまでは多数の蒸気船が行き来していた。

「運航時間が正確なので、蒸気船は運航タイムテーブルを表示している」

ニューベッドフォードからでも、蒸気船なら正確な到着時刻が予想できる。

「どうだろう船長、おれの考えは違っているだろうか？」

「お見事だ、ダニー」

クーパーは心底、ダニーが口にした推測に感心していた。

「その蒸気船は、相当の大型だと思う。正午というのは、わたしとランチを一緒にという意味なのだろうな」

ダイニング・ルームを備えた蒸気船で来る気なのだとクーパーは予想した。

「うちのクラムチャウダーをランチに出せなくて残念だ」

テーブルのバスケットに手を伸ばしたダニーは、自分で揚げたタラのフライを手にした。

クーパーも摘まみ、口に運んだ。

「今日のは、ことさら美味い！」

クーパーの物言いは正味《しょうみ》である。

ダニーの顔に満足の笑みが広がっていた。

3

ダニーとクーパーが推察した通りだった。

10月20日、日曜日の正午近く。

サグハーバーの埠頭は大騒ぎになっていた。

「蒸気船が近寄ってきているぞ！」

「うちの港に、いったいどんな用があるんだ」

長さ500ヤード（約457メートル）もある埠頭の先端に、年配の船乗りたちが群れをなしている。だれもが沖を見詰めたまま、驚きの声を交わした。

空は今日も濃い鉛色で、分厚い雲は低い。風は沖から陸に向かって吹く北風である。

純白の翼を広げて風に乗っているカモメも、ひどく寒そうな飛び方をしていた。

蒸気船は猛烈な勢いで黒煙を吐き出しつつ、向かって来ていた。

埠頭の先端まで400ヤード（約366メートル）に迫ってきた時には、外輪の回転する音も聞こえていた。

近づくにつれて、蒸気船の巨体ぶりが明らかになってきた。サグハーバーで見慣れていた捕鯨船よりも、はるかに船体が大きく、高さもあった。

「あの調子で向かって来たら、あと3分もかからずに接岸するぞ」

かつて捕鯨船の船長を務めていた白髪の男が、接岸までの時間見当を口にした。

読みは正しく、秒刻みで船は埠頭に近寄ってきた。

30秒で接岸すると思われたとき、コート姿のクーパーが姿を見せた。

「あの船は、船長に用があるのかね？」

興奮気味の男たちの問いにクーパーは答えた。

「そうです」

船を見詰めるクーパーの頭上で、3羽のカモメが円を描いて舞っていた。

＊

自分の居城に招き入れるか。それとも相手の居城に出向くのか。

名前が大きくなり、重たくなるに従って、ひとは面子《メンツ》を重んずるようになるらしい。

ニューベッドフォードの海運長者ジョセフ・C・デラノも、そんなひとりだった。

マーケイター・クーパーに用があるのはC・デラノのほうである。ゆえに100マイル（約185キロ）ほどの海を、借り上げた蒸気船で走ってきた。

しかし面談に臨むに際しては、相手を自分の居城に招き入れようとした。正午に到着するとの記述も、クーパーを埠頭まで呼び寄せるものだった。

ペリー提督から借り上げた蒸気船は、C・デラノのいわば出城《でじろ》である。

排水量440トンの蒸気船フォールリバー号は、3層デッキ構造で、最上部のAデッキには、景観を楽しみながら食事のできるダイニングが設けられていた。

クーパーとの面談場所を、C・デラノはそのダイニングに構えていた。

「多忙な船長にわざわざご足労いただき、まことに申しわけない」

今年で55になるC・デラノは、47のクーパーより年上である。

ニューベッドフォードの高台に構えた邸宅からは、フェアヘブンまで一望にできると評判だ。年長者で大富豪なら、相手に対する物言いが尊大になるのも仕方がないかもしれない。

C・デラノはクーパーを埠頭まで出向かせた詫《わ》びを口にしていたが、その物言いは軽いものだった。

ダイニングに入るまでのクーパーは、C・デラノの仕切りに従っていた。が、テーブルについたあとは違った。

「なぜマンハッタン号の子細をお知りになりたいのかうかがうまでは、ここで食事を摂《と》る気にはなれません」

まずはラウンジにでも座り、理由をうかがいたいとC・デラノに告げた。

「この席では駄目だという、確かなわけでもあるのかね？」

C・デラノの声が尖《とが》りを帯びていた。

「用件をうかがったあとで、存分に食事を楽しみたいだけです」

クーパーは穏やかな口調で答えた。が、譲歩はしないと表情が告げていた。

C・デラノは百戦錬磨のしたたかな事業家である。クーパーの強い意志を察したようだ。

「船長の言い分はもっともだ」

自分から先に立ち上がり、ラウンジに向かった。純白の制服姿のウエイターは、急ぎ足でC・デラノのあとを追った。

クーパーはいつもの歩調を変えず、背筋を伸ばしてラウンジへと進んだ。

＊

「船長は1845年にジャパンの役人たちと交渉をされたとうかがったが、それでよろしいか？」

C・デラノは回り道をせず、いきなり用向きを切り出した。

「マンハッタン号の船長として、ジャパンのブギョウやヨリキと交渉しました」

あの談判からすでに5年が過ぎていたが、クーパーは交渉相手の役職を、日本語で記憶していた。

クリップボードに挟んだメモパッドに、C・デラノは役職名を英語表記で書き留めた。鉛筆を置いたあとで、クーパーに目を向けた。

「甥《おい》のウォーレン・デラノに紹介を受けたというマシュー・ペリーなる海軍提督が訪ねてきた」

C・デラノはラウンジを見回した。余計な耳が周りにないことを確かめてから、話を続けた。

「ペリー提督は大統領の親書を携《たずさ》えて、近々ジャパンに向けて出発するらしい」

国策にかかわる大事に言い及んでいるのだ。周囲を気にするのも当然だった。

「わたしを訪ねてきた理由は、はっきりしておる」

C・デラノは一段と声を低くした。

「ウォーレンはフェアヘブンに住んでおる」

ウォーレンもジョセフ同様に、多数の船舶を保有する海運長者だった。

「ウォーレン・デラノ氏のことなら、わたしも知っています」

クーパーはソファの背に預けていた身体《からだ》を起こした。

「ならば船長、ウォーレンの持ち船のひとつが、貴君より4年も早く、あのトリシマで、ジャパニーズの漁師5人を救助していたのも知っておいでか？」

「まさか……それは初耳です」

クーパーは上体をC・デラノの方に乗り出した。

C・デラノにもクーパー同様のあご鬚があった。

右手で撫でて咳払《せきばら》いをしたあと、C・デラノも上体を乗り出した。

「続きはランチを摂りながらで、どうかね？」

C・デラノの両目には、手強《てごわ》い商人ならではの光が宿されていた。

4

3階のダイニングは、甲板から16フィート（約5メートル）以上上がったことで、外輪を動かす蒸気機関の騒音が大きく軽減され、丸い窓からはサグハーバーの景色が一望にできた。

長らく船長を務めてきたクーパーだが、蒸気船のダイニングは初体験だった。

「蒸気船がさらに大型になれば、大西洋でも太平洋でも自在に奔《はし》ることができる……そんな時代が到来するでしょうね」

波止場の先に広がる海を眺めながら、クーパーがつぶやきを漏らした。

「もはや蒸気船が主役の時代だ、船長」

C・デラノはクーパーのつぶやきを訂正した。

「風待ちも無用だし、凪《なぎ》に怯《おび》えることもない。わしを訪ねてきたペリー提督は、蒸気機関の軍艦をフラッグシップ（旗艦）として、長い航海に出る準備を進めておる」

さらりと言ってのけたC・デラノは、驚きを隠そうと努めている船長をテーブルへと誘った。

「ここで交わす話は、間違いなく長いものになる。ランチはしっかり摂ってくだされ」

C・デラノが右手を挙げるなり、ウエイターふたりがサービスを始めた。

最初に給仕されたのはスープでもサラダでもなかった。カリカリに焼いたベーコンを添えた目玉焼きである。

クーパーの顔が大きくほころんだ。

「船長の好みに合っていればいいが」

「なによりの好物です」

クーパーは目を細めて、1枚のベーコンを手で摘まんだ。揚げたようなベーコンを手で摘まんで食べるのをクーパーは好んだ。

目玉焼きは白身が分厚く、黄身には黒い粒コショウがたっぷり散らされていた。行きつけのcornerでも、高価な粒コショウを目玉焼きに散らしてはくれない。

船長は厚く焼かれた白身を味わったあと、黄身をフォークですくい、口に運んだ。

「美味い玉子です」

黄身の美味さに満足している船長に、コーヒーが注がれた。熱々で、ほどよく薄いコーヒーが船長の好みだ。

ウエイターが給仕したものは、まさに船長好みのコーヒーだった。

口に残ったベーコンの塩味をコーヒーで洗い流していたら、甘さと香ばしさが混ざり合った香りを漂わせている一品が運ばれてきた。

驚きを押さえ込み続けていた船長だったが、料理を見るなり……

「これはなんと！」

ついに驚きの声を漏らした。

供されたのは鯨油《げいゆ》を用いた揚げパンである。たっぷりかけられた蜂蜜《はちみつ》が、甘い香りを放つ源《みなもと》だった。

クーパーが指揮した捕鯨船では毎週日曜日の朝食に、蜂蜜添えの揚げパンが供された。鯨油に含まれた旨味《うまみ》が、硬くなったパンに染み通る、古いパンを巧《たく》みに生かした、捕鯨船ならではの船上料理である。

「まさか陸《おか》で、この揚げパンが食べられるとは思いませんでした。あなたも乗っておられたのですね」

心底からの笑みをC・デラノに見せた船長は、たちまち2切れの揚げパンを平らげた。

「代わりは幾らでもある」

「それはありがたい」

コーヒーと揚げパンのお代わりが、船長に供された。

「あなたが優れた捕鯨船船長であったことを、わたしは露《つゆ》ほども疑いません」

食事を終えたとき、クーパーはすっかりC・デラノという人物に魅了されていた。

食後に供されたのは、濃さを増したコーヒーとクッキーだった。

「話はわしから始めよう」

なぜC・デラノがクーパーの暮らすサグハーバーまで出向いてきたのか。その子細を話し始めた。

＊

1850（嘉永三）年8月下旬。ニューポート海軍基地所属の小型艇で、マシュー・ペリー提督は、ニューベッドフォードに向かった。

この港を母港とする捕鯨船ジョン・ハウランド号の船長、ウイリアム・ホイットフィールドに面会を求めてのことである。

しかしニューポート海軍基地の士官は、ホイットフィールド船長と連絡を取ることができなかった。船長は別の船で航海中だったからだ。

代わりにジョン・ハウランド号の共同オーナーのひとり、ウォーレン・デラノとの面談の約束を取り付けていた。

デラノ邸はニューベッドフォードの対岸、フェアヘブンにあった。港で仕立てた黒塗り馬車は、ウオルナット通りのデラノ邸馬車寄せに横付けされた。

5段の石段を上がりポーチに立った士官は、玄関ドア横に吊《つる》された飾り紐《ひも》を引いた。

柔らかな音色の鈴がドアの内で鳴った。

迎えに出てきたのは白い手袋をはめた執事である。士官が用向きを告げると、純白に塗られたオーク材のドアが内側に開かれた。

士官に告げられて、提督が馬車から出た。

「お待ち申し上げておりました」

執事が提督を案内したのは、ガラス窓から陽が差し込む応接間だった。

提督がソファに座るなり、当主のウォーレン・デラノが姿を見せた。

紅茶と焼き菓子が供されると、提督は落ち着いた口調で話し始めた。

応接間ドアの外には士官が立った。内で交わされる提督とウォーレンとの会話を、盗み聞きされぬ用心である。

「いまからわたしが話すことは、国家の機密事項です」

この部屋で交わされる中身は、一言たりとも他言無用だと提督は前置きした。

「承知しました」

ウォーレンは引き締めた顔で答えた。

「艦隊を整えてジャパンに向かいます」

「えっ……」

これほどの大事を聞くとは思わなかったのだろう。ウォーレンは提督を見詰めて、あとの言葉を失っていた。

「我が国はいま、積極的に領土を拡大する政策を遂行しています。政策が対象とするのは、アメリカ大陸に限ったことではありません」

海外も視野に入れていると明かした。

欧州各国は大航海時代以来、いまだに自国領土の拡大を狙《ねら》い、海外遠征を続けている。アメリカもそれを目指して、軍艦を派遣する方針を固めていた。蒸気機関の目覚ましい発達が、軍艦新造政策を後押ししていた。

「チャイナとの交易拡大には、太平洋横断時の補給基地設置が不可欠です。ジャパンは補給基地には格好の地点にあります」

大艦隊でジャパンに向かう。

「サコク政策を実施しているジャパンは、沿岸に接近する外国船を砲撃しています。しかし彼らが設置しているキャノン（大砲）は、大半がオランダ製の旧式で破壊力も限られています」

我が方の艦砲射撃なら、ジャパンの砲台を撃破するのは容易だと提督は断言した。

「しかし7月に就任されたフィルモア大統領は、ジャパンから補給を得ることの大事は承知されていますが、交戦は望んでおいでではありません」

最初に鎖国政策の撤廃を求めるべきだと、フィルモア大統領は考えていた。

「艦隊を率いてジャパンに向かうわたしも、開国交渉を優先します」

提督はソファに預けていた背を起こした。ウォーレンも背筋を伸ばして、提督の話に集中した。

「わたしがホイットフィールド船長に会いたいと思ったのは、彼からジャパンの話を聞きたかったからです」

が、ホイットフィールド船長はいまは遥《はる》か洋上の彼方である。

「船長不在を承知で提督が来訪なさったのは、わたしから聞き出されたい用向きがおありだということでしょうか？」

「まさにそのことです」

提督の上体が前のめりになった。

「あなたはホイットフィールド船長とは歳《とし》も近く、昵懇《じっこん》の間柄であるとうかがっています」

船長から聞かされていたジャパンのことを、断片でも構わないからうかがいたい……提督は民間人のウォーレンに対し、すこぶるていねいな物言いをした。

深くうなずいてから、ウォーレンは答え始めた。

「ビル（ウイリアム・ホイットフィールド）は、ジャパンの沿岸に向かったわけではありませんし、もちろん上陸もしていません」

ジャパンの首都・エドの真南およそ324マイル（約600キロ）の洋上に浮かぶ無人島トリシマで、5人のジャパニーズ漁師を救助した。

「ビルとジャパニーズとのかかわりは、この救助が始まりでした」

ウォーレンの返答を聞いて、提督の顔には失望の色が浮かんだ。

「わたしの手元に届けられた資料では、ジョン・ハウランド号は5人を救助したあと、ジャパンに接近し陸地にも接したと書かれていたが、あれは誤りだったのか」

提督の口調は、部下のあいまいな報告を質《ただ》すものに変わっていた。

「ビルは確かにジャパンに近寄ってはいますが、上陸はしていません」

ウォーレンは穏やかな物言いで、提督が得た情報の誤りを正した。

「ビルは上陸こそしていませんが、16歳だったジャパニーズ・ボーイを連れて、1843年5月に帰国しました」

提督は得心顔でうなずいた。そのことも報告書には記されていたようだ。

「ジョン・マンと呼ばれていたその少年は、この町で小学校に通い、卒業後はバートレット・アカデミーに進学しました」

アカデミー卒業後は捕鯨船の二等航海士として採用されて、大西洋・太平洋・インド洋など、世界の海を航海した。

「まことに聡明《そうめい》な少年で、この家にも何度も遊びに来ています」

ジョン・マンを語るウォーレンの口調は、すこぶる好意的だった。

「1843年に16歳だったならば、いまは23歳のはずだが、そのジョン・マンはいまでもこの町にいますか？」

「おりません」

ウォーレンは両目を曇らせて答えた。

「どうしてもジャパンに帰りたいということで、去年10月にサンフランシスコに向かいました」

「サンフランシスコですと？」

「帰国費用を稼ぐために、ノーフォークの金鉱で働く決意を固めていました」

「うむ……」

提督の両目に強い光が宿された。

「分かっている限り、ジョン・マンの話を聞かせていただきたい」

いただきたいと言いながら、提督は命令口調になっていた。

ウォーレンはうなずいて承知した。

「なぜジョン・マンと呼ばれることになったのかを含めて、わたしが知る限りのことを話しましょう」

*

ジョン・マンこと万次《まんじ》郎《ろう》たち5人がジョン・ハウランド号に救助されたのは、1841（天保《てんぽう》十二）年6月27日である。

筆之丞《ふでのじょう》・重助《じゅうすけ》・五《ご》右衛《え》門《もん》・寅《とら》右衛《え》門《もん》・万次郎の5人の日本人漁師は、救助された捕鯨船でハワイに向かった。

同年11月下旬のハワイ出港時、万次郎ひとりが再び乗船し、4人はハワイに残ると決めた。

「かならず帰りの船賃を貯《た》めて、あにやんらあを迎えにくるき」

堅い約束をして、万次郎は船に乗った。

その後もジョン・ハウランド号はクジラを追って航海を続けた。ペリー提督が報告書で読んだ日本への沿岸接近・上陸とは、この航海で土佐沖を通過した事実が誇張されたのだろう。

1843（天保十四）年5月にジョン・ハウランド号は母港ニューベッドフォードに帰港した。

その手前で本船は南氷洋で捕鯨をした。大漁を喜んで帰途についたとき、万次郎のバディー（相棒）が夜の海に落ちた。南氷洋ではなかったが水温は相当に低く、生存は無理だと航海士は判断した。

万次郎は船長に頼み込み、ホエール・ボートを海に下ろさせた。

バディーの転落場所を、万次郎は咄嗟《とっさ》に星の位置で見極めていた。大声でバディーを呼び続けていたとき、かすかな返事を聞いた。

万次郎は凍えた海もいとわず、自分から飛び込んでバディーを救助した。

これを称《たた》えて船員たちは万次郎をジョン・マンと呼び始めた。

ジョン・マンの秘めたる能力と胆力ある性格を評価した船長は、自宅に住まわせた。

そして小学校に通わせ、読み書きと算数、理科を学ばせた。卒業後はフェアヘブンのバートレット・アカデミーに進学させた。

数学や航海術を学び、2年後には最優秀の成績で卒業。直ちに二等航海士として新造捕鯨船フランクリン号に乗船した。船員たちの信頼も厚く、航海途中で発病した船長に代わり、操船も受け持った。

ジョン・マンはフェアヘブンとニューベッドフォード両方の住人から愛されていたが、当人は日本への帰国を忘れたことはなかった。

フランクリン号で得た収入は500ドルを超えており、二等航海士としては極上の収入だったが、帰国の船賃には足りなかった。ジョン・マンひとりではないのだ。ハワイで待っている4人の分までを考えると、少なくとも600ドルは必要だった。

折しも西海岸のコロマではゴールド・ラッシュが勃発《ぼっぱつ》していた。東海岸や中西部の住人が、大挙してコロマを目指していた。

「わたしも西海岸に向かい、大金を稼いでジャパン帰国の費用に充《あ》てます」

ジョン・マンはホイットフィールド船長が航海中だったゆえ、ウォーレンにこれを告げた。

「サコクのジャパンは、自国民であっても捕らえ次第に処刑すると聞いている」

思い留まるようにとウォーレンは戒めた。

「ハワイの仲間と約束をしましたから」

ジョン・マンの決意は揺るがなかった。

「ならばジョン・マン、充分に気をつけて行動しなさい。我が身を守れるのは自分だけだ」

ウォーレンはジョン・マンを送り出すとき、最新式のコルト6連発ピストルと、弾丸100発を餞別《せんべつ》として贈った。

西海岸行きの船が出てから、はや10カ月が過ぎようとしていた。ジョン・マンからの便りは、ウォーレンにまだ届いてはいなかった。

*

「以上がジョン・マンについて、わたしが知っていることのすべてです」

話し終えたウォーレンは提督に目を向けた。

「外地にあっては望郷《ぼうきょう》の念止《ねんや》みがたしと言うが、いま聞いた限りでは、ジョン・マンは望郷の思いというよりは、ハワイの友を思う気持ちが強いように感じた」

バディーを助けたことといい、ジョン・マンの行動には友の存在が強く影響しているようだと、提督は総括した。

「わたしはひとつ大事なことを言い忘れておりました」

ウォーレンが言い足したのはジョン・マンが母親を強く慕っているエピソードだった。

「彼は常に母親から渡されたドンコという名のベストを身近に置いていました」

ウォーレンが言ったドンコとは綿入れのことだ。ジョン・マンが11歳で在所の中《なか》ノ浜《はま》を離れたとき、母親志《し》をは自分が着ていたドンコを息子に着させた。他にはなにも手渡してやれる品がないほどに、赤貧の暮らしだった。

ジョン・マンはドンコを志をだと思い、常に身近に置いていた。すっかり色も褪《さ》め、綿も抜け布地のようになった綿入れである。

別れのあいさつにデラノ邸に出向いてきたときも、ジョン・マンはバッグにドンコを忍ばせていた。

「母を慕う強い気持ちが、ジョン・マンを帰国へと駆り立てたのか……」

提督の言葉が途中で詰まった。

ペリーもまた母親を慕って成長していた。埋葬されて久しい母だったが、ジョン・マンの話で込み上げるものがあったようだ。

「親を大事に思う民族は信頼できる」

提督は語調を変えて、話を切り替えた。

「サグハーバー所属のマンハッタン号という捕鯨船が、かつてジャパニーズをトリシマと洋上で救助したそうです。ニューベッドフォードの叔父ならきっと詳しく知っています」

叔父のジョセフ・C・デラノはニューベッドフォードで一番の船主で、サグハーバーのことにも通じている。もとは捕鯨船の船長も務めた男で、マンハッタン号の一件も知っていると思う……ウォーレンは叔父への紹介状をしたためると申し出た。

「それはありがたい」

提督が礼を言ったとき、応接間の時計が午後4時のチャイムを打ち始めた。

「馬車を急がせれば、叔父の屋敷まで30分もかかりません」

ウォーレンは応接間のライティング・デスクに向かい、紹介状を書き始めていた。

5

ニューベッドフォードは全米一の規模を誇る捕鯨基地を擁《よう》する港町だ。

大西洋につながる湾に流れ込むアクシネット川が、ニューベッドフォードと対岸のフェアヘブンとを分けていた。排水量400トンに迫る大型捕鯨船でも充分に航行できるほどに、アクシネット川には深い水深があった。

フェアヘブンとニューベッドフォードとを結ぶ橋には、橋桁《はしげた》ごと回転する部分が設けられていた。大型船がニューベッドフォード港に入出港する際には、橋脚《きょうきゃく》を回転させて船を通す仕組みである。

途方もなく高額の建造費を必要とした、アメリカ中でここにしかない回転橋だ。こんな工事ができたのも、捕鯨収益からの莫大《ばくだい》な税収が得られたからだ。

提督を乗せた馬車が橋に差し掛かったとき、折悪《おりあ》しく橋が回転して通行止めとなった。

ニューベッドフォードの8月は午後8時過ぎても空に明るさが残っていた。午後5時過ぎのいまは、まだ西空の高いところに太陽が居座っていた。

フェアヘブンのウォーレン・デラノ邸を出たとき、空には雲がかぶさっていた。あの出発からまだ30分も過ぎていないというのに、雲はきれいに払われていた。

西空から降り注ぐ陽光が、アクシネット川の川面《かわも》を照らしている。眩《まばゆ》く光る川を、大西洋に向けて1杯の捕鯨船が滑っていた。

風は外洋に向けて吹いており、捕鯨船には絶好の追風である。川を走る間、捕鯨船は帆の張り方を加減していた。

とはいえ3本マストの帆は、どの上部スルも半分まで張られていた。

提督は馬車の窓を開いて、向かって来る捕鯨船を見ていた。西日を浴びた帆は、淡いオレンジ色に輝いている。

「たとえ蒸気船が海の主役となったとしても」

提督は同乗の士官に、回転橋に差し掛かろうとする捕鯨船を見るように促した。

「夕陽を浴びた帆船の美しさには、無骨な外輪船など、到底かなうものではない」

艦隊の旗艦サスケハナ号は、新造間もない蒸気機関軍艦である。しかし提督は4本マストの帆船軍艦を好んでいた。

「まことに美しい眺めであります」

士官は追従《ついしょう》ではなく、正味で捕鯨船の美しさを称えていた。

10分が過ぎたとき、蒸気の笛が鳴って回転橋が閉じられた。

「急いでもらいたい」

士官から指図された御者《ぎょしゃ》は、手綱をしごいて馬に速度を上げさせた。

フェアヘブンは平らな町だが、ニューベッドフォードは起伏の多い坂の町だ。急がせたこともあるが、ニューベッドフォードに入るなり、馬車の車輪がガタゴトと音を立て始めた。

フェアヘブンとは比較にならぬほどの税収があるニューベッドフォードである。港を起点として四方に伸びる坂は、どの道も石畳で舗装されていた。

「ジョセフ・C・デラノ様の屋敷は、この坂の頂上だそうです」

いましばし揺れを我慢願いますと、士官は提督に断りを言った。

「石畳は富の象徴だろう」

提督のつぶやく声まで揺れていた。

*

「海外に植民地を構えるなど、大統領のお考えは誤っておられる」

マシュー・ペリー提督から政策を聞かされたC・デラノは、強い口調で異議を唱えた。

「そんな政策に加担する気など、わしには毛頭ない。話すこともない」

応接間にC・デラノの声が響いた。

「わしは捕鯨船と商船のオーナーで、海上航行の安泰はなにより大事と考えておる」

たとえ国の政策とはいえ、船舶の航行安全を脅《おびや》かすような海軍の海外遠征には断固反対する……C・デラノは自分の言葉でさらに怒りを募らせていた。

「わたしの申し上げ方が、いささか順序を誤っていたようです」

穏やかな物言いを保つことに、提督は努めていた。

「大統領は決してジャパンおよびアジアの国々を、植民地などとされるお考えではありません」

むしろその逆ですと、口調を強めた。

「貴下甥御のウォーレン・デラノ氏から、ホイットフィールド船長が救助した、ジャパニーズ漁師たちの話をうかがいました」

あいにく船長は航海中だったし、ジョン・マンも去年10月にフェアヘブンから去っていた。

「当人たちの話は聞けませんでしたが、ジャパニーズのビヘイビア（振舞い）がなにに基づいているのか、その一端を知ることはできました」

礼節を重んずる民族で、両親や友人を大事にする。働きぶりは勤勉で、頭脳優秀。

フェアヘブンで聞き取ったジョン・マンの話を元にして、提督はジャパニーズを思い描いていた。数千人の海軍兵士と将校を部下に持つ提督である。人物評価には長じていた。

「わしも提督の評価に異論はない」

同意したC・デラノは、訪問の本題はなにかと問うた。

「5年前の1845年3月に、サグハーバーを母港とする捕鯨船が、ジャパニーズを救助したという事実があります」

「マンハッタン号のことですな？」

C・デラノが答えると、提督が小さくうなずいた。

「当該捕鯨船のクーパー船長は、ジャパンに上陸したうえで、サムライともタフな交渉を持っています」

もしもマンハッタン号およびクーパー船長について知っていることがあれば、些細《ささい》なことでも構わない。

「余すことなく聞かせていただきたい」

提督は姿勢を正して頼みを口にした。

「それを知ってどうされるのか？」

C・デラノは提督の目を見詰めた。

差し込む夕陽を浴びて眩《まぶ》しげな提督の蒼《あお》い瞳《ひとみ》が、C・デラノの瞳を見詰め返した。

「ミラード・フィルモア大統領は、貴下もご存じの通り、副大統領から昇格されました」

C・デラノはいかめしい顔でうなずいた。

第12代アメリカ合衆国大統領ザカリー・テイラーは本年（1850年）7月に急逝《きゅうせい》した。大統領の死去を受けて、副大統領だったミラード・フィルモアが第13代大統領に昇格・就任していた。

「フィルモア大統領は、強力なリーダーシップを発揮されるお考えです」

副大統領に過ぎない人物だと思われたくないのだろう。フィルモアは就任宣誓直後から、矢継《やつ》ぎ早《ばや》に新たな政策を打ち出していた。

「海外派兵と領土拡張政策のセットもそのひとつですが、貴下も指摘された通り……」

提督は水で口を湿した。喉《のど》に流し、ひと息をおいた。

「海外派兵政策は、大きな危うさをはらんでいます。閣僚のなかには、大統領の暴走を懸念《けねん》する者が少なからずおります」

軍人は最高司令官である大統領に忠誠を誓っている。提督も同じである。しかし性急な海外派兵政策に対して、ペリー提督は異なる考えを持っていた。

「大統領と差し向かいでの面談の折り、わたしは海外派兵には時期尚早と思われる旨《むね》を申し上げました」

C・デラノを前にして、提督は大統領と交わした面談の子細を話し始めた。

*

フィルモア大統領は、提督の目を見詰めた。

「海外派兵とは、わたしは一言《いちごん》も口にしてはいない」

大統領は真意の説明を提督に始めた。

「去年……いや、正確には1848年に勃発した西部でのゴールド・ラッシュを機会に、大挙して合衆国市民が東部から西部へと移動を始めた」

それを大統領は深刻に憂《うれ》えていた。

合衆国はまだ建国から100年にもなっていない、成長途中の国である。地域の繁栄は、そこに住む人の数に大きく左右された。未開の土地だと思っていた西部に、万人の単位でひとが東部から移住を始めたら……

「広大な合衆国国土の東西が陸路で結ばれれば、ひとも物資も自由に行き来ができる」

フィルモアの口調が熱を帯びていた。

「東西結合がいかなる繁栄の原動力となるか、だれも現時点では、正確には想像すらできないだろう」

大統領はゴールド・ラッシュそのものを案じているわけではなかった。

「わたしの真意は、ゴールド・ラッシュが生み出すに違いない途方もない額の富を、合衆国発展のための資金に投じてもらいたいということだ。そのひとつが大陸横断鉄道の敷設《ふせつ》だ」

東部から西部に移動する者が利用している船舶の実態を、大統領は正確に摑《つか》んでいた。

「ニューヨークからサンフランシスコまで帆船で向かうとすれば、70日〜100日を要している」

ゴールド・ラッシュ目当ての船客たちは、ひとり80ドルもの高値を吹っかけられた。人の多い東海岸でも100ドル出せば庭付き住宅が建てられる。

「蒸気機関車の数が増えて線路が延びれば、かならず合衆国は東西が鉄道で結ばれる」

大陸横断鉄道が開通すれば、ニューヨークからサンフランシスコまで、5日間あれば行けると大統領は力説した。

そして大統領の話は、チャイナとの関係説明に変わった。

「合衆国とチャイナとは望厦《ぼうか》条約を締結しており、かの国との通商はすこぶる有利に運んでいる」

大統領の発言に提督は深い同意を示した。

1840年に勃発した英国と清国《しん》のアヘン戦争は、英国の勝利で終結した。終戦後の講和会議で英国は、自国に有利な内容の南京条約《ナンキン》を締結した。

その推移を見ていたアメリカもまた、1844年にマカオ近郊の望厦村において、自国有利の望厦条約締結を果たした。

「蒸気機関を動力とする船舶は今後も改良が続き、航続距離も伸びるのは間違いないが、いかに船舶が進化しても太平洋を一気に横断するのは無謀な行動だ」

途中の補給基地として、ジャパンが最適な位置にあると大統領は考えていた。

「チャイナは太平洋を隔てた対岸の国だ」

世界地図を読み込んでいる大統領は、ゆるぎない口調でこれを断じた。

「ハワイに加えてジャパンをも補給基地として活用できれば、太平洋横断もきわめて安全な航路となり得る」

ここに至り、提督は大統領の真意が理解できた。海外派兵が目的ではない。国交のないジャパンとの、通商条約締結を望んでおられるのだ、と。

「大統領閣下に、絶対の忠誠を誓います」

立ち上がった提督は、右手を左胸に当てて返答した。

「そこで提督、大事な任務を授けたい」

大統領は提督を見詰める両目に力を込めた。立ち上がった提督は、自分の手で椅子《いす》を大統領のほうに近づけた。

「貴官には米国東インド艦隊を率いて、ジャパンを訪れてもらいたい」

海外派兵ではなく、あくまでも訪問であると念を押した。

「ジャパンはサコク政策を実施している。沿岸に接近する外国船に対しては、警告なしに砲撃を加えると聞いている」

その実態を報告するようにと提督に命じた。

「砲撃があるのは事実ですが、大砲はオランダとイギリスの旧式砲で、射程距離も短く、破壊力もさほどではありません」

提督は大統領との面談に先立ち、アナポリス海軍士官学校に出向いた。そしてジャパンのサコクに関する最新情報に接していた。

「去る4月に進水した……」

大統領は手元資料を見ながら続けた。

「蒸気機関式フリゲート軍艦サスケハナなら、ジャパン沿岸からの砲撃に遭遇しても、対処できるのか？」

「問題ありません」

提督は即座に返答した。

「サスケハナは排水量３８００トン超の、最新鋭外輪式軍艦です」

ジャパン沿岸からの砲撃を受けたときは、艦砲射撃で相手を破壊できると提督は力強い物言いで請け合った。

大統領は返答を了として目元をゆるめた。

「わたしは地形調査隊をパナマに派遣した」

大統領が口にしたことに驚き、提督は身を乗り出した。

「大陸の最狭部を掘削《くっさく》して運河を建設するというプランは、我が国建国よりも早く、すでに16世紀半ばには考えられていたことだ」

自分の手でこの運河建設も成し遂げたいと、大統領は願望を口にした。

「大陸横断鉄道を敷設し、合衆国の東西を結ぶのが、わたしの計画のひとつだ」

さらにパナマに運河を建設し、大西洋と太平洋を連結する。これが完成すれば、東西両海岸を結ぶために南米大陸最南端のホーン岬を回る必要がなくなる。

東西の行き来が楽になれば、太平洋横断の基地として、サンフランシスコの重要度が飛躍的に増すことになる。合衆国の東西両海岸が大きく繁栄する。

「サンフランシスコからチャイナに向かう船舶は、途中のジャパンを経由することで安心して航海ができるだろう。あくまでも通商条約の締結を求めるための来訪であると、提督には心得てもらいたい」

条約文書作成には、1844年にチャイナと結んだ望厦条約を下敷きにすればいい
と、大統領は指図した。

「我が国の海軍は世界に冠たる機動力と火力を有しているはずだ」

大統領の言葉を、提督は強いうなずきで肯定した。

「ジャパン来訪の艦隊編成は、全権を提督に委《ゆだ》ねる」

確実な成果を期待している……

大統領の言葉を、提督は立ち上がって身体《からだ》全体で受け止めた。

＊

「これが大統領との面談のすべてです」

提督はグラスの水を半分まで飲んで、話を閉じた。

聞き終えたC・デラノは、居住まいを正して提督を見た。

「初めに、大統領のお考えに対して誤解していたことをお詫《わ》びいたします」

きちんと謝罪の言葉を伝えてから、あとを続けた。

「ご多忙な提督閣下が、みずからこの家にまでお越し下さった。そのことに衷心より

感謝の意を表させていただきます」

C・デラノは提督を見詰めて謝辞を伝えた。

政治家でも閣僚でもない民間人の屋敷に、合衆国海軍提督が足を運んできた。そのことをC・デラノは深く受け止めていた。

初対面のときは不機嫌さを隠そうともしなかった男が、いまは浅く座り直し、背筋を伸ばして向き合っていた。

「合衆国の国益にかなう任務の手伝いに指名していただけるなら、光栄至極です」

C・デラノはなにひとつ公式文書を提督から示されたわけではなかった。が、一言たりとも疑問に思うことはなかった。

「わたしに課せられた任務は、マンハッタン号の船長から、ジャパンの子細を聞き取ってくることですな？」

「お願いします」

提督は座ったまま、C・デラノにサグハーバー行きを頼んだ。

「可能な限り早く、先方との話し合いに臨みましょう」

C・デラノは明確な返答をした。

「サグハーバーに向かわれるときは、蒸気船フォールリバーをお使いください」

海軍ニューポート基地がチャーターしている民間蒸気船だと、提督は明かした。

「あの船であれば貴下にも満足いただけます」

提督がこれを口にしたとき、ようやく夕陽が沈み始めていた。

＊

「閣下がいかなる用向きでお越しになられたのか、いまの話でよく分かりました」

クーパー船長は声の調子を小さくして話した。乗組員の耳を恐れてのことである。

「次はわたしがマンハッタン号で体験したジャパンの詳細を、閣下に話す番ですね？」

大統領と差し向かいで話のできるペリー提督でも、C・デラノを貴下と呼んでいたのだ。いまの船長はごく自然な物言いで、C・デラノに閣下と呼びかけていた。

「細大漏らさず聞かせていただければありがたい。が、まずは船長個人の来歴から話してもらいたいのだ」

クーパー個人への深い興味を、C・デラノは覚えているという口ぶりだった。

「閣下のお役に立つのであれば……」

クーパーはためらうことなく応じた。

豊かな香りを漂わせるコーヒーが、ふたりのカップに注がれた。埠頭《ふとう》の上空を舞うカモメの啼《な》き声を合図として、船長の話が始まった。

6

香り高いコーヒーを存分に味わってから、クーパーは自分の経歴を話し始めた。

「わたしは1803年9月29日に、この地、サグハーバーで生まれました」

船長はコーヒーで口を湿して、一息おいた。

「クーパー家は祖父も父もここの港を母港とする捕鯨船の船長を務めてきました。私も幼い頃から捕鯨船乗りになるように育てられたのですが14歳だった年の春、父はモントーク岬の沖合6マイルの海で、嵐《あらし》に遭遇して捕鯨船とともに落命しました」

C・デラノを見詰めたまま、クーパーは口を閉じた。しばし黙したままだったクーパーは、背筋を張って告げた。

「レストルームを使わせてください」

父の話をしようなどとは、クーパーは考えてもいなかった。ましてや初対面の相手に海難事故で没した父の話をしたことなど、いままで一度もない。

父の事故について触れたことで、不意に込み上げてきた思いに……うまく折り合いがつけられず、クーパーはレストルームを口実に中座しようと考えた。

「1階の階段脇《わき》にある」

「ありがとうございます」

C・デラノは鷹揚《おうよう》にうなずき、クーパーの中座を許した。

1歩ずつ確かめるような足取りで、クーパーは階段に向かった。

サグハーバーに出向いてくるに際し、C・デラノは入手できる限りのクーパーに関する情報を収集した。

200ドルを投じて集めた資料のなかには、いまクーパーが言いかけた父親の海難事故に関する聞き取り報告書も含まれていた。

*

1818年3月13日、金曜日。サグハーバーの空には分厚い雲がかぶさっていた。

沿岸捕鯨のセブン号120トンは、午前10時に港を出た。乗組員は21名で、クーパーの父親ネイサン・クーパーが船長だった。

サグハーバー出港後は、多数の小島が浮かぶ狭い水路を抜けてモントーク岬に出る。

高い操船能力が必要なむずかしい水路だ。しかし小島は自然の防波堤役を果たしていた。

大西洋が大荒れでも、モントーク沿岸に留まっている限り操業は安全とされていた。サグハーバーの空が重たく曇っていても、クーパー船長は出港を決めた。

船乗りは縁起担《かつ》ぎが多い。

「13日の金曜日に、しかもあてにならない話だと分かっていながら、わざわざ出航することもないだろうに」

水夫の多くがこの日の出航には不満を漏らした。ネイサンにもその声は聞こえていたが、急ぎ出港せざるを得ない成り行きとなっていた。

大西洋を泳ぐクジラの数は、2年前から著《いちじる》しく減少していた。手軽に建造できる小型捕鯨船が増えすぎていたからだ。

アメリカ東海岸は大西洋に面している。沿岸漁業専用の小型捕鯨船でも仕留められるほどに、多数のクジラが回遊してきた。

その乱獲がたたり、1816年を境にクジラは急激に数を減らしていた。

「今月も目標達成ができなければ、来月から辣腕《らつわん》船長を雇い入れるぞ」

クーパー船長は船主連合から、3月末までに400樽《たる》の鯨油採取を義務づけられていた。

乗組員を大事にするネイサンは、荒天時の出港を何度も見送っていた。その結果、3カ月連続で目標達成ができていなかった。

3月13日の金曜日、朝6時。

「モントーク岬の沖まで、マッコウクジラの群れが回遊してきている」

情報はサグハーバーの埠頭に舫《もや》われていた捕鯨船3杯を走り抜けた。

色めきたった船もあったが、セブン号の水夫たちは聞こえてきた話を鼻で笑った。

大声で触れ回っていたのが、ホラ吹きで知られたジミーだったからだ。臨時の銛打《もりう》ちに雇われたくて、これまで何度もジミーは同じような情報をばら撒《ま》いていた。

セブン号以外の2杯は、いずれも対岸のニューロンドンを母港とする100トン級の捕鯨船だった。

ジミーの思惑はまんまと当たり、年若い船長が食いついた。ジミーを一番銛に雇い入れて、さっさと出港し、もう1杯も後に続いて出港した。

ネイサンはしばし考え込んだ。ジミーの与太話には、苦い思いをさせられたことがあったからだ。

しかし船主連合の事務長が乗り込んできたことで、事態は一変した。

「よその港の船に先を越されて、平気な顔をしていられるときか！」

いますぐ船出をしないなら、代わりの船長に船を預けると事務長は息巻いた。

ネイサンは肚《はら》を括《くく》った。

今月はまだ120樽しか採取できていなかった。ジミーの話が本当なら、一気に数十樽を増やすチャンスである。

先に出航した2杯から1時間近く遅れて、セブン号は船出した。重たかった空が、大粒の雨を降らせ始めた。

指先が千切れそうに痛む氷雨《ひさめ》だったが、風は追風に変わっていた。

船長の指図を受けたボースン（水夫長）は、全帆に号令した。船足が一気に速まったことで、水夫たちも気持ちが変わっていた。

モントーク岬の沖は大西洋である。

「ジミーの話が本当だったら、この荒れた海でもホエール・ボートを下ろす」

「おれの銛で、マッコウクジラを仕留めるぜ」

甲板の面々は、すっかり捕鯨船乗りの顔つきになっていた。

モントーク岬を出るなり、海は大荒れとなった。マスト上部の籠《かご》に入った見張りは、大揺れのなかでも望遠鏡を3段まで伸ばしてクジラを追っていた。

甲板の左右両舷《りょうげん》には4杯のホエール・ボートが積まれていた。

「直ちに下ろせるように、4杯ともスタンバイしておけ」

ボースンが氷雨と暴風を突き破る大声で、水夫たちに号令していた、そのとき。

「大変だ！」

見張りは大声を発すると同時に、激しい勢いで真鍮《しんちゅう》の鐘を打ち鳴らした。非常事態の発生を告げる鐘の鳴らし方である。号令を発していたボースンは、マストの根元に走った。

「どうした、テリー。何事だ！」

「流木が本船に向かってくる。舳先《へさき》との距離、およそ300ヤード（約274メートル）」

見張りの怒鳴り声を風がさらった。

見張りは籠を出て、両手を真っ赤にしながらマストを伝わり下りてきた。

「流木4本が舳先めがけて突進してくる！」

見張りの声は船長と操舵手《そうだしゅ》にも聞こえた。

「取舵《とりかじ》一杯！」

船長の号令で操舵手は舵輪を回した。しかしすでに手遅れだった。

立て続けに4本の流木が、セブン号の舳先から船倉にかけて突き刺さった。

流木は地中に埋める基礎材だった。工事がしやすいように、先端は尖《とが》っている。この建材を運んでいた貨物船が、数マイル先で転覆し、建材が流木となっていた。

沈没は免《まぬが》れないと、乗組員全員が察した。

「ホエール・ボートすべてをおろし、全員退避しろ」

ネイサンは副長とボースンにこれを命じた。

「船長はどうなさるのですか」

副長はネイサンに詰め寄った。船長は本船に残る気ではないかと案じたからだ。

「モントーク岬までは6マイルだ。おまえたちの技量があれば、ホエール・ボートで行き着ける」

わたしはこの船をサグハーバーまで戻すと、船長は副長に告げた。

「乗組員がひとりだけなら、本船も軽くなる。浸水も遅くなり、なんとか走れるだろう」

船長の言い分を本気で聞いた者は皆無だった。が、船に残るという船長の決断には、副長以下の全員が深くこうべを垂れた。

「ご無事で」

船を去るとき、副長はネイサンに敬礼した。

「かならず岬に帰り着いてくれ」

口調を強めて、ネイサンは答礼した。

乗組員の命を思っての指図が功を奏した。船長以外の全員が、モントーク岬近くの砂浜に上陸を果たした。

船長はセブン号とともに沈んだ。

*

セブン号乗組員のうち、5人がまだロングアイランド各所の浜に暮らしていた。

C・デラノから依頼を受けた調査員は、5人からセブン号海難事故の聞き取りを行った。

「ネイサン・クーパー船長こそ、まことの船長に違いない」

事故から32年が過ぎたいまでも、5人はネイサンを深く尊敬していた。

果たしてクーパー船長は、父親をどう語るのか。

それが聞きたくて、C・デラノは話が遠回りになるのを承知で経歴を問うたのだ。

もしもネイサンの決断を自慢げに語る男なら、ジャパンでの顛末《てんまつ》も割り引いて聞こうとC・デラノは考えていた。

クーパーは、まったくそれをしなかった。

C・デラノはいま、はっきりとクーパー船長の人柄を理解できたと確信した。

この男の話なら、すべてを額面通りに聞ける……C・デラノは満足の吐息を漏らした。

椅子に背を預けて、クーパーが戻ってくるのを待った。

＊

「父を亡《な》くした年から、わたしは捕鯨船乗りの見習いを始めました」

レストルームから戻ってきたクーパーは、経歴の続きを話し始めた。

「1820年代に入ると、建造される捕鯨船が一気に大型化されました」

「まさにあの時代から始まった」

C・デラノが深い同意を示した。彼はかつて1820年代初頭の3年間、新造の大型捕鯨船で大西洋を航海した。

「わしが赤道を越えてブラジルの先にまで出張ったのも、あの時代だった」

新しいコーヒーを味わいつつ、C・デラノは30年もの昔を思い返していた。

「船が大型化したことで、上級船員の不足が顕著になりました」

1821年9月、17歳だったクーパーはハイアニスのマサチューセッツ州立上級船員養成アカデミーに入学した。

「この町の篤志家《とくしか》たちが2年間の学費、寮費の負担を申し出てくれました」

「いい話だ」

初めて聞くような顔で答えたが、彼はすでにこれも報告書で読んでいた。学費などを負担した篤志家とは、セブン号の乗組員と船主連合だった。彼らはネイサンの遺児に奨学金などを出すことで、深い感謝の意を示したのだ。

「アカデミーの卒業生には、多くの港から声がかかりました」

ニューベッドフォードも同じだったと、C・デラノは振り返った。

「船長は、真《ま》っ直《す》ぐサグハーバーに帰ったのだろう？」

「帰りました」

クーパーは即答し、C・デラノは得心顔で深くうなずいた。

航海術・数学・化学などを習得し、実習船で航海の実技も学んでいたアカデミー卒業生には、二等航海士の資格が与えられた。

しかし、「東海岸に行ったら片っ端から捕まるぞ」と、クジラの間で情報伝達がなされていたものか、１８１０年代末期には、アメリカ東海岸まで回遊してくるクジラは激減していた。

「ホーン岬の向こうには、まだまだ多くのクジラがいる」

この情報に基づき、３００トン超の大型捕鯨船が建造され始めた。波の荒い外洋を走るためには、相応の装備を備えた大型船の建造が不可欠だった。

外洋を航海するには、沿岸航海とはまったく別種の航海術が必要である。即戦力となり得るアカデミー卒業生は、捕鯨船船主から大歓迎された。

クーパーが卒業を迎えたときは、好条件を提示しての卒業生取り込み合戦が繰り広げられていた。

そんな騒ぎには目もくれず、クーパーはサグハーバーに帰った。

「奨学金をいただいたおかげで、アカデミーを卒業できました」

今後はサグハーバーを母港とする捕鯨船に乗り、学んだ技を役立てますと、船主たちに約束した。

１８１０〜20年代のサグハーバーでは、大富豪の子息といえども、船乗りを目指す者は下働きから始めるのが鉄則だった。

下級船員の子は、14歳から捕鯨船に乗るのを常とした。２年間は見習い甲板水夫として働き、その後改めて一人前の水夫として採用される。下級船員はボースンが最上の身分である。資格を持っていない限り、航海士の職に就くことはできなかった。

一方、富豪や上級船員の子息は16〜17歳でアカデミーに入学した。そして卒業後は二等航海士として乗船する。3年間の航海実績を重ねたあと、一等航海士への昇格試験受験資格が得られ、合格者は一等航海士（副長）として、船長を補佐した。

船長への昇格には、2名以上の船長の推薦状が必要とされた。

クーパーが一等航海士として2年間の航海を終えた年に、なんと4人の船長が推薦状に署名をした。29歳の船長は、いまだサグハーバーでは最年少記録である。

二等航海士のときに娶《めと》ったマリアも、サグハーバー生まれである。クーパーと同い年のマリアも、捕鯨船船長を父としていた。ひとたび航海に出た外洋航海の捕鯨船は、最短でも2年間は帰ってこない。マリアには留守宅を守る心構えが備わっていた。

クーパーは埠頭まで半マイルの住宅地に新居を構えた。

常に大漁の成果を挙げる航海を重ねてきたことで、クーパーには新居を構えるに充分の蓄えができていた。

二階家で、屋根上には一辺が5フィート（約1・5メートル）の正方形をした『ウイドーズ・ウオーク（見張り台）』も設けられていた。

マンハッタン号に乗船するまでに、クーパーは7回、異なる船で航海に出ていた。

マンハッタン号が建造されたのは1843年5月である。3カ月の艤装《ぎそう》工事を済ませたのち、同年10月に船主連合に引き渡された。

この船は建造中から初代船長はマーケイター・クーパーだと決まっていた。

＊

クーパーが経歴を語り終えたとき、船の時計が午後5時のチャイムを打ち始めた。

「本題を聞かせてもらう前に、長い時間を使わせてしまった」

C・デラノの本心からの謝罪を、クーパーは笑顔で受け止めた。

「閣下に問われたことで、わたしも多くのことを思い返すことができました」

クーパーも正味の言葉で応じた。

「本題もさぞや長い話になるだろうが、船長はそれでよろしいか？」

C・デラノはクーパーが持参した航海日誌の厚さを見ながら問うた。

「わたしは夜通しの話になったとしても、問題はありません」

「結構」

クーパー船長は自宅からマンハッタン号の航海日誌を持参していた。その第1ページを開いた。

C・デラノは口を挟むことなく、船長の話に聞き入っていた。

7

1843年11月8日（天保《てんぽう》十四年閏《うるう》九月十七日）。マンハッタン号の出帆を翌日に控えた、この日。

サグハーバー船主連合事務所では、航海に関する最終の詰めが行われていた。

連合側からは理事長のトーマス・ハットンと情報収集部長のオーチス・ダッシュの2名。

船長は副長を伴って席についていた。

「船の状態はいかがかな？」

「万全です」

クーパーは理事長に即答した。

「ならば船長、装備にも乗組員にも、いささかの問題もないと理解してよろしいか？」

ハットン理事長は、乗組員の部分に力を込めて質《ただ》した。

「そうご理解いただいて結構です」

ハットンの問いの意味を理解している船長は、力強い口調で応じた。

マンハッタン号には、サグハーバーで初となるアメリカ先住民族のエリーザーと、アフリカ系黒人のパイラス・コンサーが乗船することになっていた。

エリーザーは100ヤード（約91メートル）先の看板文字も読み取るほどに遠目が利《き》いた。

コンサーは腕力と調理の腕に秀《ひい》でていた。2年以上も続く航海では、日に3度の食事が美味《うま》いことは必須《ひっす》の要件である。

「こんなメシしか出ねえ船には、これ以上付き合ってられねえ」

食事のまずさは、寄港地での水夫逃亡につながった。

ニューベッドフォードの船員食堂で4年間コックだったコンサーは、狭い船のキッチンで調理するコツを先輩から叩《たた》き込まれていた。

「おカネいっぱい稼いで、帰ってきたら奥さんもらって家建てる」

陽気に答えたコンサーを、副長のヘンリー・ドリルは即決採用していた。

先住民族のエリーザーと黒人のコンサーが、船員たちに溶け込むことができるのか？

出港前日まで、理事長はこれらを案じていた。クーパーが力強く請け合ったことで、ようやく安心したようだ。

「あとはキミが進めてくれ」

理事長は情報収集部長に話し合いのリードを任せた。部長のオーチス・ダッシュは持参した地図を打ち合わせテーブルに広げた。

ジャパン・グラウンドと、ジャパンの拡大地図が描かれていた。

「ジャパンは1843年5月現在でも、相変わらずサコクを続けています」

沿岸に近づくと陸地の砲台から警告なしの砲撃を浴びると、ダッシュは告げた。

船長として世界中の海を走ってきたクーパーである。ダッシュに念押しされずとも、ジャパン沿岸の事情には通じていた。

しかし続けてダッシュが説明を始めた内容には、耳をそばだてることになった。

「砲台からの射程距離は、せいぜい200ヤードです。監視役が使う望遠鏡はどこの砲台も旧式で、300ヤードも離れればまったく役に立ちません。当方の見張り当番が持つ望遠鏡は最新製品で、4段まで引き延ばせば2マイル（約3・7キロ）先の目標物でも捕らえられます」

安全を考慮し、ジャパンの陸地から5マイル（約9・2キロ）の隔たりを保って航行すれば、砲撃を心配することは無用と、ダッシュは言い切った。

「地図のこちら側は太平洋です。南から北に向かって暖流クロシオが流れています」

クロシオに乗りジャパンを北上したあと、エゾの手前の海峡を西に横切る。

「ここからの海では、ほぼどの季節でも北から南に向けて吹いている風があてにできます」

ジャパン西側の海を、ショウグンに仕える閣僚はニホンカイと呼んでいた。

「ジャパン・シーという意味です」

言葉を区切ったダッシュは、唾《つば》を呑《の》み込んでから先を続けた。

「3月にニューベッドフォードに戻ってきた捕鯨船船長は、ジャパン・シーに回り込めばクジラは入れ食い状態だったと言っています」

重なり合って泳ぐクジラで、海が黒く染まっていたと船長は報告していた。

「最新情報は、ホノルルのマウント・クック商会で入手できます」

ジャパン・グラウンドに向かう前に、かならずホノルルに立ち寄ってくださいとダッシュは頼んだ。

「もちろん、そうさせてもらう」

クーパーの目は、すでにクジラ入れ食いの海を見ているかのようだった。

8

マンハッタン号の出港は１８４３（天保十四）年11月9日である。

午前11時の出帆予定だったが、午前5時にはすでに船は目覚めていた。

本船が舫われているのはサグハーバー港の5番ピア（埠頭）、長い岸壁の一番奥だ。

荷車や手押し車で運ばれてくる補給品を、ボースンのジム・カーソンは業者ごと、3列に分けて並ばせていた。1品ずつ数と中身のチェックを始めるためだった。

サグハーバーを出港したあとの本船は、赤道を越えた先のリオデジャネイロまで、どこにも立ち寄ることはしない。出帆前に積み込む補給品は、乗組員全員の命を支える食料品、飲み水、ビール、燃料などである。出帆6時間前から積み込みを始めようとしていたが、念入りにチェックをするとギリギリの時間だった。

「コンサーとキンダー、ここまで下りてこい」

甲板を見上げたボースンは、メガホンを口にあてて号令した。堅牢《けんろう》な厚紙を丸めて拵《こしら》えたメガホンは、ここサグハーバーの発明品である。

いまでは東海岸のどこの港でも、ボースンたちはこれを使っている。

排水量が６８７トンもあるマンハッタン号は、岸壁から甲板までの高さが5ヤード

（約4・6メートル）ある。ボースンの指図を受けて、大柄な黒人と腕回りの太い茶髪の白人がタラップを駆け下りてきた。

黒人はコックのコンサー、白人はクーパー（樽職人）のキンダーである。ふたりとも甲板作業には加わっていなかった。

「おまえたちも納品数と品質チェックを手伝ってくれ」

敬礼で答えたふたりは、直ちに積み荷検査に取りかかった。

コンサーは食料品を受け持ち、キンダーは飲料水とビールのチェックに取りかかった。

この時季の日の出は午前6時半ごろだ。少しずつ周囲は明るくなっていた。が、11月のサグハーバーでは晴天はほとんど期待できない。今朝も雨こそ降ってはいなかったが、何層にも灰色の雲が重なっていた。

補給品を運んできた業者は、それぞれがカンテラ（鯨油ランプ）を灯《とも》していた。

「薄暗くて、色味が分からない」

キンダーの野太い声が響いた。樽の蛇口からカップに注いだ飲料水は、周囲が薄暗くて透明度が分からない。飲料水は、味と透明度の両方をチェックする。濁っている水は腐りかけていることが多かった。

「カンテラで照らして見せてくれ」

キンダーは苛立《いらだ》ち気味の声を業者にぶつけた。元来が短気な男だが、チェックを待つ飲料水の10ガロン樽だけで、３００樽もあるのだ。水のほかにビヤ樽も50樽。飲料水のチェックを手抜きしたら、洋上で腐った水を飲む羽目になる。が、樽職人のキンダーは樽の状態を見ただけで、およその中身の吟味ができた。

飲料水の納入業者にも、キンダーは樽を読めるのが分かったらしい。配下の者に耳打ちして、樽の汚れを拭《ふ》き取らせ始めた。

検査役の責任が重たいのはコンサーとて同じだった。

リオデジャネイロまで30日の航海中、乗組員にはほとんど仕事がない。クジラを獲《と》ろうにも、もはや大西洋にクジラはいなかった。マンハッタン号が捕鯨で勢いづくのは南米大陸南端のホーン岬を西に回り、太平洋に入ってからのことだ。サグハーバーを出帆してからリオデジャネイロに行き着くまでの航海は、漁場に向かうための長い通路のようなものだ。

漁場までの水夫たちの楽しみといえば赤道越えを祝うビールと、毎日3度の食事である。

1日3食の食事支度は、コンサーひとりでこなすのだ。メシがまずければ、乗組員から手ひどいブーイングを浴びせられる。コンサーが負う責任も重たかった。

カーソン、キンダー、コンサーの3人で積み荷チェックを続けた。日の出を30分過ぎても、業者の荷車の列は大して短くはなっていなかった。

マンハッタン号の母港サグハーバーは、空の大きな港である。

当節一番の賑《にぎ》わいを見せているマサチューセッツ州ニューベッドフォードは、港の周りを高層の建家が取り囲んでいる。

屹立《きつりつ》する建家群が空を狭くしていた。

一方、サグハーバーの建家は木造2階建てが大半で、1戸ずつが芝生の庭を有していた。

樫《かし》などの常緑樹も庭木として植わっていた。

石造り建家の多いニューベッドフォードよりも、桁違《けたちが》いに緑は豊かである。高い建家は皆無ゆえ、空は根元まで見渡せるほどに大きかった。

午前9時になっても、その空には雲が分厚さをますばかりで、一筋の陽光も降り注ぐことはなかった。

が、サグハーバーの住人には11月の曇天は見慣れたものである。どんよりとした空の下で、マンハッタン号の出航準備は滞りなく進んでいた。

船長がマンハッタン号に乗船したのは出港3時間前、11月9日午前8時である。

船長室で副長のヘンリー・ドリルと向き合ったときも、荷積みはまだ続いていた。

「ボースン以下船員27名、操舵手に二等航海士、副長の自分を加えた30名が乗組員です」

副長は船員名簿を船長に提出した。

船長は名簿を目で追うなかで、ハープーナー（銛打ち）、鯨油採取職人、クーパー（樽職人）、籠番（マスト上部の見張り役）のそれぞれを副長に質した。

乗組員の採用は副長権限である。船長が問うた各人と航海をともにするのは、今回が初めてだった。

「ハープーナーは4人とも、捕鯨船乗船は今航海で5度目です」

腕のよいハープーナーは、ニューベッドフォードでも猛烈な争奪戦が繰り広げられた。

「マンハッタン号が新造船で440トンの大型だと聞いて、4人は本船への乗船志願をしてきました」

大型新造船に惹《ひ》かれた理由を、副長は4人から聞き取っていた。

大型船なら、鯨油樽を収納する船倉が大きいはずだ。船倉が大きければ、銛打ちは安心してクジラを仕留めることができる。

「4人は前回も一緒に同じ捕鯨船に乗っていたそうです」

クジラの群れに出くわしたとき、船倉はすでに一杯だった。獲物が舷側を悠々と泳ぎ去るのを、銛打ちも水夫も甲板で地団駄を踏みながら見ているしかなかった。乗組員には鯨油の収穫量に応じた歩合《ぶあい》給が支払われる。ゆえに1頭でも多くのクジラを獲ろうと、だれもが躍起になるのだ。

舷側を泳ぎ去るクジラをただ見送るなど、捕鯨船乗組員には報酬を捨てることであり、最大の屈辱でもあった。

「航海中、何度でも船倉を一杯にしてみせると、連中4人は意気込んでいます」

副長の話を聞いて、船長は笑みを浮かべた。

「クーパーはどういう男だ？」

「5ガロン樽なら30分で仕上げます」

副長はキンダーの仕事ぶりを自分の目で確かめていた。

「鯨油採取も籠番も腕は確かだろうな？」

問われた副長は、静かにうなずいた。そのうなずき方に、副長の矜持《きょうじ》があらわれていた。

「今回の漁場はジャパン・グラウンドだ」

昨日の船主連合との会合に同席していた副長は、引き締めた顔でうなずいた。

「目的の漁場までは長い航海になるが、そこに向かうだけの価値はある」

副長は表情をさらに引き締めて聞いていた。

「ホノルルで最新情報を入手したあとは、全速前進でニホンカイを目指す」

船長は深紅のビロード張りのカウチから立ち上がった。副長も続いて立った。

「主戦場はクジラ入れ食いのニホンカイである。それを心得たうえで、乗組員を督励《とくれい》してもらいたい」

「イエス・キャプテン！」

副長の敬礼には力がこもっていた。

＊

サグハーバー港に吹く風は、11月初旬でもすでに強い凍《こご》えをはらんでいた。

甲板に立つ者全員が、厚手のコートのボタンをすべて止めていた。立っているだけで耳たぶが鋭い痛みを感じるほどに、風はひどく冷たかった。

しかし外洋に向かって吹く寒風は、マンハッタン号には絶好の追風である。

甲板に立った乗組員全員が、コートの襟を立てたまま見送り人に手を振っていた。いかにもサグハーバーらしい曇天、そして寒風が吹き渡るなか、マンハッタン号は定刻通りに出航した。

ロングアイランドのモントーク岬を通過すれば、その先は大西洋だ。乗組員の多くはサグハーバーやハンプトンなどのロングアイランドに暮らしている。モントーク岬が故郷との別れであることを、乗組員のだれもが分かっていた。

「行ってきます、モントーク」

よそ者のコンサーにも、胸に迫りくるものがあるらしい。岬に向かって手を振った。

岩場に立っていた釣り人が、釣り竿《ざお》を大振りしてコンサーに応《こた》えていた。

9

マンハッタン号の船員食堂にはカレンダーが掛けられていた。

1844年2月4日、日曜日。

リオデジャネイロの港町で購入したバラを象《かたど》ったピンが、カレンダーの今日に突き立てられていた。ピンを買ったのは樽職人のキンダーである。毎週日曜日になると朝食前に、このピンを突き立てていた。

日曜日は原則として仕事は休みである。見張り当番も交代で籠から出て休息した。船乗りは信心深い。安息日に仕事をするのは教えに反する行為だと思っていた。

しかし安息日でも休めないのがコックのコンサーだった。日曜日は休めないどころか、水夫たちが楽しみにしている揚げパンを朝食に供する日とされていた。

キンダーがリオデジャネイロでピンを買い求めたのも、揚げパンが食べられる日の喜びをカレンダーに示したかったからである。

休みのないコンサーだが、日曜日の朝食は午前8時からと決まっており、いつもより1時間だけ長い朝寝ができた。

カラン、カラン、カランッ。

食堂の入り口に吊《つる》された鐘が3連打を鳴らした。朝食の支度が調《ととの》った合図である。

水夫はコックを含めて27人いるが、一度に座れるのは15人だ。食事は2班に分かれて交代で摂《と》った。

皿を持った水夫たちは、キッチンの小さな窓の前に列を作った。内で調理した揚げパン、ベーコンをコンサーが皿に盛ってくれるのだ。

リオデジャネイロを出帆して20日が過ぎていた。南半球の2月は真夏である。

現在地はホーン岬のすぐ近くで、気温はリオデジャネイロに比べれば10度以上も低かった。とはいえ真夏には変わりがない。

卵はすっかり傷《いた》んでいたし、葉物の野菜はしおれており、スープのダシに使うしかない状態だった。

「揚げパンと一緒に、黄身のぷくっと盛り上がった目玉焼きが食えるなら、1ドル払ってもいい」

1ドルあればいま向かっているマウイ島なら、ホテルに2泊できた。

「塩をまぶした黄身が食えるなら、おれは2ドル出すぜ」

銛打ちたちは真顔で卵の話をしながら、揚げパンを頬張った。

古くてカチカチに固くなったパンを、鯨油で素揚げしたのが揚げパンである。クジラの旨味《うまみ》を含んだ鯨油で揚げると、固かったパンがほどよい柔らかさを取り戻した。

旨味まで閉じ込めた揚げパンは、それだけ食べても美味だ。コンサーは蜂蜜《はちみつ》をかけて甘味と旨味のハーモニーを創《つく》り出した。

塩味たっぷりのベーコンは肉厚で、呑み込まずにいつまでも味わっていたい美味さだ。

蜂蜜をまとった揚げパンを頬張り、ベーコンの切れ端を後追いで口に入れる。甘さと塩味と鯨油の旨味が混ざり合い、絶妙な味を創り出してくれた。

日曜日の朝食は、だれの顔も幸せそうだ。

美味い食事を堪能《たんのう》したあとは、のんびりバース（寝台）に横たわることができる。

疾走する船の揺れは、揺りかごのような心地よさを味わえた。

朝食後のまどろみを思えば、だれの顔もゆるむのだった。

しかし……。

2月4日の朝食は、前半組の15人が食べ終わる前に甲板の鐘が乱打された。

食堂にいた銛打ちの4人とも、皿にはまだ揚げパンもベーコンも残していた。顔を見交わしたあと、4人は同時に皿の残りものを一気に口に押し込んだ。あとの成り行きを思い、食べられるだけ身体《からだ》に取り込もうと思ったのだろう。

カンカンカンッ。

甲板での乱打は続いている。口をもぐもぐさせながら、4人は昇降口に突進した。

ホーン岬の先端まで10マイル（約18・5キロ）の海で、マンハッタン号はこの航海で初めてクジラに遭遇していた。

甲板ではボースンが水夫たちに出漁準備を指示している。

銛打ち4人のあとから甲板に上がってきたエリーザーは、肉眼で海の彼方《かなた》を見た。

「ブロー（潮吹き）の高さは20フィート（約6メートル）以上ある」

ボースンは望遠鏡でエリーザーの言い分を確かめた。間違いなく20フィートを超えるブローが上がっていた。

マンハッタン号は左右両舷に、4杯のホエール・ボートを搭載している。籠番は、獲物がマッコウクジラだと告げていた。体長が50フィート（約15メートル）以上もあるマッコウクジラなら、1頭仕留めれば5ガロン樽100樽の鯨油が期待できた。

「初の獲物がマッコウクジラとは、おれたちにはツキがある」

銛打ちのリーダー、ナンタケット島出身のトム・ベッタが仲間を見回した。

「サグハーバーを出てから3カ月もの間、この瞬間を待っていたんだ」

マッコウクジラなら相手に不足はないとベッタは言い切り、仲間を鼓舞《こぶ》した。

4人はそれぞれ別のホエール・ボートに乗った。自分用に手を加えた銛を、各自が20本、ボートに持ち込んでいた。

マッコウクジラが左舷前方1マイル（約1・85キロ）の位置で本船は帆の向きを操作して停船した。

これ以上近寄ると、身の危険を感じてマッコウクジラが逃げ去る恐れがあった。

1杯のホエール・ボートには4人の漕《こ》ぎ手、舵取り1名、そして銛打ちが乗船する。

腕力の強い漕ぎ手4人、舵取りに長《た》けた水夫を選りすぐった1号ボートが、最初に左舷から下ろされ始めた。

「手早く下ろせ……もっと早く」

ボースンの号令に焦《あせ》ったのだろう、水夫たちはロープの扱いを誤った。1号は海面にドスンッと落ち、海水が四方に飛び散った。

南極まで数百マイルの海である。真夏だというのに、不意に海水を浴びた腕には鳥肌が立つほどに冷たかった。

舳先に立ったベッタは前方1マイルの海を見詰めつつ、銛打ち仲間3人のボートが下ろされるのを待った。

マッコウクジラはマンハッタン号にもホエール・ボートにも気づいていないようだ。巨体を海面に横たわらせたまま、定まった間隔を空けて高さ20フィートのブローを続けていた。

クジラを見詰めているベッタは、相手のブローの間隔を計っていた。

およそ3分間隔で、高々と潮を噴き上げ続けている。

仲間3人のボートが揃《そろ》ったとき、ベッタは昂《たか》ぶる気持ちを懸命に抑えて告げた。

「あの間隔のブローを続けているということは、まったく敵の存在を察知していない。

こんなチャンスは滅多にないぞ。1号、2号はクジラの左、3号と4号は右の背後から近づくことにする」

クジラとの距離を10フィート（約3メートル）まで詰めた位置から、4人で一斉に一番銛を打ち込む。クジラは逃げようとするだろうが、一番銛はホエール・ボートとロープで結ばれている。いかに巨大なマッコウクジラでも、4杯のホエール・ボートを引っ張っては、そう長くは泳げないだろう。

「気づかれずに近寄るのが大事だ。クジラまで20フィートに迫ったら、オールを引き上げてパドルで進んでくれ」

「分かりました、チーフ」

4杯のホエール・ボートの漕ぎ手たちが、ベッタの指図を受け止めた。

ベッタの作戦は見事に功を奏した。10フィートまで背後から迫り、息を合わせて一番銛を打ち込んだ。

マッコウクジラはひときわ高いブローを噴き上げると、巨大な尾ヒレで海面を叩いた。大量の海水が四方に飛び散ったが、どのボートも尾ヒレより前にいた。しぶきは浴びたが、転覆することはなかった。

3度海面を叩いたあと、マッコウクジラはいきなり疾走を始めた。

4杯のボートは、ただ引かれるに任せるだけである。舵取りはボート同士がぶつからぬように舵を操《あやつ》った。

*

本船の左舷に集まった水夫たちは、マッコウクジラが走り出すさまを見ていた。

「まさに〝ナンタケットの橇滑《そりすべ》り〟だ」

水夫のひとりが声を漏らした。

マサチューセッツ州南東部のナンタケット島は、東海岸捕鯨基地のひとつだ。いまではニューベッドフォードが栄えているが、アメリカの捕鯨はナンタケットから始まっていた。

銛を打ち込まれたクジラは、激痛から逃れようとしてホエール・ボートを引いたまま遁走《とんそう》を始める。そのさまをナンタケット島出身の船乗りたちは、島の橇滑りと呼んでいた。

ボースンが号令を発した。

「いつまでも見ていないで、こっちも準備を始めるぞ」

さまざまな作業が一斉に始まった。一番大がかりな準備は、鯨油を煮詰める釜《かま》と、ストーブを用意することだった。

レンガ製のストーブには、焚《た》き口が2カ所ついていた。釜もふたつ、その真上に載っていた。

仕留めたクジラは左舷まで運んできたあと、身体をくるくる回転させて皮を剝《は》ぎ取るのだ。巨体のマッコウクジラでも海面に浮かべておけば、浮力を利用して楽に回転をさせることができる。

皮剝ぎ役の水夫は、柄の長さが10フィートもある包丁を使い、クジラの身体に切れ目を刻みつける。

その切れ目に別の包丁を差し込むと、クジラの頭部と尾に結ばれたロープを操り、身体をくるくる回す。まるでリンゴの皮を剝《む》くようにして、クジラは皮を剝かれた。

5フィート（約1・5メートル）幅に切断された皮を甲板に引き上げたあと、さらに1フィート（約30センチ）角の正方形に切り分ける。

この皮を釜に投げ入れて煮詰めれば鯨油が採取できるのだ。

皮下脂肪のたっぷりついた皮を煮詰めれば、ジュウジュウと音を立てながら油と黒い皮とに分かれた。釜から取り出した黒い皮は、そのままストーブにくべて燃料となる。クジラは我が身を燃やして、鯨油となった。

甲板の支度がほぼ仕上がったころ、クジラと4杯のホエール・ボートとの闘いも、最終ステージを迎えようとしていた。

「大したクジラだが、いよいよ最期《さいご》だ」

望遠鏡でホエール・ボートを見詰めていたボースンがつぶやきを漏らした。

4本の一番銛に加えて、30本近い銛がマッコウクジラの身体に打ち込まれていた。噴き上がるブローから勢いが失《う》せていた。4杯のボートを引いて走る力は、もはやクジラには残っていないのだろう。

本船から50ヤード（約46メートル）先の海で、瀕死《ひんし》のマッコウクジラは動きを止めて浮かんでいた。

ホエール・ボートは4杯とも一番銛に結んだロープを解いた。

動きが自由になった3号と4号が尾に回り、太めのロープを尾に巻き付けた。1号と2号はクジラの頭部を挟む形になり、本船の方へと押し始めた。

クジラに突き立てられた多数の銛は、ハリネズミの針のようだった。

＊

鯨油採取は翌日の昼過ぎまでかかった。

体長が60フィート（約18メートル）もあったマッコウクジラからは、5ガロン樽《だる》113樽もの鯨油が採取できた。

隙間《すきま》だらけだった船倉の一角に、樽が高く積み重ねられていた。

鯨油採取職人も樽作りのキンダーも、口をきくのも億劫《おっくう》だというほどくたびれていた。

2月5日の夕食には、リオデジャネイロで仕入れたビールが振る舞われた。

「明日の火曜日は、臨時の休日とする」

夕食の場に顔を出した船長が、水夫たち全員をねぎらった。

「存分に骨休めをしてくれて結構だが」

船長は言葉を区切って水夫たちを見た。

「もしまたクジラを発見したら、休日はなしだと心得てくれ」

船長の両目はゆるんでいた。

捕鯨と休みと、どちらを取るのか。

訊《き》くまでもない。実入りが増える捕鯨がいいに決まっている。

水夫たちは指笛を吹き鳴らし、ビールの残りを飲み干していた。

10

弘化《こうか》元年十二月二十六日(1845年2月2日)、四ツ(午前10時)。

阿波国《あわのくに》徳島湊《みなと》の桟橋には、快晴の空から温《ぬく》もりをはらんだ陽が降り注いでいた。

「差配《さはい》さんよう」

桟橋の湊差配番小屋に、大柄な仲仕《なかし》ふたりが押しかけてきた。潮焼けした男たちは、真冬だというのに素肌に半纏《はんてん》、下帯《したおび》一本という格好である。

半纏の袖《そで》から剝き出しになった腕は太く、びっしりと手首まで毛が生えていた。

「なにか用か?」

湊差配但馬《たじま》平助《へいすけ》は、帳面を畳んで顔を上げた。仲仕ふたりは無精髭《ぶしょうひげ》が鼻の下を埋めている顔を、但馬の前に突きだした。

「あそこに舫《もや》っとる幸宝丸《こうほうまる》は、いつまででかいツラしておるんかのう」

「岸壁の半分も荷積みで使いよるけん、わしらの仕事がはかどらんがよ」

すぐになんとかしてくれ。さもなければ腕尽《うでず》くで舫い綱を解くと、仲仕たちは但馬に凄《すご》んだ。

正月を目前に控えた湊は、石造りの岸壁に多数の船が舫われていた。

「あと一刻《いっとき》のことじゃき、辛抱してつかあさいや」

藩の役人であるにもかかわらず、但馬は仲仕たちに一刻待ってくれと頼み込んだ。

「差配さんがそう言うんじゃったら、一刻は待つけんどのう」

「一刻過ぎてもまだ幸宝丸が居座っとったら、わしら、ほんまに舫いを解きますきに」

強い口調で言い残して、ふたりは番小屋から出て行った。

腰掛けから立ち上がった但馬は、番小屋の外に出た。一刻以上も帳面に細かな文字を書き続けていた但馬である。快晴の空から降り注ぐ陽差しが眩《まぶ》しくて、目をしばたたいた。

ひたいに手をかざして見た先に幸宝丸が舫われているのが見えた。

仲仕がねじ込んできたのも無理はなかった。ふたりが言ったことは大げさではなかったのだ。

まさに石造りの桟橋の半分を、幸宝丸の積み荷が占めている。

番小屋に戻った但馬は、刀架から二本を外し、腰に佩《は》いて幸宝丸に向かった。身繕いを整えて向かわなければ、江戸者船頭の弦助《げんすけ》に貫禄《かんろく》負けするのが分かっていたからだ。

冬の陽は空の低いところを東から西へと動いている。石の桟橋に描かれた但馬の影は長い。律儀《りちぎ》なことに、影もきちんと二本をさして歩いていた。

但馬が近寄るのを見て、船頭の弦助のほうから近寄ってきた。

「お役目、ご苦労さまです」

あたまを下げた弦助は、髪結いを呼び寄せて手入れをさせたのだろう、月代《さかやき》の青さが際立《きわだ》っていた。

「いつまで荷積みはかかるのか、見込みを申せ」

但馬は居丈高に言い放った。

「ご覧の通り、米も酒もまだ四分一《しぶいち》しか積めておりやせんで。見込みをと言われても、見当の言いようがありやせん」

弦助の物言いが横柄《おうへい》さを帯びていた。

「おまえにも事情はあろうが、岸壁は幸宝丸だけのものではない」

正月を間近に控えたいま、湊に接岸したがっている船が何杯も待っている。

「仲仕をもっと雇うなどして、あと一刻のうちに荷揚げを片付けよ」

丹田《たんでん》に力を込めた但馬は、右手をだらりと垂らした。いつでも太刀を抜くという構えである。

弦助はしかし気を張るでもなく、薄笑いを浮かべて但馬を見た。

「但馬さんは幸宝丸が松平阿波守《まつだいらあわのかみ》様の持ち船であるのはご存じでやすかい？」

弦助はあけすけに但馬を見下していた。

「松平様の御用で、これから江戸まで米と酒を運ぶんでさ」

積み込みが遅いと文句があるなら、蜂須賀《はちすか》家に言ってくだせえと、弦助は言い放った。

「ほかに御用がねえなら、あっしは積み荷の指図がありやすんで」

弦助は但馬の顔も見ずにその場を離れた。

とはいえ弦助なりに、作業を急がせようと考えたのだろう。

積み荷すべてを載せた千百石船幸宝丸は、江戸に向けて正午に出帆した。

船頭以下、十一人の水夫《かこ》が乗っていた。

＊

正午に徳島湊を出帆したとき、空は底なしの青さを見せていた。

船頭の弦助は潮を摑《つか》むことに長《た》けた男だ。

「面舵《おもかじ》一分を保って走れ」

船頭の指図を受けた舵番は長柄《ながえ》を操り、幸宝丸の針路を一分（22度半）右に曲げた。風は追風である。面舵一分を保って走っているうちに、目指す黒潮に乗ることができた。

「黒潮に流されたときは、いらんことはせんほうがええ」

徳島の漁師たちは、強くて速い黒潮の流れを知っていた。

弦助は江戸者の船頭だが、何度も徳島から江戸まで禄米《ろくまい》や食品、阿波国特産品の藍《あい》染《ぞ》めの廻漕《かいそう》を請け負っていた。

潮流と風の両方に恵まれた幸宝丸は、八ツ（午後2時）過ぎには紀州の沖に差し掛かっていた。

驚くべき船足の速さである。が、乗組員の大半が顔つきを曇らせていた。

徳島では雲のかけらも見ないほどの快晴だった空に、分厚い雲がかぶさり始めていたからだ。

嵐《あらし》は突然、幸宝丸に襲いかかってきた。

海を知り尽くしている はずの弦助ですら、風向きの激変は読めなかった。

「帆を四分一にまで畳むんだ」

弦助が発した指図を、親爺《おやじ》（水夫長）の伝助《でんすけ》が怒鳴り声で号令した。

水夫たちは綿入れ半纏の胸元を閉じ合わせた。風が強い北風に変わっていたからだ。

江戸を目指して疾走していた船が、いきなり沖へ沖へと流され始めた。

千百石積みの大型船とはいえ、船は沿岸航海しかできない。熟練船頭の弦助ですら、北上するときは常に左舷に陸地を見ながら船を進めていた。按針箱《あんじんばこ》（羅針盤）なしの船では、陸地が見えていることが航海の頼りだった。

「親方、船がどんどん沖に持っていかれて陸が小さくなっていきやす」

舵番の声が怯《おび》えていた。

北からの烈風は海面にうねりを生じさせていた。四分一にまで帆を畳んでいたのに、沖へと流される船は速さを増すばかりだった。

吹きさらしの甲板に、寒風が容赦なしに吹き付けていた。

「海に投げ出されねえように、身体をしっかり結わえておきねえ！」

伝助が野太い声を張り上げた。

真冬の荒れた海上では、凍えたしぶきが両舷《りょうげん》から水夫たちにかぶさってきた。

「そんなやわな結び方じゃあ、波にほどかれちまうぜ」

伝助は水夫たちの結び目を確かめて回った。

甲板を行き来できるように、伝助が身体に結わえた綱は長さが四間（約7・3メートル）もあった。

これだけの長さがあれば自在に動けた。しかし舷側から暴れ込んでくる波にさらわれたら、踏ん張りきれずに海に落ちてしまう。

長さ四間の綱を身体に結べるのは、甲板にへばりつける自信のある者に限られた。

「この嵐は、しばらくは止《や》みそうにありやせんぜ」

伝助が口にした読みに、弦助もうなずいた。伝助の空見《そらみ》（天気の見込み判断）には、弦助も一目をおいていた。

「甲板にはおれとおめえと舵番だけを残して、あとは船倉に移しねえ」

「がってんでさ」

船頭の許しを得た伝助は、甲板に散らばっていた水夫たち八人に、船倉への避難を号令した。

氷のような海水と北風を浴び続けて、だれもが身体の芯《しん》まで凍えていたときである。身体に結わえていた綱を急ぎほどくと、先を競うようにして船倉へと逃げ込んだ。

天蓋《てんぶた》を閉じれば、船倉に海水が流れ込むことは防げる。積み荷を濡《ぬ》れから守るために、天蓋の造りはしっかりしていた。

甲板に残った船頭・親爺・舵番の三人は、油紙と綿とが何層にも重ねられた厳冬期用のカッパを羽織っていた。

沿岸から沖に流された幸宝丸は、荒波にもてあそばれた。

港に舫われたときの本船は、小舟を蹴散《けち》らすほどの威勢に満ちていた。高さ2丈(約6メートル)の大波が立っている洋上では、池に舞い落ちた木の葉も同然の頼りなさでしかない。

船倉に避難していた水夫たちは、四半刻《しはんとき》(30分)も経ぬうちに全員が甲板に戻ってきた。

「暗い船倉で揺さぶられるよりは、凍えた甲板のほうがまだましだがよ」

だれもがカッパを羽織っていたが、船頭たち三人の品よりも出来は粗末だった。それでも八人全員が再び身体に綱を結び、甲板に立っていた。

＊

弘化元(1845)年の十二月は大の月である。

嵐は途中で小やみを挟みながら、三十日の大晦日《おおみそか》まで続いた。

「どこまで流されるか分からねえ。この先で何よりでえじになるのは飲み水だ」

伝助は水夫たちに指図し、雨水の蓄えを続けた。船倉にあった鍋《なべ》・瓶《かめ》の類《たぐ》いを総動員して雨水を溜《た》めた。

が、とても十一人の乗組員を賄《まかな》うだけの量は確保できなかった。

「船は辰巳《たつみ》（南東）に向かって流されてやす」

伝助は天道《てんとう》の位置から、船が流されている方角の見当を口にした。

「辰巳の方角に陸はありやせん」

このまま漂流が続いたら、たちまち飲み水が涸《か》れてしまうと弦助に告げた。

「この雨は今日一杯は続きやすが、明日の元日がどうなるかは分かりやせん」

雨が降っているうちに飲み水を溜めさせてほしいと、弦助に強く迫った。

「おめえの言い分は分かったが、何に雨水を溜める気でいるんだ」

「酒と醤油《しょうゆ》の四斗樽《しとだる》を使いやしょう」

伝助はきっぱりとした物言いで即答した。

幸宝丸は徳島の地酒を五十樽、醤油を八十樽も積んでいた。どちらも江戸在府の藩主好みの品である。

江戸には下総《しもうさ》国銚子と野田で醸造された、美味で知られた醤油が廻漕されていた。

酒は灘《なだ》からの下り酒が、新川河岸《がし》に陸揚げされていた。新川河岸は阿波藩中屋敷とは目と鼻の先の近さだった。

醤油も酒も江戸でいかほどでも入手できた。にもかかわらず藩主は持ち船幸宝丸を使い、大量の地酒と地醤油を運ばせた。ふたつを日々の暮らしで味わうことで、徳島を身近に感じていたのだ。

弦助は返事をするまでに、ひと息をおいた。藩主に納める品を勝手に処分することに、ためらいを覚えたからだ。

が、状況は伝助の言う通りだった。いま降っている雨が明日も続く確証はなかった。

「醤油を二十樽、酒を十樽カラにしろ」

「へいっ！」

吹き降る雨を弾《はじ》き飛ばすほどに威勢のいい、伝助の返事だった。

「酒を十樽、醤油を二十樽、中身を海に捨ててカラにしろ。その樽に雨水を溜める。醤油樽はしっかり海水で洗うんだ」

伝助は水夫たちを強い目で睨《にら》みつけた。

「酒は海に捨てるんだ。間違っても、おめえたちの胃の腑《ふ》に捨てるんじゃねえぜ！」

「がってんでさ」

水夫たちの返事は揃っていた。が、醤油とは異なり、酒は捨てられるものではない。

「ほんのひと口だけなら、親爺さんも固いことは言わねっから」

水夫たちは海に落ちる酒をひしゃくですくい、回し飲みを続けた。

「親爺さんや親方にも、届けたほうがよくねっか?」

「そうするべ」

大型の土瓶に注ぎ入れた酒が伝助に届けられたのは、三十の四斗樽にたっぷり雨水が溜まったあとだった。

土瓶を運んできた水夫に光る目を向けただけで、伝助はそれ以上の小言は言わなかった。

嵐は大晦日の夜半には収まった。

弘化二年の元日は、東の空から昇る初日を拝むことができた。

水夫たちは、ちゃっかり他の土瓶にも酒を注ぎ入れていた。ゆえに幸宝丸甲板では徳島の地酒で元日を祝った。

漂流中の悲愴感《ひそうかん》が薄かったのは、食料も水も酒もたっぷり積まれていたからだ。

しかし天気に恵まれたのは正月三が日だけだった。

漂流が始まって九日目。弘化二年一月四日には、いままで以上の特大の嵐が襲いかかってきた。

十一人が生き死にの瀬戸際まで追い詰められていた。

＊

高さ二丈半（約7・5メートル）を超える怒濤《どとう》が、何度も幸宝丸を襲ってきた。

船に舵を取り込むのが、一瞬だけ遅れた。

幸宝丸の舵は畳二畳大もあった。舵の向きを変える長柄は、硬い樫《かし》でできていた。

水夫三人が長柄にぶら下がっても、びくともしない頑丈さだ。

特大の舵は、長柄もろとも怒濤にさらわれた。舵を失った船は、潮と風との都合で流され続けた。

紀州沖から始まった漂流は、十七日が過ぎた一月十三日で一区切りを迎えた。

「本船前方二千尋《ひろ》（約3キロ）に、島影が見えたぞう！」

乗組員のなかで最も遠目の利《き》く三五平《さごへい》が、舳先《へさき》で大声を発した。

弘化二年一月十三日（1845年2月19日）、五ツ半（午前9時）過ぎ。

幸宝丸乗組員十一人はだれひとりひどい怪我《けが》を負うこともなく、無人島（鳥島《とりしま》）に上陸できた。

11

1843年11月にサグハーバーを出港してからマウイ島までの間で、マンハッタン号が仕留めたクジラは19頭止まりだった。

頭数は少なかったが、幸運にもマッコウクジラが7頭も含まれていた。

船長は2100樽の鯨油で船倉を隙間なく埋めた状態でマウイ島のラハイナ港に入った。

「1バレル21ドルなら、何千樽でも引き取るがどうだね、船長?」

ラハイナの鯨油商人との値段交渉が巧《うま》く運び、鯨油の全量を売却した。

しかし2100樽は、サグハーバーを出る前に想定した収穫見込みには遠く及ばなかった。それでいながら売却交渉を終えたクーパー船長も副長も、笑みを浮かべていた。

1バレル21ドルは上出来だったことに加えて、ホノルルのマウント・クック商会で入手できたものが、飛びきりの一級情報だったからだ。

「ジャパンは6月初旬から7月末までの2カ月、北から南まで雨季に入る」

海も荒天が続く季節となるが、クジラは雨季を好んでジャパン沿岸を回遊している。

「雨季にニホンカイに行けば、クジラは間違いなく入れ食い状態だ」

マウント・クック商会のマネージャー、ハンクは高額の情報料と引き替えに1枚の地図をクーパー船長に差し出した。

クジラが入れ食いになっている場所が、真っ赤な色鉛筆で記されていた。

サドガシマ。

アキタ沖。

この2カ所の海域が、赤い二重丸でくくられていた。

「オガサワラのチチジマで補給したあとは、まっすぐ北上すればおよそ540マイル（約1000キロ）でジャパンだ」

説明するハンクの表情が引き締まった。

「北上を続けたのちに突き当たったジャパンの場所は、キャピタル（首都）のエドに近い。そこは守りが厳重だ」

ニホンカイに向かうには、ジャパンの太平洋岸に沿って北上することだと、ハンクは引き締まった顔で注意を与えた。

「いまの時季、ここからジャパンまでの海域には、ほとんどクジラはいない」

風を摑んだあとは船足を緩《ゆる》めず、一気にジャパンの太平洋岸を目指すようにと教えた。


「ありがとう、ハンク」

「マンハッタン号に神のご加護を」

船長とハンクは固い握手を交わした。

*

1845年3月12日(弘化二年二月五日)水曜日、午前10時。

マンハッタン号はオガサワラ群島チチジマを出帆した。

「ラハイナで採用した2名は、思わぬ拾いものだったようです」

ボースンのジム・カーソンはあご鬚《ひげ》を撫《な》でつつ副長に話しかけた。

新入りのふたりとも、メインマストの下で、帆のロープを巧みな手つきでさばいている。きびきびした動きを見ていた副長も、満足げな表情になっていた。

「いよいよ今日から、ジャパン・グラウンドでの捕鯨が始まる」

副長は、ボースンに目を戻した。

「いまの時季、ジャパンを目指して北上する本船には、風は逆風だ」

副長はあご鬚を右手で強くしごいた。赤毛のひげを生やしているボースンも、副長と同じ仕草をしていた。

「逆風走行はクーパー船長の得意技だが、そのためには敏捷《びんしょう》な帆の操作が欠かせない」

乗組員たちを一層厳しく督励するようにと、副長はボースンに申し渡した。

*

鳥島は剝き出しの岩だけの無人島である。薪《たきぎ》にできるような樹木はもちろん、雑草すら生えてはいなかった。

船頭の弦助は全員でこの島に上陸した直後に、長い漂流生活になるのを覚悟した。

島の近くを行き来する船影は、三五平がどれほど目を凝らしても見えなかったからだ。

「わしらがどこに流されたか、だれか見当のつくやつはいるか？」

弦助の問いに手を挙げたのは、かしき（炊事役）の拓三《たくぞう》だった。

「わしはおじいから、鳥島という無人島の話を聞かされたことがありますきに」

拓三が聞かされていたのは、鳥島に流されたあと十三年も過ぎてから生還した土佐の船乗りの話だった。

「島に流れ着いた材木やら船の切れ端やらを集めて、小舟を造ったとおじいから聞かされとりました」

渡り鳥のアホウドリしか棲《す》まない島ゆえ、鳥島と呼ばれていると拓三は言い足した。

「おめえの話には得心がいったぜ」

いまいる場所は鳥島だと、弦助は断じた。

「拓三のじいさんの話からも分かることだが、この辺りを通り過ぎる船など、ほとんどいねえと覚悟するしかねえ」

弦助は下腹に力を込めて言い切った。

「わしらが乗ってきた幸宝丸は、いまさら修繕もできねえほどに壊れちまった」

船頭の言葉に多くの者がため息をついた。

弦助はひときわ声の調子を強めた。

「たったひとつのいいことは、わしらが米だの味噌《みそ》だの醬油だのを運んでいたことだ。船倉にはまだたっぷり、食い物が残っているし、三十樽に溜めた飲み水も、しばらくは涸れる気遣いはねえ」

かならず生き延びて、もう一度阿波国に帰るぞと、威勢を込めた物言いで弦助は話を締めくくった。

上陸した翌日から、乱れのない十一人の漂流生活が始まった。

船に残っていた火熾《ひおこ》しの道具は、暮らしに大いに役立った。

島での生活を始めて四日目に、丸太が三本も流れ着いた。力仕事に慣れている水夫たちの手で島に引き上げ、洋上で破損箇所の修繕をするために積んであった大工道具一式を使い、薪を拵《こしら》えた。照りつける天道は、湿った薪をわずか半日で乾かしてくれた。

十日に一度ぐらいの間隔で大雨が降った。島に運び上げた飲み水を溜める樽は、一度の大雨で縁から溢れ出た。

水夫のなかには魚釣りの達人が何人もいた。海水が温かいらしく、シイラが釣れた。日々の暮らしはなんとかしのげたが、夜になるとだれもが阿波国を思い描き、口数が少なくなっていた。

無人島への漂着から二十日以上が過ぎた、弘化二年二月八日（1845年3月15日）。

水平線をダイダイ色に染めながら昇る朝日は、この朝も大きかった。

今朝の炊事当番は三五平と舵番の籐吉《とうきち》である。岩場の上り下りが苦手な籐吉は、火熾しを買って出ていた。

三五平は三丈（約9メートル）の岩を伝い、磯に下りて貝を拾ってすぐに戻ってきた。

籐吉は火熾しにかかりきりで、海の見張りを忘れていた。炊事当番は、全員が起床するまで海の見張りも言いつけられていた。

どんぶり二杯分の貝を獲《と》ってきた三五平は、水平線に目を向けるなり、貝が山盛りになったどんぶりを落とした。

ガチャンッ。

どんぶりの破片と貝とが、大きな音を立てて飛び散った。

「どうしたね、三五平さん」

籐吉は火熾しの手を止めて三五平を見た。

「船が……船がこっちに走ってくる！」

三五平は舌がもつれたらしく、巧く言葉にならなかった。

「船だとう！」

籐吉はその場に立ち上がり、ひたいに右手をかざした。

三本マストのマンハッタン号が、島に向かって直進してきていた。

12

１８４５年３月15日（弘化二年二月八日）、午前７時過ぎ。

「針路前方4マイル（約7・4キロ）に島影あり」

マスト上部の見張り当番が大声を発すると同時に、細綱を引いた。マスト根元に設置された真鍮《しんちゅう》製のベルがカン……カン……と一点打を繰り返した。

針路前方に島影発見、と告げる鐘だ。

甲板員たちの表情が引き締まった。12日にチチジマを出帆して以来、3日ぶりの陸地発見である。

舳先から突きだしたバウスプリットに立つ水夫は、左手をかざして遠くを見た。

が、4マイル離れた島である。見張り籠《かご》とは違い、低い位置からの肉眼では島を確認できなかった。

操舵手《そうだしゅ》の脇《わき》で地図を見ていた二等航海士ゲイル・パットは、いぶかしげな目で副長に話しかけた。

「チチジマからジャパンに向けて北上していますが、地図に島は描かれていません」

ゲイルが見ているのは、ホノルルのマウント・クック商会で購入した最新地図である。しかも地図から航路は外れていないと、自分の天測技術にゲイルは絶対の自信を持っていた。

「まだ4マイルも先のことです。新型望遠鏡に慣れていないピッカーズの見間違いではないでしょうか」

副長も複雑な面持ちでいたところに、船長が甲板に上がってきた。

「一点打が聞こえたが、島が見えたのか？」

この海域を走るのは初めてのクーパーが、副長に質《ただ》した。

「ピッカーズが発見したらしいのですが」

副長がそこまで言いかけたとき、真鍮ベルが乱打を始めた。島に救助を求める人影を認めたという合図である。

甲板の動きが慌《あわ》ただしくなり、ボースンはマスト下に駆け寄った。

「救助を求めているのは、海上でなのか？」

「前方3マイルの島です」

ピッカーズが迷いのない口調で応じたとき、副長がボースンの脇に寄ってきた。

「何人が助けを求めているんだ？」

副長は両手を口にあててマスト上部のピッカーズに問いかけた。

「正確には分かりませんが、10人以上が一列に並んで布のようなものを振っています」

見張りチーフの返事を聞いて、副長とボースンが驚き顔を見合わせた。

最新の地図にも載っていない島で、10人以上が助けを求めている。副長は急ぎ船長の元に戻り、ピッカーズの報告を船長に伝えた。

船長はすぐには指示を出さなかった。

追風を受けた本船は、真《ま》っ直《す》ぐ未知の島に向かっていた。遭難者の救助は海に生きる者の掟《おきて》だ。助けに向かうのにためらいはなかったが、不明なことが多すぎた。

地図にない島で助けを求めている10人以上の者とは……

国籍はどこなのか。

救助しても本船乗組員に危害が及ぶ恐れはないのか。

マンハッタン号の乗組員に対する責任を考えたクーパーは、黙したまま思案顔を続けていたが……

「われわれのことなら心配無用です」

口を開いた副長はクーパーを見詰めていた。

「どんな相手であれ、本船に救助を求めています」

副長の後ろに立つボースンも強くうなずき、船長から目を逸《そ》らさずにいた。ふたりの強い目を受け止めて、船長も肚《はら》をくくったようだ。

「島の手前、半マイルの位置で停船し、ホエール・ボート4杯を下ろせ」

「イエス・キャプテン！」

ボースンは背筋を伸ばして敬礼した。

「救助する相手は10人以上だ。各ボートの舵取りには武器・弾薬、飲料水を詰めた小樽を携行させるように」

追風に押されてマンハッタン号は快走していた。風を心地よく感じていたが、島は違う。容赦のない陽が、救助を待つ漂流者に照りつけているに違いない。食料よりも水で渇きをいやすことが大事だと、船長は判断していた。

船長の指示を、ボースンは大声で水夫たちに伝えた。各ボートの舵取りたちは船室に駆け下り、銃と弾薬を運び上げてきた。

飲料水で満たされた小樽、綿を巻いたスティックも十数本が用意された。渇ききった者にいきなり飲料水を飲ませると、喉《のど》を痛めてしまう。綿に湿した水を口に含ませるのが安全な飲ませ方だった。

銃に弾薬、小樽を積み込んでから15分後、島まで半マイルの位置に到着した。

ボートには舵取りひとりと漕《こ》ぎ手4人の合計5人が乗船していた。捕鯨本番と違うのは舳先にハープーナーが乗っていないことだった。

クジラを追うときの漕ぎ手4人は腕も千切れよとばかり、血管の浮き出た腕でオールを漕いだ。

いまは逆だった。

相手の様子が分からないだけに、舵取りは慎重な漕ぎ方を命じていた。もしものときにはボートを反転させて、急ぎ本船まで走ることになる。

救助を求めて手を振り続けている者たちは、艫《とも》に座した舵取りが目に捉《とら》えていた。

島の崖上《がけうえ》には11人が横並びになっていた。

島まで100ヤード（約91メートル）の位置で、様子がはっきりと見てとれた。

海面から島の崖上までは、高さおよそ20フィート（約6・1メートル）。切り立った崖だが、足場は確保できそうだった。

難破した船から崖上に逃れたらしく、舷側が大破した木造船が見えた。船にはまだ積み荷が残っているようで、太い舫い綱が大岩に結ばれていた。

木造船は、サグハーバーでは見たことのない形だった。甲板の中央部に突き立てられているのはマストに思えた。が、帆桁《ほげた》も帆もついていない。つぶさに観察したが、海賊船ではないと判じられた。どこにも武器らしいものが積まれた形跡がなかったからだ。

「安全は確認できた。これより救助を始める」

1号ボートに乗ったボースンの号令で4杯のホエール・ボートが岩場に近寄り始めた。

漕ぎ手のひとりが上陸し、舫い綱を近くの岩に結びつけた。

風を頬に感ずるが、波は静かである。1号ボートに続き、残りの3杯からも漕ぎ手が岩場に下りていた。

＊

「助けに来てくれたのは間違いねえが、気を抜くんじゃねえ！」

小声ながら、弦助の口調は厳しかった。

弦助は近づいてきた小舟の舵取り番が抱え持っている銃を確かめていた。もしもの場合には、ためらうことなく銃を撃つと察しがついた。

舵取り番は四人とも油断のない目で崖を見上げていた。座ったままでも、四人は大男だと見当がつく。うちふたりは真っ赤な髪をしていた。

救助に来てくれた面々も、舵取り番同様に油断のない目で弦助たちを見上げていた。

「どうしやしょう、おかしら」

親爺が弦助に指図を仰いだ。他の水夫たちは弦助を取り囲み、こわばった顔で見ていた。

「鉄砲を持っているのは、向こうもおれたちの様子が分からねえための用心だ」

こっちが妙な振舞いをしねえ限り、手出しはしないはずだと見当を聞かせた。

「それがあかしに、岩場に上がった連中はだれも鉄砲を持っちゃあいねえ」

弦助が言ったことで、水夫たちは得心顔になった。

「下に群れてるあの連中に、助けに来てもらえておれたちが喜んでいると、身振りで分からせようじゃねえか」

「分かりやしたあ」

大声で応《こた》えた三五平が、思案を弦助に聞かせた。

「わしらあ阿波のモンには、なんというても阿波踊りが一番ですらあ」

崖下から見える場所で、思い切り阿波踊りで喜びを伝えよう……三五平の思案に水夫たちが乗った。

「ほんならおかしら、　踊りますらあ」

言い出しっぺの三五平が先頭に立ち、口三味線で踊り始めると、あとの者たちが囃《はや》子詞《しことば》を唄《うた》い始めた。

「踊るあほうに見るあほう。同じあほなら踊らにゃあ損、損」

いきなり崖上が賑《にぎ》やかになった。

崖下の面々は呆気《あっけ》にとられた表情で踊りを見上げた。

ボースンには敵意なしが伝わったらしい。腕に抱えていた銃がボートの底に下ろされた。

13

「11名全員に敵意なし。安全を確認した」

ボースンの指示で島から本船に向けて、手旗信号が送られた。午前9時半だった。

「島まで100ヤードの位置に前進」

船長の指示を二等航海士が号令した。マンハッタン号は帆の張り方と向きを調整し、船長が指示した位置まで進んだ。不意の荒天が襲来しても100ヤードの隔たりを確保できていれば、本船が島に激突して大破する恐れは回避できる。

停船した船から合図を受けて、ホエール・ボート4杯が動き始めた。

「救助用意！」

ゲイルの号令で右舷甲板から幅の広い縄梯子《なわばしご》が垂らされた。

ボートは1号と2号が同時に右舷に横付けされた。1号には弦助が率いる3人、2

号には親爺を含む4人が乗っていた。

「梯子を伝って甲板に登ってくれ」

ボースンが弦助たちに指示を与えたが言葉が通じなかった。

「おまえたちが先に登り、梯子の使い方を示してやれ」

「イエス・ボースン！」

1号ボートの漕ぎ手4人が横並びになり、一斉に縄梯子を登り始めた。

そのさまを見て、弦助は指示を理解した。

「おれは3人を連れて先に上がる」

2号ボートの親爺に言い置き、弦助は縄梯子に右足を載せた。ボースンは「それでよし」とばかりに弦助にうなずいた。

五尺六寸（約170センチ）の弦助は幸宝丸では一番の大男だった。しかしボースンは5・7フィート（約174センチ）あったし、先に縄梯子を登った水夫たちも上《うわ》背《ぜい》は豊かだ。

そんな男たちが軽々と甲板まで登っていた。

「おめえたちもしっかりついてこい！」

利き足と利き手で梯子を摑んだ弦助は、猿のような動きで舷側を登り切った。

ボースンの顔に笑みが浮かんだ。弦助の負けん気を認めた笑みだった。

＊

幸宝丸の11名がマンハッタン号甲板に立ったのは午前11時前だった。

ボースンが最後に上がってきたあとも、4杯のボートはそのまま舷側に結ばれていた。

「島に残っている難破船には、まだ多くの積み荷が残っています」

船長の脇でボースンは幸宝丸を指差した。

「漂流者のリーダーと談判して、まだ使えそうな荷は本船に引き上げるべきだと考えます」

ボースンの進言は理に適《かな》っていた。難破船の積み荷は、それを発見した者に権利が移るとされている。

しかし甲板に助け上げた11名は、だれひとり英語を理解できなかった。国籍すら不明だ。

「コンサーとポールをここに上げてくれ。紙と鉛筆を持参するように」

「イエス・サー！」

引き締まった返事を残して、ボースンはキッチンに下りた。

ボースンと並んで甲板に上がってきたコンサーは、頭ひとつ背が高かった。

「うぐ……」

幸宝丸水夫《かこ》の間から押し殺した声が漏れた。

弦助を含む全員が黒人を見たのは初めてだった。漏らしたのは驚きを抑えた声だった。

頭上には正午が近い太陽があった。甲板に照りつける強烈な陽が、コンサーの肌の黒さを際立《きわだ》たせていた。紙と鉛筆を手にしたポールも上ってきた。

「彼が11人のリーダーだろう」

船長がふたりに示したのは弦助だった。

「島に打ち付けられている難破船から、積み荷を本船に引き上げたい。そのことを絵で示して了承を取り付けてくれ」

船長の指示内容を呑《の》み込んだコンサーは、真っ直ぐ弦助に近寄った。

「おれはパイラス・コンサー、この船のコックだ」

5・9フィート（約180センチ）のコンサーは、弦助を見下ろす形で話を始めた。

「船長の指示により」

クーパー船長を指差したコンサーを見て、絵の才能に長《た》けているポールは色鉛筆で何か描き始めた。

100ヤード（約91メートル）先の岩場には幸宝丸が打ち付けられている。ポールはその絵を描き、弦助が理解したことを確かめた。

次に描いたのは船倉に残された積み荷である。ふたりは島に上陸しておらず、船倉も積み荷も見てはいなかった。

が、ボースンから聞かされたことで、およその想像はついていた。

ポールの絵を見た弦助は、先まで読めた。幸宝丸の荷物をこの船に運ぼうとしていると理解したのだ。ポールが次の絵を描く前に、荷物の運び入れは承知したと身振りで示した。

ふたりのやり取りを見ていた船長も、交渉成立を理解した。

「この空はしばらく保たれるか？」

「今日一杯は大丈夫です」

副長は淀《よど》みなく答えた。航路上の天候観測は副長の任務だった。

「昼食後、13時から作業開始とする」

船長の指図を聞いたコンサーは、急ぎキッチンに戻った。ランチ調理の途中だったのだ。

幸宝丸の11名は甲板にまとまって座ることを許された。

あぐら組みで車座になった弦助たちは、肌の色、毛髪の色、瞳《ひとみ》の色のそれぞれが異なるマンハッタン号乗組員たちを目で追っていた。

本船の水夫たちも、甲板に座った11名に何度も目を走らせていた。

言葉がまったく通じない間柄だったが、相手を見る目に尖《とが》りはなかった。それどころか互いに親しみのような感じを抱き合っていた。

海に生きる男同士が感じ合う親しみだった。

弦助たちが座り込んでからさほどの間をおかず、ランチを調理する香りが甲板に漂ってきた。

ベーコンを焼く香りは、それを食べたことのない日本人にも美味《うま》そうに感じられた。

マンハッタン号にいる全員が、強い空腹感を覚え始めていた時分である。

「なんやしらんが、美味そうなにおいやで」

鼻をひくひくさせていた三五平の腹が、ぐうぅっと大きな音で鳴いた。

近くで作業していた水夫にも聞こえた。

「お互い、腹が減ったよな」

三五平に話しかけた水夫は、親指を立てて笑いかけてきた。

三五平も目一杯の笑顔を返していた。

＊

積み荷の運び出しには、大柄で腕力のあるコンサーも駆り出された。

幸宝丸乗組員からはかしきの拓三と、遠目が利いて積み荷にも詳しい三五平が立ち会うことになった。

根がひょうきん者の三五平である。陽気な黒人コンサーとは気が合ったようだ。

俵に詰まった米。四斗樽の日本酒。脂《やに》をたっぷり含んでいる赤松の薪。

これらの運び出しは、コンサーも大喜びで手伝った。なかでも酒の四斗樽は、薦被《こもかぶ》りの形にすっかり魅入られたようだった。

腕力自慢の仲仕でも持ち上げるのに往生する四斗樽を、コンサーは軽々と持ち上げた。

「この中身はおれさまのものさ」

片目をつぶって喜ぶコンサーに、三五平は驚き顔を向けていた。

日本酒同様に、醤油と味噌も四斗樽に詰められていた。

酒樽を運び出したコンサーは、醤油樽を肩に担《かつ》ごうとした。その動きを拓三が止めた。

「これは酒やないで」

右手を大きく振って酒とは違うと示した。が、理解できないコンサーは、目を尖らせて拓三を見詰め返した。樽の運び出しを拒まれたと思ったらしい。

「そうやないんや、にいやん」

割って入った三五平は醤油樽の薦を押し開き、下部に栓を差し込んだ。

船倉に散乱していたどんぶりを拾い上げると、栓を抜いて醤油を注ぎ入れた。

醤油ならではの香りが漂い始めた。コンサーが顔を大きくしかめた。

日本人には美味さを感じさせる醤油の香りだが、コンサーにはひどい悪臭だったらしい。

「ここにあるのは全部同じなのか？」

言葉は分からなくても、問われた意味を三五平も拓三も察することができた。

「そうや、にいやん」

三五平はひときわ大きくうなずいた。

酒も米俵も薪もすっかり運び出されていた。積み荷がなくなって広さが目立つ船倉には、醬油と味噌の樽だけが残っていた。

諦《あきら》めきれない表情のコンサーは、樽をつぶさに見比べ始めた。

「この樽と、こっちの樽は違うじゃないか！」

醬油と味噌の樽は薦の色が違うと、コンサーは文句を言った。

味噌樽を持ち上げようとしたコンサーは、重さの違いに気づいた。酒と醬油はどちらも四斗樽入りで、ほぼ同じ重さだったが、味噌入りの樽は同じ四斗樽でも、はるかに重い。

「こっちの樽には、上物の酒が詰まっているんだろう？」

隠しても駄目だ、この場で開けて見せろと拓三に凄《すご》んだ。

明るい口調のときのコンサーには怖さを感じなかった。が、ひとたび凄み始めたら目の光だけでも怖い。薄暗い船倉で、目に異様な光を帯びた大柄な黒人……拓三は縮み上がった。

「にいやん、あんたも手伝えや」

ふたりで薦を剝《は》がした。鏡板を突き抜けて味噌の香りが漂い出ていた。

コンサーの顔がまた大きく歪《ゆが》んだ。

「なんだ、このにおいは……」

ぶつくさ言っているコンサーには取り合わず、三五平は鏡板を開いた。そして醤油を捨てたどんぶりで、味噌をすくい取った。

「これが味噌やが、にいやん食うか？」

三五平は味噌の詰まったどんぶりを差し出した。味噌を知らない者には異様な眺めだ。

「Ｎｏ！」

短く言葉を吐き捨てたコンサーは、急ぎ足で船倉から出て行った。

三五平は美味そうな顔で味噌を舐《な》めた。

＊

救助から一夜が明けた１８４５年3月16日（弘化《こうか》二年二月九日）、午前9時。

朝食を供し終わった上級船員食堂で、クーパー船長はゲンスケと向き合っていた。

テーブルには白磁《はくじ》のコーヒーカップが出されていた。新たにいれたコーヒーが、強い香りを立ち上らせていた。

上級船員食堂で船長と向かい合う扱いは、他の船員相手とは違う厚遇である。新たなコーヒーは船長がコンサーに言いつけていた。

「口をおつけなさい」

船長は身振りでコーヒーを勧めた。

*

船員食堂での朝食時、救助された全員にコーヒーが供された。

「11名がどんな振舞いに及ぶのか、つぶさに観察しておくように」

コンサーは船長から言いつかっていた。

リーダーの名はゲンスケ。

副長がデンスケで、昨日の積み荷運び出しに立ち会ったのはサゴヘイとタクゾー。

コンサーはまず、この4人の名前を覚えた。そして食事に添えたコーヒーを、4人がどんな飲み方をするのか、キッチンから見詰めていた。

朝食の献立はチヂマで仕入れたベーコンと卵1個の目玉焼き、そしてパンケーキ2枚である。

目玉焼きは片面焼きで黄身は半熟。ベーコンはフライパンに脂《あぶら》が溜《た》まるまで焼いた、かりかり仕上げだった。

タクゾーとサゴヘイは、真っ先にコーヒーに口をつけた。コンサーがていねいにいれたばかりである。カップから立ち上る高い香りにつられたらしい。

ところが、ひと口するなりふたりとも顔をしかめた。

「煎《せん》じ薬よりも苦いがね」

「腹を下しそうじゃのう」

なにを言っているのか、言葉はまったく聞き取れなかった。が、ひどくしかめた表情から、コーヒーは苦手だと察せられた。

ふたりとも、二度とカップに口をつけようとはしなかった。

ひと口すすって顔をしかめたのは、デンスケも同じだった。が、彼はコーヒーを拒まなかった。

チチジマのベーコンは塩が強い。この島で食料を仕入れる捕鯨船が、次に立ち寄るのはハワイ、ギューアン、琉球《りゅうきゅう》のいずれかだ。どこに向かうにしても、行き着くまでには数週間を要した。目的地までベーコンが傷《いた》まぬように、チチジマ製は飛び切り塩がきつかった。

コンサーは薄切りにしたベーコンを、かりかりに焼き上げた。溶け出した脂と一緒に、塩も抜け落ちるからだが、それでも強い塩気が残る。

かりかり焼きを手で摘まんで食べたあと、デンスケはコーヒーで口に残った塩味を洗い流した。

他の水夫たちの食べ方を見て学んでいたのだろう。

やはり副長は違う……コンサーはデンスケの評価ポイントを高くした。

ゲンスケの朝食はキッチンのすぐ近くにセットした。テーブルの向かい側で、キッチンから様子がよく分かった。

ゲンスケも3人と同じで、最初にコーヒーに口をつけた。初めて口にしたのだろうが、顔をしかめることはなかった。

口のなかを転がし、コーヒーの香りと苦みを味わっているかに見えた。コンサーがそう感じたのは、当人もまったく同じ味わい方をしていたからだ。

コーヒーを賞味したあと、ゲンスケはパンケーキにフォークを伸ばした。軽く蜂蜜《はちみつ》がかかった甘味を味わいつつ、何度もコーヒーを口にした。

食べ方の美しさは、ナイフ、フォークを使い慣れた米国人に肩を並べると思った。

「リーダーのゲンスケ、副長のデンスケともに、信頼できる相手です」

コンサーの評価を受け入れたあと、船長はゲンスケを上級船員食堂に招いた。そして新しいコーヒーの支度を言いつけた。

＊

「国籍が判別できるモノを、貴君はなにか持参しておられるか？」

船長が問いかけたとき、船が大きく揺れた。昨日とは異なり、今日は朝から雨模様だった。

船はジャパンに向けて北上を続けていた。船長得意の北風である。白波を立てるほどに風は強かった。

船長の質問をゲンスケは本能で察したのだろう。肌身離さず持っていた『浦賀通行証』を船長に見せた。

樫板《かしいた》の通行証には葵紋《あおいもん》が焼き印されている。

描かれた紋章の美しさから、船長は本物だと納得した。

ニホンカイに向かう途中で、ジャパンに11名を送り届けようとも考えた。

船長もコーヒーをすすり、カップをソーサーに戻した。白磁がぶつかり、カチャンと涼しげな音を立てた。

その音にのしかかるかのように……

カンカンカンカン

甲板でベルが激しく叩《たた》かれ始めた。

船長の表情が一気に引き締まった。

ベルの連打は、また遭難者が救助を求めていることを告げていた。

14

南海に降る雨は小雨でも雨粒は大きい。マスト上部の見張り籠に吹き付ける雨は、目を開けていられぬほどだった。

マストの根元まで移ってきた副長が、みずから見張り番に指図した。

本来ならボースンの役目である。しかし2日続けて難破船に遭遇するなど、尋常な出来事ではない。操船を預かる副長としては、じかに子細を質したかったのだ。

「本船正面クオーターマイル（約463メートル）先の海上に、沈没しかかった船を発見」

先方も本船を確認した模様だと、見張りは大声で続けた。

「本船を確認したと同時に、向こうは真っ赤な煙を立ち上らせ始めました」

あれは救助を求めているサインに違いないと、見張りは報告した。

操舵手の元に戻ったとき、船長がゲンスケを引き連れて甲板に上がってきた。

「本船針路前方クオーターマイルの海上に、新たな遭難船を発見しました」

副長が報告している途中で、ボースンが駆け寄ってきた。

「バウスプリットからも、難破船が肉眼目視できました。相手の船からレッドの煙が立ち上っています」

「停船準備！」

ボースンの報告を受けたことで、船長は停船指示を下した。洋上での停船は操作が大変である。ボースンは甲板員に号令を発するため直ちに動いた。

風は逆風。クオーターマイルの間にマンハッタン号を停船させるには、素早くて複雑な操帆作業が必須《ひっす》だった。

甲板員たちの動きが一気に張り詰めた。

＊

ただならぬ事態が生じたことには、察しがついた弦助である。しかし新たな遭難船が針路上に現れるなどとは思ってもみなかった。

なにが起きたのかと問いたくても、言葉が通じない。しかも全員がいきなり張り詰めた動きを始めたのだ。

針路の先に障害物でも発見したのか？

大王イカがこの船に食らいついたのか？

わけが分からぬまま、弦助は船長の脇から動かずにいたら……

舳先《へさき》から親爺《おやじ》が血相を変えて駆けてきた。

滅多なことで表情を変える伝助ではない。顔つきを見た弦助は一歩を踏み出した。

「大変だ、おかしら。もう一杯、わしらの仲間と思われる船が、二百五十尋《ひろ》（約375メートル）先で緋色《ひいろ》煙を上げていると、三五平が見当を言っておりやす」

船内に鐘の乱打が響き始めると同時に、幸宝丸の全員が甲板に駆け上がった。舳先に向かった三五平は、針路前方に立ち上っている緋色煙を目に留めた。

洋上で緋色の煙を上らせる理由は、ただひとつしかない。救助を求めて周囲の船に報《しら》せるときに限られていた。

「分かった。船頭に助けてくれと頼む」

弦助は船長の前に立った。そして身振りで船が沈没しかけていることを示し、それは自分たちの仲間だと示した。

＊

ゲンスケに頼まれるまでもなく、クーパーはすでに停船を命じていた。左舷《さげん》では縄梯子を垂らす準備が始まっていた。ホエール・ボートは2杯を下ろす指示がボースンから下されていた。

風雨はさほどに強くないとはいえ、雨天の洋上である。海面に下ろすボートは2杯が限度だと、ボースンは判断していた。

船長の停船命令と同時に、すべての帆が畳まれ、いまは惰性《だせい》と海流とが船を前へ前へと推し進めていた。

煙を上げている船まで200ヤード（約183メートル）の位置で、操舵手は面舵《おもかじ》を切った。

マンハッタン号は左舷を相手の船に見せて停船した。

不意の大波や横風で流されて両船がぶつからぬよう、30ヤード（約27メートル）の間隔を保っていた。

ホエール・ボートが下ろされようとしたとき、ゲンスケは船長の前で大きな身振りを始めた。

「わしをあの小舟に乗せてくだせえ」

言葉の意味が通じないとは分かっていても、ゲンスケは大声で頼み込んだ。

ホエール・ボートを指差して、自分の身体をボートに乗せる身振りを示した。

船長に近寄った副長は、ゲンスケの頼みを理解していた。

「もしも難破船が」

副長はゲンスケを指差した。

「彼らと同じジャパン船籍だとすれば、このリーダーを同乗させたほうが救助作業を円滑に進められます」

「わたしも同じことを考えていた」

副長の進言を受け入れたクーパーは、ボースンを呼び寄せた。

「ゲンスケを1号ボートに同乗させよ。もしも難破船の乗組員たちもジャパニーズだったら、ゲンスケから救助指示を伝令させてよろしい」

「イエス・サー」

船長に敬礼で答えたボースンは、ゲンスケを伴って1号ボートに向かった。

2杯のホエール・ボートが下ろされ始めると、横長の縄梯子も数人がかりで左舷から海面に垂らされた。

*

「あんなにでっかい船だったのかよ」

「観音様でも乗せられそうだぜ」

声を漏らしたのは千寿丸の水夫《かこ》たちである。

沈没寸前であることも忘れて、二十尋（約30メートル）の隔たりで停船した巨船を見上げていた。

「たまげたもんだ、あの船ははしけまで積んどるがね」

千寿丸で最年長は料理番の甚平《じんぺい》だ。多くの船に乗ってきた男だが、巨大な捕鯨船など見たわけがなかった。

ましてや本船にホエール・ボートまで搭載しているなど、思案の外である。

甚平の驚きは千寿丸の親爺、熊蔵《くまぞう》にも伝わっていた。身の丈が五尺八寸（約176センチ）もある熊蔵は、白波の立つ海をも怖がることはない男だ。

その熊蔵ですら、本船から海上に下ろされたホエール・ボートには目を見開いていた。

「真っ先に向かってくるはしけには、わしらと同じような男が乗っとるぞ」

甚平は料理番ながら遠目も利《き》く男だ。小雨を突き破って向かってくる、1号ボートの弦助を確かめていた。

四人の漕ぎ手が力一杯に漕ぐホエール・ボートは、たちまち千寿丸に近寄ってきた。

「言葉の分かる者はいるかあ?」

両手を口にあてた弦助が、腹に力を込めた大声で問いかけた。弦助が日本語で呼びかけることをボースンは承知していた。

「だれでも分かるぞう。こっちは銚子湊《みなと》の荷物船、千寿丸だ」

おれは船頭の定九郎《さだくろう》だと、舳先に立った男が返した。

「助けに来たが、船乗りは何人だ?」

「船頭と親爺を含めて十一人だ」

「みんな無事か?」

「水漏れが激しくて船はもうもたねえが、怪我《けが》もしねえで全員が無事だ」

定九郎の返答を、弦助は揺れるボートの上でボースンに伝えた。言葉ではなく、身振りで、である。弦助もボースンも練達の船乗りだ。横揺れするボートに立っていても、足首の動きで巧みに揺れをいなしていた。

ボースンは両手を開き、十を示した。そして手を畳んだあと、親指だけを立てた。

弦助は両手を開き、自分の手で同じことをした。

「乗っているのはイレブン(11人)だな?」

「十一人です」

弦助は日本語の大声で答えた。

2杯のボートでは足りないと判じたボースンは、甲高《かんだか》い音を発する笛を吹いた。あと2杯のボートを下ろせとの指示である。

乗組員の救助だけなら2杯のボートで充分だった。が、千寿丸はまだ沈没していないのだ。

運び出せる限りの積み荷を運ぶためには、ボートは多いにこしたことはなかった。

1号ボートが千寿丸に横付けされたあと、弦助が乗り移った。

船頭の定九郎と親爺が並んで迎えた。

「巡り合わせというほかはねえが、おれたちも無人島に流されていたところを、昨日、この船に助けられたんだ」

詳しい話はあとでと言い、ボートに乗り移るように船頭に告げた。

「あの船が、また二杯のはしけをおろしとるが、あれもここに寄ってくるんかね？」

脇から甚平が、案じ顔で問いかけた。

「運び出せる積み荷を運ぶためだ」

弦助は鳥島ですでに経験したことである。

「このひとたちなら心配はいらねえ」

海に沈めるぐらいなら、運べるだけ運んで役に立たせるほうがいい……

弦助の言い分に得心がいったようだ。

「おまえが指図して、米、水、酒、薪《たきぎ》、あとは昆布《こんぶ》を運び出してくれ」

「がってんでさ」

熊蔵の声は、ボースンの号令以上に野太い響きである。

熊蔵の声を聞いたボースンは、右腕を振り回して早く乗り移れと促した。

指図に従う前に、定九郎と熊蔵はボースンに深い辞儀をした。

救助に駆けつけてくれたことへの礼だった。

ふたりがあたまを上げたとき、焚《た》いていた緋色の煙が消えた。

15

副長は船長室のカウチに腰かけ、船長はデスクの肘《ひじ》付き椅子《いす》に座して向き合っていた。

船はジャパンに向けて北上を続けていた。救助を終えたあとで天気は回復を始めた。

「それでコンサーはどう言っているんだ？」

組んだ足に両手を載せた姿勢で、クーパーは質《ただ》した。カウチに座した副長は、答える前に背筋を伸ばした。船長室に備えられたカウチは、赤いビロード張りである。副長の身体《からだ》が起きたことで、黒い縁取りの木枠に陽が当たった。

「22人に増えたままなら、真っ先に足りなくなるのが飲料水だそうです」

雨水が蓄えられなければ、いまの大人数では40日で底をつく……これがコンサーの見立てだった。

「今朝からの雨は、飲料水の貯蔵に役だったのか？」

「水樽2樽分だけです」

副長の返答を受けた船長は思案顔で背もたれによりかかり、目を閉じた。

副長もカウチに背を預けていた。

＊

本船がサグハーバーを出港したときの乗組員は総勢31名だった。その人数に合わせて物資を積み込んできたし、途中の港での補給も同様だった。

直近のチチジマでは食料と飲料水を重点的に購入した。豚肉と井戸水の美味さは、マウイ島ラハイナ港にまで聞こえていた。

そんな状況下で、まったく想定外の22人もの船乗りを救助してしまった。

海上で遭難者を発見したら、一切ためらうことなく救助する。

サグハーバー出帆前に、副長と確認しあったマンハッタン号の指針である。

「船長の父君が遭遇された状況に鑑《かんが》みれば、当然の指針であろう」

サグハーバーの船主連合も、クーパーが打ち出した指針を了としていた。単に人道的見地から受け入れたわけではない。クーパーの捕鯨船船長としての類《たぐ》い希《まれ》な才能を高く評価したがゆえの了承だった。

「船長がこの航海にあっても、目覚ましい成果を挙げられることを、そして我々船主連合に納得できる利益をもたらしてくれることを確信しておる」

出帆前日の会合の席を、理事長はこの言葉で締め括《くく》った。

人道的行動も大事だが、あくまでそれは利益を確保したうえでのことだと、クーパーに太い釘《くぎ》をさしていた。

クーパーが深い思案顔を続けているのも、まさにいかにすべきか考えていたからだ。

2日続けて救助した22名全員がジャパニーズであると、船長は確信していた。ゲンスケと新たな遭難組のリーダーとが、互いに同じ言語で話し合っているのを見ていた。

彼らがジャパニーズなのは間違いなかった。あとは一刻も早くジャパンの然《しか》るべき港に寄港し、救助した全員を上陸させるだけだった。

が、即断をためらわせる大きな問題が、クジラの巨体もかくやと横たわっている。

ジャパンのサコク政策である。

理由の如何《いかん》を問わず、ジャパン沿岸に接近する外国船には砲撃を加える。それをトクガワ政権は諸外国に公言していた。

無人島で救助した水夫と、洋上で沈没寸前の船から助け上げた水夫。

たとえ彼らを祖国に送り届けるための沿岸接近だとしても、砲撃は免れないだろう。

クーパーも副長も、ジャパンのサコク政策にはまったく通じていなかった。どこの沿岸に接近すれば砲撃を逃れられるか、知識も経験もない。

うかつに接近して砲撃を浴びるのは、乗組員を危険にさらす行為のみならず、船主の大事なプロパティーを失いかねない、背信行為でもあった。

さりとて22人を乗せたまま、いつまでも航海は続けられない。人道的行為ではあっても、なんら利益を生み出さないのだ。それどころか、費用がかさむ反商業行為も同然だった。

船長の悩みは容易に察しがつくだけに、副長は余計な言葉を口にできずにいた。

ふたりの深刻な悩みとは裏腹に、いままでは明るい陽光が船長室に差し込んでいた。

＊

千寿丸は銚子湊を拠点とする、三百石積みの船である。阿波《あわ》藩主の持ち船幸宝丸よりは小さい。が、乗組員は幸宝丸と同数の十一名だった。

南部藩特産の鉄器・米・蕎麦《そば》の実・漆器《しっき》・麦・酒・味噌《みそ》などに加えて、松前藩から仕入れた昆布を大量に積んでいた。

弘化二年一月十一日（1845年2月17日）、千寿丸は釜石《かまいし》湊を船出した。一気に江戸まで向かう段取りだったが、仙台沖でいきなり凪《なぎ》に出くわした。

「この時季の凪はたちがわるい。うっかり沖に留まっていたら、身動きできなくなりやす」

航路に詳しい親爺の進言を聞き入れた定九郎は、微風を捉《とら》えて石巻湊に入った。

親爺の見当は見事に当たった。

一月十三日に舫《もや》われた千寿丸は、五日間も風待ちの停泊を余儀なくされた。

一月十八日は、朝から江戸への追風が吹き始めた。

毎日のように出帆準備を進めていた千寿丸である。明け六ツ（午前6時）の鐘が鳴り始めたのを合図に、帆を一杯に張った。

追風は三日続き、一月二十日の夕暮れ時には大洗湊《おおあらい》の灯火《あかり》を見ながら沖を走っていた。

天候が激変したのは一月二十一日の夜明け前だった。

「帆を畳んで風をやり過ごすしかありません」

猛烈な逆風に襲いかかられて、千寿丸は太平洋を北へと押し戻された。

定九郎は練達の船頭である。大方の逆風なら、帆の向きを加減して前進させた。

しかしこのときの風は、操帆で乗り切れるやわな吹き方ではなかった。定九郎は親爺の進言を受け入れるしかなかった。

終日吹き荒れた逆風は、二十二日の昼前には収まったかに見えた。

暴風に夜通し苦しめられた水夫たちは、戻った青空を見て安堵《あんど》した。

「昼飯には、鰹《かつお》だしをおごったうどんを作るからよ」

甚平の口調にも張りが戻っていた。

笑い声まで飛び交う甲板で、定九郎と話をする親爺の顔つきはひどくこわばっていた。

「この風は収まったわけじゃありやせん」

次の嵐《あらし》を育てるためのゆりかごのような見せかけの穏やかさだと船頭に告げた。

「陸から沖に流されねえように、できるだけ岸辺に寄せてくだせえ」

できれば近くの湊で、かならずやってくる嵐をやり過ごすほうがいいと、こわばった顔で定九郎に言い足した。

定九郎は返事をする前に空を見上げた。

頭上の天道は、一月下旬にしては強い陽差しを降り注いでいた。千寿丸の近くを舞うカモメは、翼を広げて心地よさげである。

「親爺の言い分も分からねえでもねえが、すでに当初の段取りからは六日も遅れている」

定九郎はため息交じりに応じた。

「この上また湊に逃げ込んだりしたら、費《つい》えも大変だし荷主からも強い文句を食らう」

熊蔵の進言に難色を示した。

荷主の南部藩と交わした約定《やくじょう》では、二月十五日までに荷を江戸中屋敷に届けることとなっていた。

二月十七日には藩主みずから蕎麦を打ち、招待客二十人に振る舞う宴が構えられていた。藩主の手打ち蕎麦をきっかけに、江戸で南部藩特産の蕎麦粉を売り込むつもりでいる。十五日までに必着の約定も、藩主主催の宴に間に合わせるためだった。風避けでまた停泊したりしては、約定の期日をしくじりかねない。それを定九郎は危ぶんでいた。

「この風はやがて江戸への追風になる。行けるだけ先に走ってから、親爺の見当に従うということでどうだ？」

「がってんでさ」

熊蔵も従うしかなかった。

絶対に嵐が襲いかかってくるとは、熊蔵も言い切れなかったからだ。

定九郎の見立てた通り、水夫たちがうどんを平らげたころには絶好の追風が吹き始めた。帆を一杯に張った千寿丸は、七ツ（午後4時）どきには再び大洗湊の沖合に達していた。

しかし熊蔵の読みは不幸にも的中した。

一月二十二日の夜半を過ぎたころ、いきなり暴風が吹き始めた。熊蔵ですら、前ぶれに気づかなかった。

一杯に張った帆を畳む間もなく、最初の一撃で帆柱が折れた。しかし帆柱を失った千寿丸
舵は急ぎ引き上げたことで、なんとか失わずに済んだ。

は、荒れ狂う風に立ち向かうことができなかった。

嵐に捕まって帆柱を折られた刹那《せつな》、定九郎は水夫に空き樽を作れと命じた。漂流する羽目になると覚悟を決めたのだ。

同じ覚悟を決めていた熊蔵は、酒樽十樽の中身を海に捨てさせた。

漂流で大事になるのは飲み水である。空腹はごまかせても、渇きには耐えられない。

定九郎も熊蔵も、これを肌身で知っていた。ふたりとも漂流を経験していたからだ。

嵐は一月二十五日には収まった。その後は一月下旬とも思えない、強い陽が照りつけてきた。

千寿丸は八丈島の遥《はる》か南へと流されていた。何度か猛烈な雨に遭遇したことで、飲み水の心配はなかった。しかし深い損傷を負った船体には、容赦なく海水が流れ込んでいた。

水夫たちは甲板に身体を縛り付けて、夜をやり過ごしていた。

「あと二日で、船は沈みやす」

二月九日の早朝。小雨のなかで熊蔵はきつい見当を定九郎に告げた。

「分かった」

明るい口調で応《こた》えた定九郎は、酒樽の残りを親爺に問うた。

「三十樽は残っておりやす」

熊蔵の答えを聞いた定九郎は、大げさな身振りで唇を舐めた。

「そのときが来たら、思いっきり酔い潰《つぶ》れてよう。夢心地で行こうじゃねえか」

水夫たちをうろたえさせぬよう、定九郎は努めて明るい顔で親爺と話を交わした。

「がってんでさ！」

顔に降る小雨を吹き飛ばすほどに、親爺の返事は威勢がよかった。

その熊蔵の声をも大きく超える大声を、甚平が発した。

「船が向かってくる！」

＊

顚末《てんまつ》を聞き終えた弦助は、定九郎と熊蔵に笑顔を向けた。

「お殿様の宴には間に合いそうもねえが、だれひとり命をなくしちゃあいねえんだ」

気を取り直して、命があることを喜び合おうじゃねえか……弦助が言ったことで、船室が明るい雰囲気になった。

「この船の水夫たちは大男ばかりだが、案ずることはねえ」

弦助の声が船室に響き渡った。

「きっと在所まで送ってくれるさ」

「うおおっ！」

水夫たちの雄叫《おたけ》びは船室を突き抜けて、料理番にまで聞こえたらしい。

フライパンを持ったコンサーは、見開いた目を船室に向けていた。

16

新たに11人を救助した翌日、1845年3月17日（弘化二年二月十日）の朝食後。天候が安定していることを確認したうえで、クーパーは副長を船長室に呼び入れた。

甲板に副長不在でも問題なしと判じたのだ。

コンサーに言いつけて、いれ立てのコーヒーを用意させた。

コーヒーをひと口味わった副長は、カップを戻した。それをきっかけに、船長は決断した内容を話し始めた。

「22人全員を祖国に送り届ける」

船長もコーヒーに口をつけた。

昨日からクーパーは熟慮を重ねてきた。副長は問われるたびに意見は口にした。が、最終判断は船長に従うという態度で臨んでいた。

「正しいご決断と思われます」

副長は正味の口調で決断を称《たた》えた。

「人道的見地のみならず、経済面から考慮しても、22人は速やかに母国に帰すほうが本船には得策だと確信した」

クーパーの口調に迷いはなかった。

「経済面からも本船に有益とは、どういう意味でしょうか？」

副長は船長を正視して説明を求めた。

「貴君が疑問に思うのも当然だ」

クーパーは、クリップボードに紙を挟み、それをテーブルに置いた。

「このままでは、ただの紙に過ぎないが」

赤鉛筆を手に持ったクーパーは、紙の上部に「極秘ジャパン情報」と書き入れた。

「我が国の地図屋や情報会社は、サコク政策を敷くジャパンの情報を欲しがっている」

情報は欲しいが、ジャパンの実態を知る米国人は皆無といえた。

堅固なサコクの門扉《もんぴ》を開けられる者、トクガワ政権とのパイプを持つ米国人もまた皆無だった。

「救助した22人を、わたしは断じて取引材料とはしない。いかにジャパンの役人が石頭ぞろいだったとしても、自国民22人を送り届けようとする本船を追い払うことはできないだろう」

ひとりやふたりの漂流民を送り届けるケースなら、追い返すこともあるかもしれない。しかし22人ともなれば、受け入れざるを得ないはずだ……クーパーはこう考えていた。

「米国船籍の捕鯨船から自国民22人を受け取るとなれば、ジャパンも相応の手続きが必要となるはずだ」

まずはマンハッタン号を然るべき港に係留し、ジャパンの役人が乗船してくるだろう。さまざまな手続きを経たのち、22人をジャパンに受け入れてもらう運びとなる。

「これら一連の手続きの詳細を書き留めておけば、特級資料となるのは間違いない」

クーパーが話している途中で、副長も船長の意図を理解したようだ。

「素晴らしいプランです」

副長は控えめな声で大賛成した。

「幸いなことに本船には、ラハイナから絵心のある者が乗船している」

名はポール・ウイリアムス。甲板要員としてラハイナで採用した男だった。

操帆作業に長《た》けているが絵も達者である。船長室の壁には、ポールが描いたクーパーの似顔絵が飾られていた。

「ジャパン沿岸が近くなったら、ポールに本船から見たさまざまなものをスケッチさせよう」

テキストは、役人との交渉に当たるクーパーと副長が受け持つことで話は決まった。

「本官には文才はありませんが、船長と共著できるとは光栄の限りです」

副長はすっかり乗り気になっていた。

「追風に恵まれれば、ジャパンには7日から8日後には到着します」

船長の決断をゲンスケとサダクロウに、直ちに伝えてやりたい……

「伝える許可をお願いします」

「よろしい」

クーパーは即座に許可を与えた。

ゲンスケたちの船室に向かう前に副長は甲板に上がり、ポールを招き寄せた。

「救助した22人をジャパンに送り返すことになった」

船長の決断を絵に描いて彼らに伝えられるようにと指示を出した。

「承知しました」

Aデッキから紙と色鉛筆を持ってきたポールは、副長の見ている前で絵を仕上げた。

ボートで港に向かう22人を、桟橋に集まった群衆が大歓迎している絵である。

ジャパニーズをよくは知らないポールである。帰国する漂流民も桟橋に集まった者も、全員が髷《まげ》を結った姿で描かれていた。本船にいる22人が結っている髷が、強烈な印象だったようだ。

ポールの絵は22人に即座に理解された。

「わしらあ、帰れるぞう！」

雄叫びに留まらず、床板を踏み鳴らしての大喜びを始めた。

17

1845年3月24日（弘化二年二月十七日）、午前6時過ぎ。

コンサーはいつも通り、食事の支度を進めていた。

早番の水夫たちは午前7時から朝食開始である。マンハッタン号の乗組員だけでも、支度は大変なのに、いまは救助した22人が加わっていた。

日を追って、乏しさが露《あら》わになってくる食材を、いかにしてこの先も保《も》たせるのか。

この問題とコンサーは、毎日向き合っていた。

順風が続けばあと2日でジャパン沿岸に行き着く……二等航海士はコンサーに見当を伝えていた。

幸いなことに、今朝も夜明けから追風に恵まれていた。使う量を調節しながら調理を続ければ、いまの在庫でも、あと30日は保てる。

1日でも早く22人の下船がかなうように願いつつ、コンサーは調理を続けていた。

ベーコンを焼くジュウジュウ音を押しのけて、甲板の騒ぎが伝わってきた。水夫がふたり、甲板から駆け下りてきた。

「ジャパンが左舷に見えている」

「朝日を浴びた山が緑色に萌《も》えているぞ」

水夫ふたりの興奮した声は、船室に留まっていたジャパニーズ船員にも聞こえていた。

＊

「上の騒ぎっぷりはただごとじゃねえな」

「ことによると……」

定九郎が弦助に見当を言おうとしたとき、船乗りふたりが階段の手すりを摑《つか》んで滑り落ちてきた。

「陸が見えやした」

「房州の山に間違いねえ」

まだしゃべっている途中で、水夫たちは先を争って甲板へと駆け上がり始めた。

「わしらも上がろう」

「がってんだ」

弦助と定九郎も水夫たちを追って甲板に上がった。左舷にはマンハッタン号乗組員たちと、幸宝丸・千寿丸の水夫たちが群れをなして陸地を見ていた。

左舷前方わずか千二百尋（約1・8キロ）先には、山と農地が織りなす農村風景が広がっていた。

すでに春分を過ぎた二月中旬である。山に降り注ぐ朝日は柔らかかった。

春はすぐそこに来ていると樹木は知っている。草木も萌える春本番に備えて、緑の彩《いろど》りを調え始めていた。

山裾《やますそ》には開墾《かいこん》された畑と水田とが、行儀良く地べたを分け合っていた。

水田はまだ田植え前で水は引かれていない。が、田植えへの準備は進んでおり、左舷から見る水田は朝日を浴びて、肥えた黒土が眩《まばゆ》く光っていた。

畑の畝《うね》は緑色の葉で埋もれていた。

農村は早起きで夜明けからまだ間がないというのに、多くの農夫が働いていた。

「あの山の形だと、いま見えているのは上総《かずさ》の村だと思う」

千寿丸は銚子湊の船だ。見えているのは房州だと見当はついたが、定かな地名までは言えなかった。

「上総だろうが下総《しもうさ》だろうが、見えているのはわしらの国に間違いはねえんだ」

弦助が定九郎の肩を叩《たた》いて顔をほころばせた。が、その笑みはすぐに失《う》せた。

「ええこった、狼煙《のろし》が上がってるがね！」

遠目の利く三五平が差し迫った声を発し、戌亥《いぬい》（北西）を指し示した。

本船の進行方向左舷の彼方《かなた》に、ひと筋の煙が立ち上っていた。が、細過ぎて、狼煙か否《いな》かの判断はつかなかった。

「狼煙に間違いねえか？」

弦助が念押しをしたら、三五平は胸を張った。

「おれがそう言うんだ、間違いはねえ」

強く言い切ったとき、さらに二筋の煙が上がり始めた。一本は赤色で太い。

もはや狼煙に間違いはなかった。赤は異変を告げる合図である。

「異国船を見付けたと、藩に報せているんだ」

定九郎の声がこわばっていた。

「見えているのが上総に間違いねえなら、ことは厄介だ」

定九郎が顔を曇らせていたら、千寿丸親爺の熊蔵が駆け寄ってきた。熊蔵は舳先に立って陸地を見ていたようだ。

「あの陸地は上総に間違いありやせんぜ」

名は忘れたが山の形に見覚えがある、あれは上総の浜だと熊蔵は断じた。

「上がっている狼煙は忍《おし》藩でやすぜ」

熊蔵は光る目で定九郎を見た。

「いまも弦助さんに、それを話そうとしていたところだ」

定九郎は弦助に向き直った。

「忍藩の城は行田《ぎょうだ》で、ここから遠く離れておりやす。ところが禄高《ろくだか》十万石のうち、半分の五万石分は上総と安房《あわ》が領地なんでさ」

桑名から移封された奥平松平家は、所領十万石ながら公儀《こうぎ》に近い譜代大名である。行田に城を構えている忍藩に上総と安房を領地としたことには、公儀の思惑があった。

小笠原諸島に立ち寄って補給を終えた異国船の大半は、真っ直《まっす》ぐ北上して江戸に近寄る航路を取った。

上総と安房は、それら異国船を早期発見する要衝の地であった。公儀が信を置く忍藩に海上監視を申しつけるために、藩庁から遠く離れた上総と安房に領地を与えていた。

事情を聞き終えた弦助は、三五平を手招きした。

「左舷の陸地に武家の溜《た》まり場はあるか？」

「いや、どこにも見えねって」

三五平が即答したのは、あらかじめ目を凝らして見ていたからだ。

「見張りの連中がこの船めがけて押し寄せてくる気遣いはねえんだな」

「どっこにもいねえっから」

三五平はきっぱりと応えた。

吐息をひとつ漏らしてから、弦助は別の問いを発した。

「狼煙を上げている見張り山までは、浜からどれほどの隔たりだ？」

「ざっとの見当だが、一里半（約6キロ）はありそうだがね」

返答を聞いた弦助は、わずかながら気を楽にした。忍藩の船が本船に向かって来る心配は、当面はなさそうだと得心できたからだ。

「だがよう、弦助さん。安心するのは禁物だ」

定九郎の眉間《みけん》にはしわが刻まれていた。

「すぐにもこの船の船頭さんに、狼煙のことを報せたほうがいい」

「まさにそのことだ」

定九郎と弦助は連れ立って、操舵手《そうだしゅ》のいる船尾へと向かった。

＊

船長と副長にも狼煙の報告は届いていた。

「本船を発見した哨戒《しょうかい》部隊がトクガワ本隊に緊急連絡を取っているのでしょう」

狼煙発見の一報をマスト上部の籠番《かごばん》から受けるなり、副長はエリーザーに狼煙を確かめさせていた。

「間違いなく緊急通報です」

アメリカ先住民のエリーザーも、部族間の連絡には狼煙を使った。赤い煙を緊急と判断したのは、エリーザーの部族も至急報には赤を使っていたからだ。

副長から子細を聞き取った船長は、甲板にポールを呼び寄せるようボースンに命じた。操帆作業を中断したポールは、スケッチブックと色鉛筆を携えてきた。

「ゲンスケとサダック（定九郎）を交えて話し合いをする。おまえは同席して絵で示してくれ」

「イエス・サー」

絵描き道具を小脇《こわき》に抱えて敬礼した。

ボースンが呼びに向かうまでもなく、ゲンスケとサダックが向かって来た。彼らもひとり、絵の達者な水夫を伴っていた。

まだ10歳にも届いていないような、痩《や》せたボーイである。着ているものも、他のジャパニーズに比べて際《きわ》だって粗末だった。

そんなボーイがポールの前に進み出て、持参した用紙に絵を描き始めた。メインマストを描こうとしているのは、ボーイの目線と筆の動きで分かった。

「Good！」

弾んだ声を発したポールは、ボーイの手に自分の手を重ねた。腰を屈《かが》めて目の高さを同じにしたポールは、重ねていた手を放し、人差し指で自分を指した。

「わたしはポールだ、きみの名は？」

問いかけながらボーイに人差し指を向けた。

黙ったままのボーイの耳元で、サダックがなにかを耳打ちした。

「勝之助です」

ボーイは甲高い声で、自分を指差しながら答えた。二度訊《き》き直したポールは、ボーイを指差して「カッツ」という愛称をつけた。

理解したサダックは、再びボーイの耳元でポールが口にしたことを教えた。

ジャパニーズ絵描き、カッツが誕生した。

ポールとカッツを交えての筆談・絵談が始まった。

「ここはジャパンのどこなのか?」

船長の最初の問いを絵で見たゲンスケは、答える前に船長の目を見詰めた。

「カズサです」

はっきりと二度、地名を口にした。

「カズサビーチ……か」

船長は地名を嚙《か》み締めた。初めて目《ま》の当たりにしたジャパンの岸辺である。カズサビーチと繰り返してから記憶した。

あとでジャーナル（航海日誌）にこの地名を記すことになる。

カズサビーチ……

船長は感慨深げな口調で繰り返したあと、絵談に戻った。

エリーザーが判じた通り、赤の混じった3本の狼煙は哨戒部隊による本船発見の緊急通報であると判明した。

「発見したのちの哨戒部隊は、いかなる行動に移るのか？」

問いの絵を読み解いたゲンスケは、大筒（大砲）が本船を砲撃する絵を描かせた。

船長もその答えに納得した。ラハイナ港で何度も注意されていたことが現実となった。

船長が深い思案顔を拵《こしら》えたのを見て、ゲンスケがひとつの提案を描かせた。

水夫ふたりを上陸させる。ただし直接浜に近寄るのは危ないので、本船近くで漁をしている漁船に乗船させる。

その漁船まではホエール・ボートで向かう。

上陸したふたりは忍藩役人に事情を説明し、本船の浦賀入港の許可を取り付ける。

公儀の了解が得られたら、公儀御用船で戻ってくる。

これらの流れを6枚の絵に仕上げさせた。

船長からの問いかけはポールが描いた。カッツは必死に筆を走らせた。

何枚もの絵が描かれたのち、船長・副長ともにゲンスケの提案を了とした。

上陸するのはジャパニーズだが、漁船に近寄るホエール・ボートを漕ぐのはマンハッタン号の乗組員である。

「操舵にはボースンが就き、乗組員を守るためにライフル銃を携行するように」

船長の指図ですべてが動き出した。

ボースンはホエール・ボートの漕《こ》ぎ手を指名ではなく、募ることにした。ジャパンの領海内でホエール・ボートを漕ぐのは危険な任務である。

しかも捕鯨とは無縁の、純粋な人道的任務なのだ。自ら志願する者を募った。

驚いたことに甲板にいた水夫全員が名乗りを上げた。

「いい心がけだ。本船に戻ったあとは、すっかり泡の消えたビールをおごってやる」

軽口を交えながら、ボースンは漕ぎ手4人の指名を終えた。

3月24日、午前7時半。

漕ぎ手とボースンが急ぎ朝食を摂《と》っている間に、ボートを下ろす準備が進んでいた。

＊

上陸する水夫には幸宝丸の由蔵《よしぞう》と千寿丸の太郎兵衛《たろべえ》が選ばれた。ふたりとも足には自信があったことに加えて、読み書きが出来る。忍藩役人相手の談判では、読み書きができることが必須《ひっす》の条件だった。

「くどいことは言わねえ。助けてくれた恩人たちの命とおれたちの命が、おめえたちの働きにかかっている」

弦助はふたりを等分に見詰めた。

「この船のひとたちは、自分たちの食い分を詰めてまでして、おれたちを助けてくれた」

食料も水も少なくなっているのは、陽気なコンサーの様子からも分かる……弦助の言い分には全員が深くうなずいた。

コンサーは日本人水夫たちが初めて接した黒人だった。千寿丸の水夫のなかには、コンサーの肌を指でこすった者がいた。

「なにを塗っているのか、それが知りたかったんでさ」

コンサーの肌には、芝居役者が使う染料が塗られていると思ったらしい。

そんな無礼な振舞いも、コンサーは笑顔で受け止めてくれた。

だが、常に目を見開き、大きな身振りで陽気に接してくれるコンサーから、めっきり明るさが薄れていた。

食料が乏しくなっているのだと、居候《いそうろう》身分の水夫たちは察していた。

「あのコンサーさんのためにも、かならず浦賀入港を勝ち取ってきてくれ」

弦助の両目が強い光を宿していた。

「まかせてくだせえ」

「命がけで談判してきやす」

由蔵と太郎兵衛は、両手を固く拳《こぶし》に握って返答していた。

18

桁違《けたちが》いに大きな異国船の姿に、浜を出た漁師たちは度肝《どぎも》を抜かれて見入っていた。

左舷《さげん》から下ろされた大きなはしけが、すごい速さで近寄ってきた。赤毛や金髪の男たちが、太い四本の櫂《かい》で漕いでいた。

なにしろクジラを追いかける速さを持つ漕ぎ手たちである。漁師が凄《すさ》まじい速さにたまげたのも当然だった。

「なんとか乗せてくれ」

漁船に横付けされたはしけに乗ってきた由蔵の頼みを拒むことはできなかった。

由蔵と太郎兵衛は、なんとか漁船には乗船できた。

が、乗船は許したものの、子細を聞かされたあとは船頭の態度が激変した。

「おめたちにどんなわけがあったとしてもよ。異国船に乗ってた者とは、かかわりあいにはなりたくねっから」

ふたりを乗せた漁船は、人影のほとんどない外房の守谷《もりや》村納戸《むらなんど》浦《うら》で下船させた。

下ろした浜の名を漁師は、ふたりに告げた。

「浜伝いに二里（約8キロ）ほど西に行けば、村役人の屋敷があるでよう」

役人と掛け合って忍藩の代官所に連れて行ってもらえばいい……かかわりを恐れた漁師たちは、帆を一杯に張って浜から立ち去った。

「とにかく先を急ぐしかねえべ」

由蔵は紐《ひも》を切らぬように気遣いつつ、わらじを強く縛った。

遭難したときのわらじは、底もすり切れて履ける代物《しろもの》ではなかった。千寿丸の船倉には、新品のわらじが二十足残っていた。

真新しい品に履き替えて、替えの一足を帯に結わえていた。

太郎兵衛も同じで、強く結んでから由蔵と共に駆け出した。

浜伝いの道には、一軒の民家もなかった。漁師たちはよくよく人目のない浜を選んで、ふたりを上陸させたようだ。

幸いなことに道は真っ平らで乾いていた。走りは楽で、ふたりは息遣いを合わせて駆け続けた。

四半刻《しはんとき》駆けても人里には行き逢《あ》えず、駆け足の調子が落ちた。

「由蔵あにい、ちっと待ってくれ」

太郎兵衛はその場にへたり込んだ。

小道の左手には岩場が続いており、右手は山肌が迫っていた。

「どうした、太郎兵衛」

「すまねえ、あにい。喉《のど》が渇いて、とっても走ってらんねえだ」

腰には替えのわらじと一緒に、飲み水の詰まった吸筒《すいづつ》（水筒）が結ばれていた。幸宝丸から持ち出した品である。阿波の山から伐り出した孟宗竹《もうそうちく》の吸筒は太く、たっぷり水が詰められていた。

コンサーは孟宗竹を見るのも、竹の吸筒に触るのも初めてだった。

「ビューティフル！」

心底めずらしがる様子を見た弦助は、コンサーに、一本手渡した。お礼代わりというわけでもないだろうが、吸筒からあふれ出るまで飲み水を詰めてくれた。

雨が降らない限り、船上では量が限られている飲料水だ。コンサーの好意を、水夫たちはこうべを垂れて押し頂いた。

そんな大事な飲み水である。由蔵も喉が渇いていたが、一滴ずつ噛み締めながら水を味わった。

「元気が出たか？」

「まかせてくれ！」

威勢よく太郎兵衛が答えた、そのとき。

モオオオ――

牛の鳴き声が小道の先から流れてきた。

「ありがてえ、近くに牛がいる！」

太郎兵衛が声を弾ませたら、別の牛までつられて鳴いた。鳴き声を追いかけて、ふたりは足を急がせた。

＊

「無事にジャパンの漁船に乗り込めました」

ボースンから報告を受けた船長は、抜錨《ばつびょう》を命じた。沿岸から離れて、万一の砲撃を避けるためである。

「トクガワ部隊が持っている大砲は、オランダ製の旧式だ。射程距離はせいぜいクオーターマイル（約463メートル）しかない」

安全を見越して、砲台から1マイル離れていれば大丈夫だと、船長はサグハーバーで聞かされていた。

実際にジャパン沿岸に投錨した船長は、風景の美しさにこころを奪われた。そしてサグハーバーで聞かされた話はあてにならないと、考え直し始めていた。

農地は見事に耕されていたし、作物の実り具合も豊かそうに見えた。

サグハーバーも緑は多いが、それは港の周辺に限られている。一歩奥に入れば、荒涼たる赤土の荒れ地が広がっているばかりだ。

これはサグハーバーに限ったことではなかった。捕鯨で繁栄している東海岸のどの港町にも、共通したことだ。アメリカ合衆国の国土は、基本が乾き切った荒れ地だったのだ。

初めて見たカズサビーチは樹木や作物の緑と、菜の花の黄色、肥沃《ひよく》さを示す土色の濃さとが見事なコントラストを描き出していた。

夜明け直後の畑で働く農夫を、船長は望遠鏡で見ていた。日焼けした顔が、勤勉な野良仕事の勲章に思えた。

世界の町を見てきたクーパーの目には、ジャパニーズの農夫は特級の働き者に見えた。

本船を遠巻きにしている漁船の漁師たちは、裸も同然だった。日焼けした肌は筋肉質で引き締まっている。

ゲンスケたちと同じ形に結った毛髪には、油が塗られているのかもしれない。陽を浴びたどの毛髪も、艶々《つやつや》と光っていた。

勤勉な国は強い。

ジャパンはあなどれない国だと、目の前の光景を見て船長は判じた。

たとえオランダ製の旧式大砲だったとしても、彼らは独自の改良を加えて使っているに違いない……

船長は沿岸から3マイルの距離を保って航行するよう、改めて副長に指図した。

マンハッタン号は沿岸からの隔たりを保ちながら、ゆるい速度で南下を続けていた。

あえて船足を落としていたのは、上陸させた2名が吉報を届けてくると考えたからだ。

早く戻ってきてくれ、と船長は願っていた。

22名を1日でも早く、目の前に見えている祖国に帰してやりたかった。そしてマンハッタン号への食料、飲料水、薪炭《しんたん》の補給がかなうようにと願った。

日本船の針路先には海鳥が群れをなしていた。小型漁船が帆を一杯に張って、海鳥に向かっている。

魚の群れが針路の先にいるに違いない。

これは吉兆《きっちょう》だ……

上首尾を願いつつ、船長は伸びてきたあご鬚《ひげ》を撫《な》でていた。

＊

「異国船に助けられただと？」

由蔵と太郎兵衛から話を切り出された村役人野田長兵衛《のだちょうべえ》は、腰を浮かして驚いた。

「なにひとつ省《はぶ》かず、助けられたことから詳しく話してみよ」

野田の指図で、先に由蔵が話を始めた。アホウドリしかいない無人島のことを、村役人は承知していた。

「遠い昔に、その島から生きて戻ってきた土佐人がひとりおった」

その無人島は、いまでは鳥島と名付けられておる……口を挟んだあと、野田は太郎兵衛に目を向けた。

「そのほうは鳥島でなにをしておったのか」

鳥島は知りませんと答えた太郎兵衛は、千寿丸の話を始めた。

「待て待てい！」

野田は鋭い声で太郎兵衛の口を抑えた。

「由蔵の船は阿波国蜂須賀《あわのくにはちすか》様の持ち船幸宝丸と申したの？」

「へい」

由蔵は野田の目を見て答えた。

「ならば太郎兵衛、そのほうが申す千寿丸とは、幸宝丸と別の船だと申すのか」

「その通りでさ」

ここに至り、野田は初めてふたりが別々の船で遭難したことを呑《の》み込んだ。

「おまえたちはこともあろうに、同じ異国船に相次いで助けられたというのか」

「その通りでさ」

由蔵と太郎兵衛の返事が重なった。

事態は野田の理解を大きく超えていたらしい。

「そのほうらが乗船しておった漁船について、些細《ささい》なことまで省かずに聞かせよ」

野田は帳面と矢立を取り出し、聞き取りを始めた。

「いずこの国の船なのか、なにか際だった目印を目にしたか？」

思案顔を拵えた太郎兵衛は、船尾に掲げられていた旗を思い出した。

「艫には旗がひらめいておりやした」

「どんな旗だ？」

船旗は国を判ずる大事な要素である。野田は勢い込んで質《ただ》した。

「赤と白の帯がまだらに上から並んでやして、旗の左上には青い四角があって、四角の中には白い点々がありやして……」

聞き取っていた野田は、顔を赤く上気させて太郎兵衛の言い分を押さえた。

「それでは、わけが分からん」

野田は帳面と筆を太郎兵衛に押しつけた。

「おまえが見たという旗を、そこに描いてみろ」

太郎兵衛は困惑顔になった。絵を描くなど、まったく経験がなかったからだ。

「おめえなら描けるだろうがよ」

帳面と筆を押しつけられた由蔵は、大きな長方形を最初に描いた。旗の輪郭である。

次に旗の内側左に、小型の長方形を描いた。あとはその長方形に食い込まぬよう気遣いつつ、輪郭の左右一杯に細い帯を描いた。

「太郎兵衛が言いやした白と赤の帯は、このことなんでさ」

赤帯から始まり、一番下も赤帯だったと言った由蔵は、太郎兵衛に同意を求めた。

「その通りだ、赤に始まって赤で終わってた」

太郎兵衛が強く言い切った。

旗の内側に拵えた小さな長方形の内を、由蔵は筆先で突っついた。小さな点が多数描かれた。

「この長方形は青い色で、ぽつぽつは白い点々になってやした」

旗の説明のあと、ふたりは交互に説明を続けた。

船蔵には樽《たる》が積まれていたこと。

甲板には巨大なへっついがあり、鉄鍋《てつなべ》が載っていたこと。

へっついには生臭いにおいが染《し》みついていたこと。

天にも届きそうな巨大な帆柱が、甲板には三本突き立てられていたこと。

船員たちはひとりずつ、蚕棚《かいこだな》で寝起きしたこと。

「あとは……」

太郎兵衛の口を野田は抑えた。

「そこまでで充分である」

ふうう……

大きなため息をついたあと、口調を変えた。

「おまえたちを乗せてきた漁船は、どこの浜で下ろしたのだ」

漁師から浜の名を聞かされたのかと質した。

「へい」

答えたのは由蔵である。

「いずこの浜だ」

「守谷村納戸浦だと聞かされやした」

「なんと！」

野田はしばし絶句した。

口を開いたときには、いまいましげな目で由蔵を睨《にら》み付けた。

「こともあろうに、よりにもよって、守谷村納戸浦とはの……」

言い終えた野田から、また深いため息が漏れた。ふたりが下船した浜は、徳川御三《ごさん》卿《きょう》の一家、清水徳川家の領地だった。

「清水様の浜に上陸したとあっては、火急《かきゅう》の上にも火急の出来事だ」

なんたる面倒を持ち込んできたのかと、野田は顔を朱に染めた。が、すぐに気を静めた。

「二十二人もの水夫が、いまもその異国船に乗っておるのだな？」

「いや、二十人でやす」

自分たちも含めて二十二人だと、由蔵は人数を正した。

「いま一度、正しく聞かせよ」

帳面と矢立を用意した野田は、聞き取った顚末《てんまつ》を書き留めた。何度も人数や期日を質し、確かな顚末書を仕上げた。

「それにつけても二日続けて助け上げるとは、その異国船の船頭も肝が太い」

ひとしきり感心したあと、野田は急ぎ身繕《みづくろ》いを始めた。

「これより房総半島を横切り、金谷《かなや》まで向かうことになる」

小者《こもの》を呼び寄せた野田は、由蔵と太郎兵衛に山越えの履き物を用意させた。

「夜通し進むことになる。夜の山は、まだ凍えがきついでの」

村役人の屋敷には山狩り装束として厚手の股引《ももひき》と、刺子《さしこ》半纏《はんてん》が備わっていた。履き物だけでなく、これらの衣類もふたりに貸与《たいよ》した。

「ことは一刻を争う大事である」

山越えの備えを万全にした野田は、ふたりを引き連れて出発した。

柔らかな二月半ばの陽が、たっぷり地べたに降り注いでいた。

19

由蔵と太郎兵衛が無事に上陸を成し遂げた弘化《こうか》二年二月十七日（1845年3月24日）。

夕刻七ツ（午後4時）どきになると、船長は弦助と定九郎を呼び寄せた。

「さらにふたりを上陸させよう」

ポールは船長の言葉を絵で示していた。

マンハッタン号はゆるい船足で南下を続けていた。別の地点から二名を上陸させることで、確かな成果を挙げようとクーパー船長は考えていた。

弦助と定九郎にも異存はなかった。早速に水夫《かこ》たちを呼び集めた。

「由蔵と太郎兵衛が浜に上がった場所よりも、船は浦賀に近づいている」

ここでさらにふたりを上陸させて上首尾を固める、と水夫たちに告げた。

「定九郎とよくよく相談した上で、新たなふたりを決めた」

弦助は幸宝丸の三五平と千寿丸の総助《そうすけ》を指名した。このふたりも読み書きができた。

「だれしも上陸して報せに走りてえだろうが、三五平は遠目が利《き》く。総助は素手でマムシを摑めるという凄《すご》い技を持っている」

マムシを素手で掴むと聞いて、水夫たちの間にどよめきが生じた。

房総半島の山は、いたる所にマムシが棲《す》んでいる。総助には打って付けの役目だった。

「おめえたちに命を預けたぜ」

仲間の強い後押しを受けながら、三五平と総助ははしけに乗った。

ゆるい船足ながらマンハッタン号はかなり南に下っていた。はしけが下ろされたのは、白子《しらこ》（千倉《ちくら》）近くの沖三千尋《ひろ》（約4・5キロ）だった。

陽は大きく西に傾いていた。が、浜には海から届く西日が差していた。ふたりは砂浜の手前二十尋（約30メートル）の海上ではしけから飛び込み、泳いで浜に上がった。

監視の目から逃れるための工夫だったが、上陸した場所がわるかった。

白子の浜は忍藩が監視を強めている重要拠点のひとつだった。近頃は毎月のように、沖合を走る異国船が目撃されていたからだ。

ふたりが海に飛び込んだときから、忍藩の遠見所（沿岸警備の番所）は肉眼で捉《とら》えていた。

砂浜で息を整えていたとき、背後から迫ってきた当番五人に取り押さえられた。問答無用で縄を打たれたあと、忍藩屋敷に引き立てられた。

押し込められたのは、拷問道具《ごうもん》が剝《む》き出しで置かれた土間である。三十坪大の土間を取り囲む板壁は、血の色を思わせる紅色だった。

「吟味役《ぎんみやく》様がお見えになるまでは、しわぶき（咳払《せきばら》い）ひとつ、勝手にいたすな」

六尺はあろうかという当番は、ふたりを睨《ね》めつけて土間から出て行った。

ことによると手荒い扱いを受けるかもしれないと、ふたりは覚悟していた。拷問道具を目の当たりにしたいま、剛胆が売り物の総助ですらきんたまが縮み上がっていた。

水責めの巨大な水槽に、身体《からだ》を海老《えび》ぞりにさせて縛り付ける水車。

ノコギリの刃のようにギザギザに尖《とが》った石板。その上に座らせて、重石《おもし》を抱かせる責め道具である。

「由蔵あにいたちも、どこぞでこんな目に遭わされとるのかのう……」

三五平の物言いは、すでにノコギリ石に座らされているかのようだった。

存分にふたりを怯《おび》えさせた後で、忍藩吟味役が土間に入ってきた。

「そのほうら両名は、あきらかなる異国人が漕いでいたはしけにて、浜の沖合二十尋の場所で海に飛び込んだという」

間違いはないかと質した。

「間違いありませんです」

震え声で三五平が答えた。

「そのほうはどうか？」

吟味役は総助も質した。

「飛び込んだのは間違いありやせんが、急な報せを届けるためでやす」

気性の荒い漁師町銚子で生まれ育った総助である。拷問道具を見たときの驚きが引いたいまは、生来の剛胆さを取り戻していた。

「火急の報せとは何用であるのか？」

「阿波の幸宝丸と銚子の千寿丸が、立て続けに嵐に遭って難破しやした」

乗組員二十二名全員が、異国船に助けられて、いまも船内にいる。

「御上のお慈悲で、なにとぞわしらを在所に帰してくだせえ」

総助は吟味役を見詰めたまま、言い終えた。

吟味役の顔つきが大きく変わった。

「その異国船は、いまも近くにおるのか」

床几《しょうぎ》から上体を乗り出していた。

20

野田、由蔵、太郎兵衛の三人は、忍藩の馬小屋に向った。着くなり、野田は馬調達の談判に臨んだ。

「御公儀より申しつけられた外洋監視任務において、藩の存亡にかかわる事態が出来《しゅったい》いたした」

いきなり野田から強い語調で迫られて、馬丁はひどく気をわるくした。

「鑑札もない者に三頭も貸し出すことはできぬ」

野田はいささかもひるまず、さらに声を大きくして馬丁に詰め寄った。

「いまこのときでも、上総沖には異国船が居座っておる」

言い切った野田を見る馬丁の顔つきが変わった。まさに忍藩の一大事と察したのだろう。

「異国船はしかし、御公儀に対して害意は抱いておらぬ。それどころか阿波と銚子の難破船救助に当たってくれた」

早口でまくしたてられた馬丁は、いまひとつ呑み込みがよくなかった。

焦《じ》れた野田は、奥の手を使った。

「我が忍藩に火急の報せを届けようとして急いだあまりに、この者たちは清水徳川様の浜に乗り上げおった」

御三卿の一家、清水徳川家と聞いて馬丁は大きくうろたえた。そのさまを見て、野田は畳みかけた。

「早急に手立てを講じなければ、いかほどきつい お咎《とが》めを受けるか知れたものではない」と。

馬丁も事態をしっかりと呑み込んだらしい。

「野田殿はいずこに向かわれるのか?」

「山越えをして金谷に参る」

野田は馬丁の目を見据えた。

「日没までに走れる限り走らねばならぬ」

野田の黒目が強く光った。

「なればこそ、馬を頼みたい」

「うけたまわった」

承知した馬丁は馬三頭を用意した。

「この先は少々の登りが続くが、馬には何ら障《さわ》りのない道筋だ」

大多喜《おおたき》に行き着けば、村の庄屋が厩《うまや》も馬丁も有していると、馬の返却次第を告げた。

「大多喜まで日没前に行き着ければ、あとは十里の山道を走った先が金谷だ」

この木札を差し出せば、庄屋は山越え用具一式を調えてくれる……馬丁は藩の紋章が焼かれた木札を野田に差し出した。

「かたじけない」

深い辞儀で礼を告げた野田は、同行の二名を急《せ》かして馬上の人となった。

暮れ六ツ（午後六時）手前に大多喜の庄屋屋敷に行き着いたあと、直ちに山越えの支度を頼んだ。

急ぎ腹ごしらえを済ませたのが六ツ半（午後7時）だった。

「世話をかけた」

庄屋に礼を言うと、一刻を惜しむかのように屋敷前から駆け足を始めた。

山越え用具一式は銘々が背負った。とっぷりと暮れた山に入った一行は、四半刻駆けるごとに休息を取った。

房総半島西部の山にはタヌキ、キツネ、イノシシなど獣が多数棲んでいた。時季によっては熊に出くわすこともある。

三人は先頭を交代しながら走り続けた。庄屋から樫《かし》の六尺棒を由蔵と太郎兵衛に貸与されていた。獣と行き逢ったときの護身棒であり、山道を駆ける折の息杖《いきづえ》でもあった。

一行にとって幸いだったのは、夜空の月が大きかったことだ。弘化二年二月十七日、夜空には満月がかかっていた。

梢《こずえ》の隙間《すきま》から漏れ降る月光は蒼《あお》くて強い。朽ち葉に人影を描き出すこともあった。

種火を切らさぬよう、野田は大型の懐炉灰《かいろばい》を由蔵に持たせていた。休息時の煙草《たばこ》の火付け、ロウソクの芯《しん》に点火するための種火だ。

庄屋は夜通しの山越えに挑む三人のために二十匁《もんめ》ロウソク二十本と、龕灯《がんどう》（懐中電灯のようなもの）を用意してくれた。

龕灯に使う二十匁ロウソクは、一本でおよそ四半刻（30分）は保つ。が、ロウソクを長持ちさせるために、月光の届く場所では龕灯を消して駆けた。

由蔵も太郎兵衛も夜目・遠目が利くのを自慢としていた。が、それはあくまで海上にあってのことだ。深い闇《やみ》が分厚くかぶさっている山道を駆けるのは、ふたりとも初めてだった。

梢が重なって月光が途切れたときは、先頭を駆ける者の足取りが鈍った。

ロウソクはすぐには点火できない。硫黄《いおう》を塗った焚《た》きつけを懐炉灰にかぶせて、息を吹きかける。こうすることで炎が立ち上った。ロウソクの芯には炎がなければ点火できないのだ。

どこまでも闇が続くと判じたときの先頭は、慌《あわ》てずその場に立ち止まった。なにも見えないなかを無理して走るよりも、龕灯を灯したほうが速く進めるからだ。

懐炉灰に炎が立つまで、三人は一カ所にかたまっていた。相手の吐く息が頬を撫でる間合いにいても、相手の顔が見えないほどに闇は濃かった。

時にはその闇のなかにぼんやりと光る点ふたつが見えたりもした。

しばしその場に留まっていた光る点は、なんの前触れもなしに失《う》せた。

初めて見たときは、由蔵も太郎兵衛も腰を抜かさんばかりに驚いた。

「怯えは無用だ。タヌキかキツネの目が光っておるだけだ」

野田から教わり、ふたりは安堵《あんど》した。その後は光る点に怯えることなく、山道を駆け続けた。

月が落ちて朝日が昇り始めたころ、三人は金谷を見下ろす山道に立った。ヒゲの濃い由蔵は、口元からあごまで無精髭《ぶしょうひげ》が伸びていた。

「よくぞここまで駆け続けたの」

ふたりを褒めた野田は、沢の水を詰めた吸筒を口にした。勢いよく吸ったことで、沢水が数滴こぼれ落ちた。

野田がこぼした水滴が陽を浴びて輝いていた。

＊

白子遠見番所の吉岡《よしおか》は、事情を聞き取るなり直ちに動いた。

「これより野島崎《のじまざき》の灯火屋《あかりや》（灯台）に向かう」

御用船を用意させた吉岡は三五平と総助を乗船させた。陸路を洲崎《すのさき》に向かうよりも、船を乗り継いで向かうほうが早く行けると判断したのだ。

野島崎灯火屋は忍藩の外洋監視所のなかでも重要な基地である。船も用具も整っていた。

白子遠見番所所有の小型御用船は、艫《とも》に二丁櫓《ろ》が備え付けられていた。櫓に加えて幅六尺（約1・8メートル）、長さ一丈（約3メートル）の帆も備わっていた。

吉岡、三五平、総助の順に乗り込んだ。しかし待てども漕ぎ手が姿を見せなかった。

漕ぎ手差配は吉岡ではない。とはいえ直ちに出帆する旨《むね》を漕ぎ手たちに伝えてあった。

「この火急の折に、なにをいたしておるのか」

苛立《いらだ》ちを露《あら》わにした吉岡は小槌《こづち》を握り、帆柱脇《わき》に吊《つる》された板木を叩《たた》いた。

カン、カン、カン……

船に生じた異変を報《しら》せるための板木である。乾いた音は、半町離れた遠見番所にまで響いた。

吉岡が手を止めずに叩き続けていたら、遠見番所内から小者が駆け出してきた。

「飲み水が傷《いた》んでおりました！」

出帆に先駆けて、控えを含む漕ぎ手四人が水瓶《みずがめ》の水で喉を湿した。ところがその水が傷んでいたらしい。

「四人ともひどい下痢に襲われてしまい、身動きかなわぬ様子にございます」

小者は俯《うつむ》き気味にこれを告げた。漕ぎ手がいなければ御用船は出せない。自分のしくじりであるかのように、小者は声を曇らせた。

口をきつく結んだ吉岡は、懸命に苛立ちを抑えようと努めていた。目が遠くを見ているのは、思案を巡らせているのだろう。

その吉岡に向かって総助が口を開いた。

「あっしと三五平とで、野島崎まで櫓を漕ぎやしょう」

たっぷり唾《つば》で濡《ぬ》らした人差し指を、総助は高く突き上げた。風向きを知るためである。

「野島崎はどっちの方角なんで？」

「海岸伝いに未申《ひつじさる》（南西）に向かえばよいが、それがどうかしたのか？」

気持ちがざらついているのだろう。自分たちが漕ぐとの申し出を聞いていながらも、吉岡の物言いには刺々《とげとげ》しさがあった。

「未申なら、この風は追風《おいて》でさあ」

三五平とふたりで櫓を漕ぎやすと、総助は強い口調で請け合った。

「手間をかけやすが、吉岡様には帆の向きを操ってもらいてえんでさ」

「左様《さよう》か！」

吉岡の声に弾みが戻っていた。

「思えばそのほうらも漁師であったの」

「そいつあ違うですら」

異を唱えたのは三五平だった。

「わしは蜂須賀様の持ち船に乗る水夫で、漁師とは違いますだ」

藩主に仕える船乗りだと言いたいらしい。吉岡は渋い顔を拵《こしら》えて総助を見た。

「そのほうも漁師ではないのか？」

「あっしは銚子湊の荷物船乗りでさ」

「うむ……」

返事を聞いた吉岡は、思案顔で総助を見た。

「荷物船の水夫たるそのほうらが、まことにこの船の櫓を漕《こ》げるのか?」

「まっかせてくだせえ!」

威勢のいい総助の返答は、吉岡が抱いた不安を吹き飛ばしたようだ。

「ならば直ちに舫《もや》いを解け」

「がってんでさ」

答えながら総助は船端から飛び降りた。手早く舫い綱を解き、艫に乗り込んだ。

吉岡が帆を一杯に張ると、追風に押されて御用船が走り始めた。風だけで充分な速さが得られ、総助は櫓ではなく舵棒《かじぼう》を摑《つか》んでいた。

*

御用船は二月十七日六ツ半(午後7時)前に、野島崎御船番所に行き着いた。

「火急の事態が出来いたした。直ちに八丁櫓船で洲崎に向かわせていただきたい」

灯火屋同心《どうしん》に一気にこれを告げた。が、相手の応じ方は鈍かった。

「いかなる事情があろうとも、ただいま与力様は不在にござる。出仕なされる明朝まで暫時《ざんじ》お待ちいただきたい」

これだけ告げて同心は座を立った。役目外のことで、一切かかわりたくないのだろう。

金谷の手前まで漕ぎつけたのに吉岡には待つことしかできなかった。

房州特産の菜種油を燃やして海を照らす灯火屋である。夜の海を走る船には、なによりも頼りになる灯火だった。

吉岡が番所同心と談判をしていたとき、三五平と総助は岩に座って待っていた。ふたりとも竹皮包みを膝《ひざ》に載せていた。

白子から漕ぎ続けてきたと知った炊事番が、手早く用意した握り飯である。梅干しを埋め込んだ三つずつを、炊事番は竹皮に包んで手渡していた。

「あの船に残ってる連中にも、こっちの明かりは見えてるはずだ」

総助は深い闇がかぶさった海を見た。

昇り始めた満月が、海の端まで光の帯を描き出している。無数の星が散っている低い空が、海と空との境目だった。

「わしら、こんなところで握り飯食うとってええんかのう」

「しゃんめえさ、遊んでるわけじゃね」

総助は三五平のぼやきを吹き飛ばした。

「吉岡様だって、お武家なのに帆柱にへばりついて御用船を進めてくれたじゃねえか」

おめえもおれも、命がけで漕いだからこそ野島崎まで行き着けた……総助は三五平の肩を強く叩いた。

三五平が手に持っていた握り飯が、岩に落ちた。三五平は慌てて拾った。端をわずかにかじっただけで、握り飯はほぼ残っていた。

海を照らす灯火は強くて明るいが、灯火屋の真下に明かりは届かない。闇に溶け込んだまま、三五平と総助は白子の方角を見詰めていた。

幸宝丸と千寿丸の仲間が乗った異国船は、まだその方角にいるとふたりは考えていた。

「首尾よく浦賀の奉行所に連れてってもらえたらよう、身体を張ってお奉行様に頼みこもうぜ」

「あたぼうだって」

三五平の物言いに力強さが戻っていた。

「自分らの食いもんを削って、わしらに食わせてくれたでよう」

三五平の両目は闇の中で光を帯びていた。

「御上のお慈悲にすがってよう、すぐにも船を浦賀に入れてもらうだよ」

「その意気だ、三五平」

乗る船は違っていても、三五平と総助は同い年である。強い口調の言い分を喜んだ総助は、またも強く三五平の肩を叩いた。

思案顔のまま平らげ終えた三五平は、吸筒に詰めた茶を呑んだ。野島崎賄《まかな》い所で用意された茶である。白子の一件もあり、三五平も総助も生水を飲むのは控えていた。

「異国船に運び上げた千寿丸の積み荷は、なにがあったね？」

運び上げた荷のなかに、無事な食料はあったのかと案じていた。

「水と酒と昆布と米と薪《まき》を運び上げた」

総助は異国船に運び上げた数を正しく覚えていた。

「酒はたっぷり運び上げたが、腹の足しには大してならねえだろうさ」

米も何俵かあったが異国人の口に合うだろうかと、心配そうにつぶやいた。

「米があったのか、総助」

三五平が声を弾ませた。

千寿丸から運び上げた荷の大半は、四斗樽《しとだる》の酒……三五平はそう思っていた。荷揚げの途中でひどい頭痛に襲われてしまい、船室で横になっていたからだ。

米が異国船に積まれていたとは、いまのいままで思いもしないでいた。

「それを聞いて、わしゃあ安心した」

三五平は目元をゆるめて総助を見た。

「異国船に残っとる拓三は、幸宝丸のかしきでよ。飛び切りの腕をしとる」

三五平は自分の胸を叩いた。

「異国船のかしきは大男で真っ黒じゃが、人柄はええ」

「まさにそうだ」

総助も深くうなずいた。コンサーの陽気で人なつっこく、親切な人柄には、救助された全員が好感を抱いていた。

「拓三は料理の腕もええが、人柄もええでよ。米さえあったら、異国船のかしきと息を合わせてメシの支度をするに決まっとる」

異国船はこれで大丈夫だと思ったようだ。三五平は竹皮の新しい握り飯を頬張った。

空腹を我慢して、ここまで一個を大事に食べただけだったのだ。

暗い中、総助は敬う目で三五平を見ていた。

*

吉岡たち三人は、翌日五ツ半（午前9時）まで野島崎に足止めされた。番所与力が非番で、野駆《のがけ》に出ていたからだ。

出仕した与力の判断は素早かった。

「火急の事態に備えて吉岡氏も承知の通り、ここには八丁櫓が備わっておる。それを使い、洲崎御船蔵に向かいなさい」

与力の指図で八丁櫓船が桟橋を離れた。

徳川家初代将軍家康は、江戸開府前に武田水軍の果敢な戦闘ぶりを目《ま》の当たりにしていた。

「特段の許しなき限り、八丁櫓船の建造は厳《げん》に御法度《ごはっと》とする」

諸大名に出された触れは、弘化二年のいまでも生きていた。

外洋監視を命じられている忍藩には、十杯の八丁櫓船建造が許されている。房州半島西端の洲崎と南端の野島崎に振り分けて配備していた。

野島崎から洲崎に向かう海路の風は、おおむね逆風となっていた。が、八丁櫓船は風を突き破る速さで洲崎を目指した。

灯火屋桟橋を出て一刻半《いっときはん》後の二月十八日正午、八丁櫓船は洲崎に行き着いた。

「事情のほどは金谷からの至急便で聞き取っておる」

御船蔵与力は吉岡からの聞き取りを速やかに終え、すぐさま金谷を経由せず浦賀に向かわせる八丁櫓船への乗船を許可した。

御船蔵与力の速やかな差配には、相応のわけがあった。

「もしも異国船が江戸湾に立ち入る挙に及んだときには、監視所全砲門を開いて食い止めに当たるべし」

江戸湾を警護する外洋監視諸藩には、この通達が出されていた。さらに。

「江戸湾進入に相応の理由ある異国船にあっては、城ヶ島《じょうがしま》と洲崎とを直線にて結んだ外側に留め置くこと」

その事態出来いたした際には、直ちに浦賀奉行所に急報すべしと通達は定めていた。

いまこそまさに「その事態」だったのだ。

御船蔵与力は先発した野田たちに施したのと同様に、吉岡たちを乗船させた八丁櫓船に、控えの一杯を伴走させた。

弘化二年二月十八日、九ツ半（午後1時）。帆を張った二杯の八丁櫓船が、浦賀奉行所を目指して北上を始めた。

火急の事態を城ヶ島番所に報せる赤煙の狼煙《のろし》が、朝に続いて焚かれ始めた。

先行きを暗示したわけでもなかろうが、中天を過ぎた天道に、分厚い雲がかぶさろうとして流れていた。

21

巡り合わせの悪戯《いたずら》とでも言うほかはない。

先発隊の野田、由蔵、太郎兵衛が浦賀奉行所に到着したのは正午過ぎだった。

一行が到着する一刻前、二月十八日四ツ（午前10時）に浦賀奉行は清水家当主を案内して城ヶ島に向かっていた。

一年に一度の定例催事で、今年は二月十八日がその日だった。

奉行所桟橋から御座船《ござぶね》を出して、半島突端の城ヶ島周辺を遊覧するのだ。同乗した漁師が釣り上げた魚を、奉行所の料理番が船上で調理し、酒肴《しゅこう》として供した。

いかに清水家御用達の鮮魚商といえども、獲《と》れたての魚は納められない。

「この日の御座船乗船が、なによりの楽しみである」

大皿に盛られた刺身に清水家当主が舌鼓《したつづみ》を打っていた、そのとき。

浦賀奉行所筆頭与力寺田《てらだ》英爾《えいじ》は、野田長兵衛と向き合っていた。

野田が引き連れてきた由蔵と太郎兵衛は、奉行所賄い所で昼餉《ひるげ》を供されていた。

本来ならば異国船に乗った科人《とがにん》として、白州《しらす》に引き出されるところだ。

「浦賀奉行所に火急の報せを届けるべく、昨夜から山越えを共に致しております。断じて科人ではござりませぬ」

野田の親身な釈明があり、ふたりには賄い所入所が許されていた。

野田から子細を聞き取った寺田は、その場にて黙考を重ねた。

朝の五ツ半（午前9時）に、対岸の金谷から赤狼煙が上がっていた。浦賀奉行大久《おおく》保《ぼ》因幡守《いなばのかみ》にも、赤狼煙は伝わっており、報告を受けた因幡守は寺田を呼び寄せた。

「わしは清水様との先約を果たさねばならぬ。赤狼煙の一件は、そのほうに措置を委《ゆだ》ねる」

全権を委ねられているがゆえに、なおさら判断には慎重を期した。

黙考後の寺田は、ゆっくりと口を開いた。

「由蔵、太郎兵衛両名は、清水様ご領地に無断上陸を致しておる」

まずは両名の身柄を清水家に護送することだと、考えを示した。

当然の措置だと、野田も得心した。

寺田はその後、前例なき判断を示した。

「我が国の漂流民二十二名を救助した異国船は、まことにあっぱれである。由蔵らがそのほうに申した通り、漂流民にまで供する食料には限りがあろう」

さりとて補給のための浦賀入港を認めることはできないと、寺田は続けた。漂流民引き渡しは長崎でのみと、厳しく定められていたからだ。

「清水様上屋敷に護送いたせば、清水家ご家老は直ちに江戸詰浦賀奉行に身柄を移送なされるに違いない」

家老がそう判断するように、添え状をしたためると寺田は考えを示した。

「江戸詰の浦賀奉行は土岐《とき》丹波守《たんばのかみ》様だ。丹波守様も因幡守様同様に、異国船にも漂流民にも益ある正しき判断を下されるだろう」

こう判じた寺田は口調を変えた。

「由蔵、太郎兵衛のいずれも乗馬は得手《えて》であると申したな？」

「金谷の手前まで、なんら支障なく乗りこなしております る」

野田の返答を聞いた寺田は、了とばかりに小さくうなずいた。

「ことは一刻を争う火急の事態である。八丁櫓船では江戸まで三刻（6時間）はかかる」

奉行所の伝馬なら江戸まで一刻半で行き着けるが、馬はいま二頭しかいなかった。

「引率する奉行所同心に従う者は、由蔵と太郎兵衛のいずれにすればよいか、そのほうに考えはあるか？」

野田から吐息が漏れた。奉行所の伝馬で江戸に向かわせるなどは、思案の埒外《らちがい》だった。が、速く差し向けるにはなによりの妙案だと思われた。

「太郎兵衛がよろしいかと存じます。由蔵は蜂須賀様持ち船の水夫にございます。話し言葉には阿波の訛《なま》りが強く、時折聞き取りにくく感ずることがあります」

もしも外様《とざま》である蜂須賀家の江戸屋敷に本件が聞こえたりすれば、面倒を惹起《じゃっき》するやもしれない。一方、太郎兵衛は銚子湊《みなと》の水夫で、いずこの大名の家臣でもない。物言いも明瞭《めいりょう》だった。

「なにとぞ太郎兵衛を江戸まで差し向けてくださりますように」

野田の推挙を寺田は受け入れた。

「奉行所小者《こもの》の身なりとさせよう」

伝馬乗馬にいまの身なりではまずいと、寺田は判断していた。

「ありがたきご配慮、痛み入りまする」

野田は膝に両手を載せて礼を言った。

二頭の伝馬は九ツ半前に浦賀奉行所を発った。馬と太郎兵衛が見えなくなるまで、由蔵は後ろ姿を見続けていた。

＊

大久保因幡守と清水家当主が乗船した御座船は、七ツ（午後4時）過ぎに奉行所桟橋に戻ってきた。

下船したあとは、岩場に設けられた百二十段の石段で奉行所建家に向かう。たとえ御三卿《ごさんきょう》の清水家当主といえども石段を登った。

当主を迎賓の間に案内したあと、因幡守は奉行居室に戻った。人払いをして、寺田ひとりが待っていた。

「赤狼煙は大事なかったようだの」

因幡守が口にした言葉で、寺田は顔つきをきつく引き締めた。奉行は察しがよかった。

「尋常ならざる事態であるのか？」

「いかさま左様にござります」

野田が報せてきた一件を、寺田はなにひとつ省かずに報告した。

聞き終えた奉行は小さな息を吐いた。

「清水様にはわしから後ほど、子細をお聞かせ申し上げる」

予想もしなかった事態に吐息を漏らした因幡守だったが、寺田の判断は是として受け入れた。

「その異国船はいずこにおるのか？」

「野田の話では、上総の沖合三千尋（約4・5キロ）から四千尋（約6キロ）の辺りとのことにござりまする」

「上総沖とな？」

「御意《ぎょい》にござります」

答えたとき、ふすまの外から寺田の部下が入室の許しを求めてきた。奉行のうなずきを受けて、寺田は入室を許した。

「ただいま忍藩洲崎御船蔵より、新たな三名が到着いたしました」

「くだんの漂流民にかかわりがあるのだな？」

「御意に」

寺田の質《ただ》しに部下は短く答えた。

奉行の留守中に洲崎からも赤狼煙が上がったことを報されていた寺田は、八丁櫓船の到着を待っていた。

「使者は寺田の居室に呼び入れよ。わしは清水様のお相手をせねばならぬ」

奉行は新たな使者の詮議《せんぎ》も寺田に委ねると申し渡した。

「では、江戸上屋敷に差し向けた漂流民の一件は、わしから清水様にお伝え申し上げておく。格別な御沙汰《ごさた》を案ずることはない」

寺田を安心させるために言い添えた。

「これはあくまでもわしの私見であるが、このたびの漂流民は御公儀《ごこうぎ》が定めておられる漂流民とは、その実が大いに異なる」

寺田は居住まいを正して次の言葉を待った。

「救助された二十二名は、異国に暮らしていたわけではない」

幸宝丸、千寿丸の乗組員を救助するなり、異国船は浦賀を目指している。

公儀が定めた漂流民とは、異国の地を踏み、その地で暮らしていた者を指すはずだ。

奉行が口にした私見に、寺田も深くうなずいていた。

「江戸の丹波守殿とて、わしと同じ判断を下されるに違いない」

強く言い切ったあと、因幡守は憂《うれ》い顔に変わった。

「わしも丹波守殿も、一刻も早くそのあっぱれな異国船をここに迎えてやりたい」

二十二名を上陸させるとともに、異国船の船頭以下の乗組員に謝辞を述べたいと、奉行は言葉を続けた。

「さりとて寺田、幕閣のお歴々を説き伏せるのは難儀《なんぎ》至極《しごく》であろうぞ」

因幡守は寺田を見詰めた。

「評定が定まるには、相当なる日々を要するであろう」

異国船の食料と飲料水がそれまで保てればいいのだが……因幡守は先行きを案じながら立ち上がった。

「新たに到着した使者たちからは、存分に言い分を聞き取ってもらおう」

「御意のままに」

寺田は畳に両手をついて返答した。

＊

因幡守が先読みした通り、幕閣の評定は大紛糾となった。

「直ちに異国船の周囲に監視船を差し向けよ」

公儀から発令された外洋監視諸藩は、御用船を捜索に出した。

異国船は野島崎の沖合に停泊しているのが見つかった。灯火屋の明かりが頼りになったのだろう。

二月二十一日になると、西から野分《のわき》を思わせる暴風が吹き始めた。風波ともに暴れて、小型の御用船は異国船に近寄ることもできなくなった。

さらに風が暴れ出した二月二十二日。洋上に留まっていた異国船が忽然《こつぜん》と消え失せた。

「難破して沈没したようだ」

監視船乗組員たちが交わすうわさは、幕閣にまで聞こえていた。

22

日曜日を祝福するかのような、柔らかな朝の光が船長室に差し込んでいた。

執務デスクはマホガニーの一枚板を天板に使った、贅沢《ぜいたく》な作りだ。大揺れしてもデスク上のインク壺《つぼ》、ペン、航海日誌などが滑り落ちぬよう、デスクセットは真鍮《しんちゅう》製の留め金で固定されていた。

1845年4月6日（弘化二年二月三十日）、日曜日の午前9時半である。

10時になればボースンが鐘を鳴らし、甲板前部で礼拝が始まるだろう。

それまでの自由時間を楽しむギターの音が聞こえてきた。ホノルルで採用したクロード・メイツが弾いていた。

ジャパニーズの水夫たちがクロードを取り囲んでいるに違いない。船長室に座っていながら、クーパーにはそのさまが見えた。

船が縦揺れするたびに、差し込む陽が動いてしまう。船長お気に入りのブルーブラックのインク壺。これを照らしていた光が、後方に逃げた。

マンハッタン号船長室の天井部分には、分厚いガラス板が塡《は》められていた。船長室の明かり取りである。

ニューヨークやボストンの建設会社を得意先とするガラス工房が、サグハーバーには4軒も集まっていた。

マンハッタン号が母港を出帆した1843年当時、ボストンもニューヨークも、石造りビルの建築ラッシュの真《ま》っ只中《ただなか》だった。

多層ビルの窓は上層階になるにつれて強風にさらされてしまう。従来の薄いガラスでは、晴天時に吹く毎時25マイル（風速毎秒約11メートル）の風で、10階の窓ガラスは粉々に壊された。

1841年2月、厚さを増して強度を高めた板ガラスを、サグハーバーの工房が共同で開発した。捕鯨船の母港として大きな発展を遂げてきたサグハーバーでは、時代の先端を走る板ガラス製造の技術が磨かれていた。荒天を乗り越える強固なガラスを、捕鯨船船主や船長が求めたからだ。

マンハッタン号の船長室明かり取りには、特別品が使われていた。1843年初めに完成した厚さ0・3インチ（約8ミリ）で、10インチ（約25センチ）四方もある板ガラスである。1枚15ドルもする貴重品だが、船主たちはサグハーバーが誇る技術の粋《すい》を集めたガラスが、クーパーが指揮する船長室にはふさわしいと考えていた。

船長室は甲板から9段の梯子《はしご》階段を下ったAデッキの、最後尾部分に構えられている。天井を見上げれば甲板の様子がうかがえた。

ゆるい揺れが続いており、デスクを照らす光も揺れ続けている。どれほど揺れようともクーパーは気にも留めず、朝食後に前日の模様を航海日誌に記す……これを日課としていた。

今朝もクーパーは、すでに航海日誌を開いていた。が、ペンを取ろうとはしなかった。

大きな出来事のあった昨日の子細を、どう書き記すか。船長はそれを考えていた。

嵐《あらし》に遭遇してから昨日まで、数々の出来事が生じた。ジャパニーズの船乗りたちが優秀であることも、船長は随所で感じていた。

その極めつきとも思える事態が昨日生じた。辛口だったボースンですら、こうつぶやいた。

「ジャパニーズを救助してよかったです」と。

縦揺れで逃げていた陽がデスクに戻ってきた。早く書いてと催促するかのように、差し込む光がインク壺を照らしていた。

＊

1845年3月28日(弘化《こうか》二年二月二十一日)。午後から激しい嵐に襲いかかられた。このときまでの数日間、本船を取り囲むようにしていたトクガワの監視ボートが、1杯も見えなかった。高くうねる海には、小型ボートは乗り出せないからだ。

「嵐はますますひどくなります」

ボースンの報告を聞くまでもなかった。船長は雲と風の動きで天候の行方を察知できた。

「指図するまでもないだろうが、嵐に備えて、水瓶を甲板に据え付けなさい」

機敏な敬礼とともに、ボースンは持ち場に戻った。食料以上に飲料水の確保は重要である。

ボースンの号令を待っていたかのように、暴風が吹き始めた。

嵐は5日も続いた。副長の卓抜した操船指示で、暴風を浴びても北に流されぬようにジグザグ航行を繰り返した。

操帆手たちは休む間もなかったが、副長の指示に応《こた》え続け、マンハッタン号がさほどに遠くまで流されずに留まっていられたと、本船乗組員の全員が感じていた。

千寿丸の水夫《かこ》たちは陸の地形で、本船位置を判ずることができた。クーパーはゲンスケとサダックを自室に呼び入れて、ジャパンの地図を示した。現在地を質すためである。

「この辺りでさ」

九十九里の辺りを指差したのはサダックだった。船長は安堵した顔をふたりに見せた。

流され始めて6日目の4月2日（二月二十六日）。海面をゴールドカラーに輝かせながら、大きな朝日が昇った。風も収まっていた。

マスト上部の見張り役は、望遠鏡で陸地の監視を続けていた。

九十九里浜の沖合8マイル（約14・8キロ）の位置で、マンハッタン号は停船を続けた。

陸地からこれだけ離れていれば、トクガワの監視ボートを危ぶむこともなかった。

しかし風が穏やかだったのは、わずか1日だけだった。

4月3日(二月二十七日)には、夜明け直後から北に向けて強風が吹き始めた。

操帆手たちは朝食も摂《と》れずに働いた。北に流されるとあとが面倒だと、だれもが分かっていたからだ。

幸いにも風は午前8時過ぎには収まった。あたかもマンハッタン号乗組員たちに朝食を供する時間を与えたかのような、突然の収まり方だった。

甲板には幸宝丸と千寿丸の水夫たちが残っていた。朝食の順番待ちのためである。

副長も甲板に残っていた。舵輪《だりん》の前に立った彼は、ジャパニーズ水夫たちの様子を蒼《あお》い目で見詰めていた。

何人かの水夫が海面を指差して、険しい表情で声を交わしているのが見てとれた。

副長も海面に目を向けた。

「オウ、マイゴッド!」

常に冷静さを保ってきた男が、思わず小声を漏らした。

駆け足の速さを大きく上回る、3ノット(時速約5・5キロ)の速さで、本船は北に流されていたからだ。

ラハイナ港の酒場で聞かされた注意を、副長は思い返した。

「ジャパンの太平洋岸には、北に向かって流れる桁違《けたちが》いに速いジャパン・カレントがある」

場所によっては6ノットの速さがあると、その男は声高に言った。船乗りは話を大げさに盛りたがる。ジャパン・カレントもその類《たぐ》いだと思い、副長は軽く聞き流していた。

あの話は本当だったのか……なにも手立てを講じてこなかったことを、副長は海面を見詰めて後悔していた。

逆風と黒潮の猛烈なアタックを浴びて、本船はその後も北へと流され続けた。

風が収まったのは4月5日（二月二十九日）、土曜日の朝食後だった。

「取舵20度」

副長の指示でマンハッタン号は船首を西に向けた。西に移動すればジャパン・カレントの潮流を避けられると判じたからだ。

陸地に近寄ることになるが、エドからは相当に北上している。野島崎沖合に停泊していたときのような、監視ボートを危惧《きぐ》することもなかった。

「陸地まで5マイル（約9・2キロ）」

籠番《かごばん》の声が伝声管から聞こえた。副長は直ちに停船を指示した。

エドから離れているとはいえ、これ以上接近するのは危険だった。

マンハッタン号は船首を南に向けて停船した。停まると同時に、右舷《うげん》に集まっていたジャパニーズ水夫の間でどよめきが生じた。

交わしている声の調子が、ただごとではなさそうである。副長から報告を受けた船長は、ポールを伴って右舷に近寄った。水夫たちのなかにゲンスケもサダックもいた。

「なにごとが起きたのか？」

質されたサダックは5マイル先の陸地を指差した。そして望遠鏡を片目に当てる仕草を示した。

船長は手にしていた望遠鏡を4段まで、一杯に引き伸ばして陸地を見た。

大きな川が海に流れ込んでいるのが見えた。陽を浴びた河口がキラキラと光っていた。

船長はポールに望遠鏡を覗かせ、河口の様子を描かせた。描かせつつ、ジャパニーズ水夫のなかには、肉眼で5マイル先まで監視できる者がいると驚いた。

感心の吐息を漏らしたとき、カッツのスケッチが仕上がった。

「これのことか？」

絵を見たサダックは深くうなずいた。

「あれはアブクマガワです」

二度アブクマガワと繰り返されて、船長は川の名だと察した。川が分かったのなら、本船が今いる位置も特定できる。

サダックとゲンスケを伴い、クーパーは船長室に下りた。地図を広げて現在位置を問うた。

サダックはSENDAIと表記された位置の南を示した。ダテというビッグダイミョウが統治するセンダイの地名は、地図に記載されていた。

「ここはアラハマです」

サダックはア・ラ・ハ・マと、地名を区切って発音した。

クーパーは地名を聞きながら、ここまで流されていたのかと驚きを隠せなかった。

船長の曇り顔を見たゲンスケは、甲板に戻っていただきたいと身振りで示した。

なにか考えがあるようだと察した船長は、同意して甲板に戻った。

ゲンスケはカッツに1枚のスケッチを描かせた。ホエール・ボートを海面に下ろし、釣りをしている絵だった。

自分たち船乗りは、漁師のように魚釣りもできる。釣り上げた魚を食料の足しにしたい。

ゲンスケは身振りと言葉でそれを船長に伝えようとしていた。コンサーから教わったらしく、フードという語を何度も口にした。

船長が顔を曇らせた最大の理由は、まさに日に日に減り続ける食料の心配だった。ゲンスケの提案は喜ばしいものだった。しかし果たして食用にできる魚が獲れるのか？

ゲンスケにはクーパーの問いが理解できたらしい。

指図されたカッツは、何種類もの魚を描いた。なかにはシイラに似た、大型魚も描かれていた。

「よろしい、魚釣りを任せよう」

船長の指図を受けて、2杯のホエール・ボートが下ろされた。

「漕ぎ手は無用です、われわれで漕ぎます」

オールの使い方をジャパニーズ水夫たちは学び取っていたようだ。

身振りで示すゲンスケの言い分を、船長は受け入れた。直ちにボースンが呼ばれた。

「本船乗組員たちも1杯に乗船し、魚釣りを競ってみるのはどうだ？」

「了解しました」

敬礼したボースンは、魚釣りメンバーを選抜した。そしてジャパニーズ水夫たちとの魚釣りレースを始めた。

結果はアラハマの海を知り尽くしていた千寿丸乗組員たちの圧勝となった。

土曜日の夕食は甲板にテーブルを運び上げて、釣果《ちょうか》の大盤振る舞いとなった。

酒はしこたま幸宝丸と千寿丸から運び込まれていた。四斗樽の鏡を開き、マンハッタン号の乗組員たちにも振る舞われた。

鮮魚の刺身作りは、かしきの拓三がひとりで受け持った。

マンハッタン号に積まれていた銀の大皿に、タイ、スズキを活《い》け作りにして供した。見事な包丁捌《さば》きで、タイもスズキもまだ尾を動かしていた。

「冗談じゃない、食えないよ」

「生きたままを食うとは、なんとも残酷なことを」

乗組員たちは顔をしかめて、だれひとりフォークを伸ばそうともしなかった。銀皿に十字を切る者もいた。

その代わりコンサーが料理した鮮魚のソテーを、競い合って取り分けた。

乗組員たちは刺身を気味悪いと敬遠したが、コックのコンサーと先住民族のエリーザーは食べようとした。

ふたりに駆け寄った拓三は、醬油に浸けて食べるように手本を示した。

「OK!」

コンサーも、エリーザーも、タイの刺身を賞味した。引き締まった白身の歯ごたえが、ふたりの顔に笑みを浮かばせた。

拓三はすかさず日本酒を勧めた。

「白身の刺身には、この辛口の酒が一番!」

勧められるままに日本酒を味わったふたりは「グッド!」を連発した。

「魚と酒との相性は抜群だ。ひと口試してみたらどうだ?」

なにしろコックの勧めである。敬遠していた乗組員たちも、ひとり、またひとりと刺身と酒の賞味を始めた。

「これはうまい!」

「生まれて初めてナマの魚を食べたが、こんなに美味《うま》いものだったのか」

コンサーが勧めて5分後には、刺身の大皿がほぼカラになっていた。

夕食後はギターを伴奏に、水夫たちが世界の港で覚えた船乗り歌の合唱大会となった。

おとなしく聴いていたジャパニーズ水夫たちは、歌に区切りがついたとき、お返し諸国から伊勢神宮参詣《さんけい》に出向いてくる旅人の多くが、古市《ふるいち》の旅籠《はたご》に投宿した。旅人目当ての遊女が、古市には数百人規模でいた。

遊女たちが客をもてなすために踊ったのが伊勢音頭である。古市でこれを見聞きした旅人たちは、在所に帰ったあと、旅のみやげとして披露した。

ギター演奏と乗組員の歌に刺激された水夫たちは、声を限りに歌い踊った。

旅人がその場で覚えられるようにと、工夫の凝らされた伊勢音頭だ。節も振り付けも簡単である。見ていた乗組員たちも、途中から踊りと歌に加わった。ギター奏者のクロードはすぐに節をマスターし、和音の伴奏つきで伊勢音頭を奏《かな》でた。

空には無数の星が散っていた。

明日は日曜日だし、天気は穏やかだ。

マンハッタン号の甲板では、真夜中を過ぎてもまだ伊勢音頭が続いていた。

＊

昨日の魚釣り、そして夜の甲板パーティーで乗組員と水夫はひとつに融合した。

名残はつきないが、1日でも早くジャパニーズ水夫たちを上陸させてやりたい……

クーパーは目を閉じたまま、思案を重ねた。

カーーン、カアーーン……

甲板では長い余韻を引きながら、礼拝開始を告げる鐘が鳴り響いていた。

23

天候が穏やかなときは、その後も何度もホエール・ボートで魚釣りをした。

「マッコウクジラが相手なら、後れをとることはないが……」

マンハッタン号のハープーナーは、右腕をさすってつぶやいた。魚釣りはジャパニーズ水夫たちに任せていた。

風に恵まれて本船が南下できていた途中で、サバの大群に出くわした。まさに入れ食いで、たちまち酒樽《さかだる》が一杯になった。

日本酒を飲み干したあとの四斗樽で、雨水受けに使っていた空き樽である。2樽に限り、魚釣りの獲物入れとなっていた。

「あれはブルーフィッシュだろう」

甲板で見ていた乗組員のなかにはサバを知っている者も、サバ好きもいた。

「ソテーにすれば美味いだろうが、なにしろ傷《いた》みが早い」

「あんなにブルーフィッシュばかり釣り上げて、どうする気なんだ……」

甲板のあちこちからつぶやきが漏れた。

日本の漁師の間には「サバの生き腐れ」という言い回しがある。それほどに、サバは傷み方が早い魚なのだ。

しかしホエール・ボートでサバ釣りを指図している拓三には、格別の思案があるらしい。

「入れ食いは天の助けじゃ。手づかみにしてもええから、どんどん獲れや」

ホエール・ボートの艫《とも》に座った拓三は、大声で仲間を煽《あお》り続けた。

この日は大型のサバ60本という、目覚ましい釣果を挙げた。晴天で、春とも思えぬ強い陽差しが降り注いでいた。

「重たいじゃろうが、海水をたっぷり張ってサバが干上がらんようにしてくれや」

仲間に注意を与えた拓三は、縄梯子を伝って甲板に上がった。そして真《ま》っ直《す》ぐコンサーの元に向かった。

「ナイフ、ソルト、ビネガー、クッキングボード」

単語を並べて欲しい品を告げた。

互いに料理人同士である。拓三は暇さえあればコンサーのそばまで出向き、片っ端から単語を教わっていた。

コンサーはコンサーで、ジャパニーズのコックが魚をさばく手並みに見入ってきた。包丁の使い方を真似《まね》したりもしていた。

今日、ブルーフィッシュが大漁なのは、コンサーにも伝わっていた。他の乗組員同様、コンサーも傷んだらどうするのかと気を揉《も》んでいたのだ。

拓三の望む品々を用意したあと、コンサーも一緒に甲板に上がった。ホエール・ボートよりも先に、サバで満杯になった四斗樽2樽が引き上げられた。

拓三とコンサーは船尾に向かった。

デッキを洗い流したあとの水を海に捨てる溝《みぞ》が、船尾に設けられている。その溝の上に台を組み、大型のクッキングボードをセットした。

マンハッタン号の乗組員たちは、サバが溢《あふ》れ出しそうな四斗樽2樽を運んできた。

サバ1本をボードに載せた拓三は、あたまを落とし、腹を割いて内臓を取り出した。見入っているコンサーに、血で汚れたボードを水で洗い流す仕草を見せた。

「OK、タクゾー」

コンサーは近くにいた甲板員に、海水を汲《く》み上げるように頼んだ。甲板員はロープつきの大型バケツを海に投げ、満々の海水を汲み上げた。

3枚におろしたあと、拓三は人差し指の腹でサバの身を撫《な》でた。指が感じた小骨を引き抜いて、切身を仕上げた。

たっぷり塩を振った切身を、船尾で天日干しにするさまを示した。

一部始終を見て納得したのだろう。コンサーはまたも甲板員に、天日干しに使うネットの支度を頼んだ。

拓三の周りに集まっていた乗組員たちも、サバの干物作りを見て得心できたようだ。

「ネットはおれたちが用意する。おまえたちはブルーフィッシュの内臓を海に返す手伝いを始めてくれ」

乗組員たちは敏捷《びんしょう》に動いた。

拓三とコンサーが手分けして、60本のサバを手際《てぎわ》よく天日干しにした。なかの5枚は塩加減のいいビネガーに浸した。

夕暮れ前にコンサーはサバを使おうとした。拓三はそれを拒んだ。人差し指を立てて「ヲハン」と声を張った。

船上で覚えた英語の「1」である。

「ワン・モア・ナイト？」

拓三が言いたいことを察したコンサーは、あと一夜がいるのかと問うた。意味が通じていないと判じたコンサーは、星空が消えて朝日が昇るさまを身振りで示した。

理解した拓三は大きくうなずいた。

夕食にはビネガーに浸したサバの薄切りが供された。浸かり過ぎぬよう、1時間でビネガーから出したしめサバである。

身を切り分けたのは拓三だ。脇《わき》で見ていたコンサーも、1枚のサバを切り分けた。

「こんな美味いしめサバは、いままで食うたことがない」

ジャパニーズ水夫たちの歓声を、マンハッタン号乗組員たちも耳にしていた。しめサバの美味さも伝わっていた。

「シメサバ、グッド！」

コンサーは拓三の肩に手を載せて称《たた》えた。

＊

魚の新しい食べ方をコンサーは巧みに取り入れて、味付けにも工夫を凝らした。

刺身の美味さにも深い理解を示したが、それは取り入れようとはしなかった。

「サシミを食べるには、ジャパンのショウユ・ソースが必要だ」

醤油に代わるソースが見当たらないと、コンサーはエリーザーにこぼした。

「塩とレモンやライムの組み合わせで作るマリネでは、サシミの美味さが出せない」

幸宝丸から運び入れた醤油がある間はサシミを食べられる。しかし樽がカラになったらと思うと、そのあとがつらい……コンサーは哀《かな》しげな表情でサシミ作りを断念していた。

ジャパニーズ水夫たちにも食べ物が違うという悩みはあった。塩漬け肉である。

初めて朝食に供されたとき、ゲンスケはコンサーに「なんの肉ですか」と、大きな身振りで尋ねた。

ゲンスケの問いを理解したコンサーは、調理用の大きなフォーク2本をあたまの両側に立てて見せた。

「牛かよ、この肉は……」

ゲンスケは絶句した。

イノシシの肉なら食べたことがあった。エド育ちのゲンスケは、「ももんじや」で何度もシシの肉を口にしていた。しかし牛は食べたことがなかった。食べられるとも思っていなかったのだ。

一度食べただけで、ゲンスケは塩漬け肉には手を出さなかった。

千寿丸から運び込んだ茶葉を使い、ジャパニーズ水夫たちは緑茶を飲んでいた。

コンサーが用意しているのはコーヒーである。タクゾーはコンサーの脇に立ち、コーヒー支度のすべてを見ていた。

白い豆をフライパンで煎《い》ると、焦《こ》げ茶《ちゃ》色に変色する。その豆を大きなハンドルのついたミルに移した。

「回してみるか、タクゾー？」

身振りを理解したタクゾーは、ハンドルを回した。豆が挽《ひ》かれて茶色の粉ができた。

コンサーは茶色に染まったネルの袋に、挽いた豆を移した。

ホウロウ・ポットの上でやぐらを組み、ネル袋を吊《つる》した。

熱湯を注ぎ入れると、袋から焦げ茶色の熱い湯がしたたり落ちた。カップに注ぎ入れたコンサーは、タクゾーに飲んでみろよと勧めた。

＊

1845年4月15日（弘化二年三月九日）火曜日、午後4時過ぎ。

マンハッタン号船尾の舵輪脇で、船長と副長が話し合いを続けていた。

前日夜半過ぎから吹き始めた風は、この時刻になっても一向に収まる気配がなかった。

「風はいまでも20ノット（風速毎秒約10メートル）の強さで吹いています」

このまま風向きが変わらなければ、最悪のケースではオガサワラの辺りまで押し戻されますと、副長は声を曇らせた。

「オガサワラまで戻る前に、乏しくなった食料が底を突く」

船長の声も思案でくぐもっていた。

「南に流されぬよう、一層の努力を頼む」

副長はボースンを呼び寄せて、船足を落とす操帆を指示した。

船足が鈍くなった。日暮れを迎えようとしていたときも、マンハッタン号は5ノット（時速約9キロ）の鈍い速度で南下を続けていた。

午後6時半過ぎに、伝声管から見張り当番の声が飛び出した。

「本船前方10マイル（約18・5キロ）の辺りで、空が赤く染まっています」

一度途切れたあとで報告は続いた。

「火山が噴火している模様です」

伝声管の声が張り詰めていた。

「なんでしょう、こんな海のど真ん中で火山の噴火とは？」

副長は報告をいぶかしく感じているようだった。が、見張り当番の目の確かさには全幅の信頼を寄せていた。

船長はひとつの答えに行き着いていた。

「一緒に来てくれ」

クーパーは副長を連れて船長室に向かった。

部屋に入るなり、ロウソクと執務デスクを照らす鯨油ランプを灯した。

明るくなったデスクの上に、ホノルルで購入した地図を広げた。船長はオガサワラからジャパンに至る海域をつぶさに調べた。

「やはりこの島だ」

呼び寄せた副長にも地図を見せた。

HACHIJOJIMA ISLAND
小さな島が地図に記載されていた。周辺には名のない島が点で描かれていた。

地図を見たあとも、副長は得心のいかない顔を船長に向けた。

「この島に火山があるのですか？」

「ホノルルでは火山の説明は受けなかったが、去年ジャパン・グラウンドを航行した船長から、この島のことを聞かされた」

船長は航海日誌ではなく、革装丁の個人ノートを開いた。探していた事項は、ノートの後半ページに赤インクで書かれていた。

『オガサワラからジャパン本島に向かう途中の海域に、セブン・アイランズと呼ばれる諸島がある。ハチジョウジマは諸島最大の島で、活発な活動をする火山がある』

記載の末尾には、ハチジョウジマに限らず、セブン・アイランズはどの島も火山を抱えていると、補足事項が記載されていた。

「島影を見ぬ限り断定はできないが、噴火しているのはハチジョウジマと見ていいだろう」

クーパーは地図を畳み、ロウソクと鯨油ランプを消して甲板に戻った。

ゆるい船足ながら、本船は火山の島に向かって進んでいた。午後7時を過ぎた今では、肉眼でも赤く染まった夜空が確認できた。

乗組員たちもジャパニーズ水夫たちも、全員が舳先《へさき》に集まって針路前方に見入っていた。

遠くには雲がかかっていた。その雲が噴火を反射しており、紅蓮《ぐれん》の夜空を描き出していた。

「噴火のおかげで本船の位置が特定できた」

クーパーは副長に命令口調で話しかけた。

「これよりエドを目指して直進する」

「イエス・サー」

副長はブーツのかかとを揃《そろ》えて答えた。

乗組員もジャパニーズ水夫たちも、まだ前方の真っ赤に染まった夜空を見詰めていた。

24

弘化二年三月九日（1845年4月15日）五ツ（午前8時）。

老中首座阿部伊勢守正弘《あべいせのかみまさひろ》は辰の口《たつのくち》役宅居室に正座していた。かれこれ一刻《いっとき》近く、十畳の居室にて思案を続けていたのだ。

今年の二十四節気清明《せいめい》は、すでに十日前に過ぎていた。満開の桜を称えるのが清明だ。江戸の桜はいずこも散り、ほとんどが葉桜へと変わっていた。

老中首座役宅に植えられた遅咲きの桜三本は、まだ花を枝に咲かせている。

とはいえ今朝の晴天こそ、散りどきと判じたらしい。障子戸が開け放たれた居室の畳には、幾ひらもの花びらが舞い落ちていた。

「うむ……」

低い声を漏らした正弘は、尻《しり》をずらした。

目方二十四貫（約90キロ）。巨漢の正弘は、正座が一番の苦手である。黙考を続けている間、正弘は、尻に支えを入れていた。床几を極めて小さくした形の、別誂《べつあつら》えの尻に敷く支え器具だ。

これが巨軀《きょく》を支えてくれるので、一刻の正座でも足が痺《しび》れることはなかった。

が、このあと四ツ（午前10時）からの幕閣評定にあっては、小型床几は持ち込めない。老中首座としての体面もあるし、うるさ型の徳川斉昭《なりあき》が別間に控えているのだ。

将軍家慶《いえよし》の前でなにを言われるか分かったものではない。

床几なしの正座を思うでないと、正弘はおのれに言い聞かせた。

「うむ……」

評定でいかなる発言をするか。思案が未《ま》だまとまらず、正弘からまた低いうなり声が漏れた。

湯呑《ゆの》みに手を伸ばしたとき、家臣がふすまの外から声をかけてきた。

江戸城評定の間までは、四半刻もあれば充分に行き着ける。それを承知で、正弘に出立を促していた。

あるじの巨体を思えばこそである。

出仕の身繕いはすでに調っていた。評定に用いる各種書物、報告書の類いは、側用《そばよう》人《にん》の小林雪之丞《こばやしゆきのじょう》が乗物に運び入れていた。ゆえに、評定の間に行き着くまでを使い、乗物のなかでもう一度資料の読み返しができる。小林はその間まで勘定に入れていた。

立ち上がった正弘は小林の先導で乗物に向かった。分厚い座布団《ざぶとん》の内に、小型床几が埋もれていた。

役宅の乗物寄せは玉砂利《たまじゃり》敷きである。わずか数歩の歩みでしかないが、なにしろ二十四貫の巨体が踏むのだ。

ジャキッ、ジャキッ……

玉砂利の音が静けさを破っていた。

引き戸と屋根戸を一杯に開き、正弘は乗物に収まった。あぐらが組めるように、幅広に造られた乗物である。

脇息《きょうそく》に寄りかかった正弘は資料を開かず、目を閉じた。

老中首座を拝命するまでの日々が、一気に思い出されていた。

*

部正精《まさきよ》の六男である。

　文政二（1819）年十月十六日生まれの阿部正弘は、備後国《びんごのくに》福山藩第五代藩主阿部正精《まさきよ》の六男である。

　文政九（1826）年に正精が没した後は、兄正寧《まさやす》が第六代藩主に就いた。

　聡明《そうめい》な兄だったが病弱のため、十年後の天保《てんぽう》七（1836）年に家督を正弘に譲り隠居した。

　十八歳で第七代福山藩藩主となった正弘は、翌天保八（1837）年に一度だけお国入りを果たした。

　弱輩ながら兄にも勝る聡明ぶりは、江戸城幕閣にまで聞こえていた。

　天保十一（1840）年には二十二歳ながら寺社奉行見習を拝命、同年十一月には寺社奉行に任ぜられた。

　この寺社奉行としての働きが正弘出世の大きな端緒となった。

　天保十二（1841）年閏《うるう》一月に、十一代将軍家斉《いえなり》が没した。

　家斉晩年の天保年間を通じて、大奥と僧侶《そうりょ》の乱行が繰り返されていた。

　家斉の寵愛《ちょうあい》を失いたくない老中水野忠邦《みずのただくに》は、乱れに乱れた大奥の実態から目を逸《そ》らした。忠邦に諫言《かんげん》した幕閣に対しては、罷免《ひめん》の糸口を探し失脚へと追い込んだ。

　すべては家斉の後ろ盾あってこそだった。

幕閣から信頼されておらず、庶民からも嫌われていた忠邦は、家斉が没するなり、急速に力を失い失脚した。

黄表紙本《きびょうしぼん》と言われる摺《す》り本《ほん》は、こぞって大奥と僧侶の乱れた姿を描きまくった。

こんな時期に寺社奉行を拝命したのが阿部正弘だった。

十二代将軍となった家慶は、正弘の手腕に賭《か》けて寺社奉行に登用した。

正弘は配下の者を使い、徹底して僧侶たちの所業を調べさせた。

深く調べるほどに、家斉が乱行に関わっていたことが次々と明らかになった。

「ことを表沙汰《おもてざた》にいたしては、十一代様（家斉）の顔に泥を塗ることになる。畢竟《ひっきょう》それは、御上のご威光を損ねることにつながる。かかわりのある僧侶どもを、ひとり残らず処断いたせ。酌量《しゃくりょう》は無用と心得よ」

正弘の指揮で、僧侶たちの口は封ぜられた。他方、大奥についてはほとんど処罰を加えなかった。大奥への処罰は将軍家の頽廃《たいはい》を天下に晒《さら》すも同然だったからだ。

この一件の差配で、正弘は家慶の信頼を得た。

天保十四（1843）年閏九月、正弘は二十五歳の若さで老中就任を果たした。家慶の強い意向を受けての人事だった。

しかし翌天保十五（1844）年五月には、江戸城本丸焼失という不祥事が生じた。

時を同じくして、フランス船が琉球《りゅうきゅう》に来航した。

「ここは外国事情に通じている水野殿に、再出馬願わざるを得まい」

幕閣の一部からは、失脚した水野忠邦の再登用を願う声が上がった。家慶もしぶしぶながら了としたことで、なんと忠邦は同年六月に再度老中首座に就任した。

これに猛反対をしたのが最年少老中だった正弘である。

「一度失脚いたした者を、再度老中首座に任命いたしては、上様のご威光に障《さわ》りが生じます」

強く諫言した正弘に、家慶は静かな声で指図を与えた。

「水野を罷免するに足る工夫をいたせ」

「御意のままに」

正弘は最初に水野の手先である鳥居耀蔵《とりいようぞう》の罷免を断行した。

一人おいて後任の南町奉行には遠山景元《とおやまかげもと》を任命。

江戸庶民から蛇蝎《だかつ》の如《ごと》く嫌われていた鳥居耀蔵を排し、人気の高かった遠山景元を抜擢《ばってき》したのだ。阿部正弘への庶民人気は大いに高まった。

家慶は天保十五年も押し詰まった十二月二日、天保から弘化へと改元した。

正弘が推し進める水野忠邦排除の後押しでもあった。鳥居耀蔵罷免は、忠邦の外堀を埋めたも同然だった。

正弘はいささかも手綱をゆるめず、翌弘化二（1845）年二月二十二日には、水野忠邦を辞任に追い込む動きを見せていた。

異国船の浦賀来航（侵入）は、まことに間のわるいことに、この微妙きわまりない折に出来《しゅったい》した。

「我が同胞を多数救助したというアメリカ船が、浦賀入港を談判してきておる。そなたは事態を正しく摑《つか》んでおるのか？」

忠邦は冷ややかな目で正弘を睨《ね》めつけた。老中首座の忠邦には、浦賀奉行および江戸詰浦賀奉行からの報《しら》せが届いていた。

「かかる大事を目前にいたしながら、わしに辞任を強要するなど、沙汰の限りだ」

幕閣を前にした水野は、正弘に対して居丈高《いたけだか》な物言いで応じた。居並ぶ幕閣のなかには、忠邦を頼りとする者が複数いると考えていたからだ。

しかしそれは大きな見込み違いだった。

正弘は昨年隠居した先の水戸藩藩主徳川斉昭と、内々の談合を交わしていた。

「水野殿にまつりごとを任せていては、遠からず開国に踏み切るは必定《ひつじょう》にござります」

正弘は二十代なればこその鋭い語気で、斉昭に迫った。斉昭が徹底した攘夷《じょうい》論者で、開国には断固反対であることを熟知していたからだ。

踏まれれば玉石ですら深く沈むという、二十四貫の巨漢正弘が、肚《はら》を括《くく》って迫ったのだ。

剛胆・強情で知られた斉昭とて、正弘の言い分に耳を傾けざるを得なかった。

「出戻りに勝手なことはさせぬ」

斉昭の意向は忠邦以外の幕閣に、正しく伝わっていた。

なにも知らぬ忠邦は、さらに物言いを鋭く尖《とが》らせていた。

「わしの辞任を求める者は、この伊勢守殿のほかにもおいでか?」

いるはずがないとの自信に満ちた声で、幕閣を順に見た。

「もしもおられるなら、遠慮は無用だ。この場で挙手願いたい。わしはそなたらの意思に従おうぞ」

忠邦が言い終わるなり、正弘を始めとする全員が手を挙げた。

忠邦は自信に満ちた自分の言葉で、老中首座辞任に追い込まれた。

居並ぶ幕閣は正弘の卓抜なる手腕、忠邦を辞任に追い込んだ辣腕《らつわん》に感服した。

二月二十二日、忠邦辞任の同日に正弘は老中首座に就任した。

巡り合わせというべきか。

正弘が老中首座に就いた日は空模様が大荒れで、野島崎沖に停泊していた異国船がいきなり姿を消した日であった。

「かならずアメリカ船は戻ってくる」

確信していた正弘は、天候が回復したのちの沿岸警備の強化を発令した。

監視を命じられた藩の御用船だけでは、房総半島と三浦半島の監視はできない。漁船が多数徴用され、漁師は漁も思うにまかせぬ日々が続いた。

アメリカ船への敵意は、正弘にはなかった。ないどころか、同胞二十二人を救助してくれた船頭および水夫たちには、深い敬意すら抱いていた。

しかし攘夷論者の徳川斉昭の助力を得て、忠邦を辞任に追い込んだのだ。斉昭を納得させる形をとらぬ限り、アメリカ船の浦賀入港を認めるわけにはいかなかった。

どうしたものかと、朝に夕に思案を続ける日が続いた。

*

三月九日の評定において、正弘は苦渋の決断を下すという物言いをした。

「このうえ沿岸警備の続行を強いるのは、漁民に対して非道とのそしりを免れない」

アメリカ船の動向は気がかりではあるが、警備縮小もやむを得ないと申し渡した。

別間に控えている斉昭に聞こえることを意識しての発言だった。

「本日八ツ（午後2時）をもって、警備を四分一にまで縮小させよ」

評定に同席した祐筆《ゆうひつ》が、正弘の指示を議事録に記載した。

幕閣が署名し、警備縮小が決定した。

25

全帆を張ったマンハッタン号は、浦賀を目指して追風の恵みを享受《きょうじゅ》していた。

1845年4月16日（弘化《こうか》二年三月十日）、午前0時過ぎ。風を受けて疾走を続ける本船右舷《うげん》には、ボースンと副長の姿があった。

晴れ渡った夜空には、右半分が輝く上弦の月が昇っていた。

「この数時間、強い追風が続いているのは火山噴火の影響もあるだろう」

うなずいたボースンは、右手を高く挙げて速さを測った。

「12ノット（時速約22キロ）は出ているでしょう」

「頬に浴びる風が心地よい速さだ」

副長は目をゆるめて顎《あご》を撫でた。

「この速さを保っていられれば、明日の朝10時過ぎにはカズサビーチに戻れるだろう」

副長は噴火した八丈島と江戸湾入り口の浦賀水道までの距離を、正しく諳《そら》んじていた。

直線距離で約148マイル（約274キロ）だと、副長は記憶をなぞり返した。12ノットの船足を保ってくれれば、間違いなく午前10時過ぎにはカズサビーチの沖合まで接近できるはずだ。

「副長がいま口にされた予測が的中することを、強く願います」

闇《やみ》に包まれた海上を、音も立てずに走っているマンハッタン号だ。甲板に降り注ぐ月光といっても、上弦の月では明かりは乏しい。

暗い甲板で、ボースンは顔つきを引き締めた。副長の両目も、もはやゆるんではいなかった。

「水はまだ残っているはずだが」

「その点は大丈夫です」

ボースンは強い口調で請け合った。

「このまま雨が降らなくても、まだ4日はもちます。ですが、食料が……」

ボートを下ろして魚釣りを続けたとしても、主食のパン・米・小麦粉がほとんどなくなっていますと、状況を明かした。

「明日の夕食から一人前の量を半分に減らさざるを得ない深刻な状況だと、コンサーから告げられました」

「分かった」

副長の声が張り詰めていた。

「船長はまだ起きておいでだ。このあとで直ちに報告しておく」

副長は夜空を見上げた。

本船の深刻な状況などあずかり知らぬとばかりに、星は豪勢に煌《きら》めいていた。

＊

4月16日、午前10時半。

マンハッタン号は針路右舷前方に、再びカズサビーチを捉《とら》えていた。が、望遠鏡でもまだ確認できる距離ではなかった。

甲板員たちはデッキ掃除に励んでいた。晴天である限り、デッキ掃除は日課だった。

マスト上部の籠番《かごばん》ふたりは、望遠鏡を利《き》き目に強く押しつけた。

ひとりが息を呑んで相棒を見た。

「いまのを見たか？」

「見たとも！」

当番ふたりは強くうなずき合った。

先任当番のパトリックは望遠鏡を左手に持ち替えて、右手でロープを強く引いた。

マスト下に取り付けられたベルが乱打を始めた。

「クジラ発見、前方11時の方角です」

パトリックの声がベルの乱打に重なった。

ボースンはマスト下からパトリックを見上げた。

「クジラは何頭で、種別はなんだ」

「ブローは1頭、セミクジラに見えます」

小さめのセミクジラだが、ジャパン・グラウンドで初のブロー発見だ。乗組員たちもマスト下に集まり色めき立った。

ベルが違う鳴り方を始めた。

「右舷前方1時の方角に陸地確認！」

パトリックが別の報告を口にした。

「うおおっ！」

乗組員たちがどよめいた。

「クジラは本船の針路上を走っています」

速度はおよそ10から12ノット。

マンハッタン号と同じ速度で北上していると、パトリックが大声で報告した。

このまま進めば、30分のうちにカズサビーチ沖合に差し掛かるだろう。

ボースンから報告を受けた副長は、船長の前に立った。

ただちに捕鯨態勢に入るのか、このまま進むのかの判断を、船長に仰ぐためである。

船長は一瞬も迷わずに発令した。

「針路固定、全速前進」

船長の指示を副長はボースンに伝えた。

「針路固定、全速前進！」

ボースンの号令を聞いた乗組員たちは、だれもが驚き顔を拵《こしら》えた。

初めてのブローをこのまま捨て置くという。水夫たちは意味を理解できなかったのだ。

しかし、本船はすでにカズサビーチの警備隊が監視する海域に入っていた。ここで捕鯨を開始すれば、たとえセミクジラ1頭が相手でも、半日は海上に留まることになるだろう。

船長はすでに4人を上陸させて、事情説明を実行させている。そのうえジャパンの領海内で捕鯨を始めたりしたら、監視隊に余計な緊張を強いることになる。漂流民の上陸も遠離《とおざか》るかもしれない。

いま大事なことは速やかに漂流民を上陸させ、本船が必要とする食料・水・薪炭《しんたん》の補給を許可してもらうことだ。ジャパニーズ水夫たちを祖国に帰したあとでも、捕鯨のチャンスは幾らでもある。なにしろクジラの入れ食いという海域まで、あと数百マイルに接近できているのだ。

クーパーは父親の遺品であるポケットウオッチを見た。日の出に合わせて、時刻調整を続けている懐中時計は午前10時45分を示していた。

懐中時計の蓋《ふた》を船長が閉じたとき、パトリックがまたベルを乱打した。

「針路前方1時の方角4マイル（約7・4キロ）先から、多数のボートが向かってきています」

パトリックは監視ボートの数を確かめて、4杯が向かって来ていると報告した。

「四半速まで減速」

クーパーの指示をボースンが号令した。

操帆手たちが敏捷に動き始めるなり、船足が大きくゆるくなった。

ジャパニーズ水夫たち全員が、右舷舳先の近くで群れになっていた。

監視ボートとの交渉には、ゲンスケとサダックの力を借りることになるだろう。

「これからが本番だな」

船長の蒼《あお》い瞳《ひとみ》が副長に向けられた。

「いまはクジラよりも、彼らを祖国に帰すことですね」

副長に、クーパーはうなずきで応じた。

「上陸させた4人が正しい報告をしていれば、監視ボートも穏やかに接してくるはずだ」

クーパーはそう言ってから、蒼い瞳に力を込めた。

「万一の事態に備えて、ボースン以下10名にはライフル銃の準備をさせなさい」

「イエス・サー」

引き締まった声で応《こた》えた副長は、操帆作業を指示しているボースンに近寄った。

小声で船長の指示が伝えられた。

26

沿岸警備を担《にな》う諸藩に対する、警備出動の大幅縮小令の発令。

老中首座の阿部正弘が命じた文書には「弘化二年三月九日（１８４５年4月15日）、八ツ（午後2時）」を期してと、刻限が明記されていた。

だが、マンハッタン号に突進してきた忍藩警備船には、正弘の指令は届いていなかった。

六丁櫓《ろ》の忍藩沿岸警備船がマンハッタン号めがけて突進を始めたのは、弘化二年三月十日四ツ半（午前11時）前。

忍藩白子警備隊番所与力、岡添源太郎《おかぞえげんたろう》は、四杯の先頭を切ってマンハッタン号右舷に横付けした。それは横付けというより衝突に近かった。

「わしは忍藩白子警備隊番所与力、岡添源太郎である」

岡添は名乗りを上げて甲板を見上げた。なにしろ海面からAデッキまで、マンハッタン号は4メートルの高さがあった。

岡添は両手を口元に当てていた。

「幸宝丸船頭弦助、ならびに千寿丸船頭定九郎なる者、わしの声が聞こえたら手を振って答えなさい」

弦助と定九郎は上体を乗り出し、両手を振って応じた。

「これより先の航行は公儀定めに従い、我が忍藩白子警備隊の指図に従うことになる」

それをアメリカ船船頭に伝えよと、岡添は指図を与えた。

弦助はへそを手すりに押しつける形で、上体を乗り出した。

「この船の船頭さんには、わしらの言葉がまったく伝わらねえんでさ」

絵を描いて筆談をするしかない。相手に通じるまで、そのまま待っていて欲しいと岡添に頼んだ。

「承知いたしたが、あまり手間取るでないぞ」

「がってんでさ」

弦助が手すりから身体《からだ》を引っ込めると、ポールとカッツを伴った副長が後ろに立っていた。

絵の筆談には、副長も弦助も慣れ始めていた。途中までは滑らかに運んだが、岡添の指図で行き詰まった。

「これより先の航行は公儀定めに従い、我が忍藩白子警備隊の指図に従うことになる」

この意味を弦助当人がうまく飲み込めてはいなかった。

筆談を中断したあと、もう一度身を乗り出して岡添に説明を求めた。

「勝手な自走は許されぬということだ」

マンハッタン号が自在に操舵《そうだ》するのではない。移動の際は警備船などが綱で結び、曳航《えいこう》するのだと、子細な説明を加えた。

「そいつあ大事《おおごと》でさ」

弦助の口調がいきなり曇った。

「この船は二千石積み弁財船《べざいせん》と比べても、舳先から艫《とも》までの長さは四倍で、甲板までの高さときたら、岡添様が見ての通りでさ」

こんな桁違《けたちが》いに大きな船を曳航するには、御用船が百杯は入り用だと見当を告げた。

「さもあろうが、定めは定めだ」

直ちに帆を畳み、曳航に備えよと命じた。

「分かりやした。この船の親爺《おやじ》にいまのことを伝えやす」

再び副長と向き合い、帆を畳んだマンハッタン号を無数の小舟が曳航する絵を描かせた。

自走を認めない港は、船長も副長もヨーロッパで経験していた。が、それらの港では、本船を曳航する船も充分に大型だった。櫓が唯一《ゆいいつ》の動力という小型船に曳《ひ》かれたことなど、一度もない。

「ここからウラガまでは、まだ数十マイルの距離を残しているはずだ」

それだけの航路を、あんな小型船で本当に曳航できるのか？

クーパーは本気で案じた。

「せめてエド・ベイの入り口までは、クオーター展帆で走れるよう、ゲンスケには警備隊長と談判してもらいたい」

「イエス・サー」

ポールは船長の指示を絵に描いて示した。

「がってんでさ」

弦助の声は弾んでいた。浦賀奉行所が船を迎え入れてくれるのではないかと期待したからだ。

「この船の船頭さんの言い分を伝えやす」

自分の考えも混ぜて、岡添に伝えた。

本船が勝手な航路を取ることはあり得ない。すべて忍藩白子警備隊の指図に従う。

しかしここから浦賀までは、まだ相当に隔たりを残している。たとえ小舟を百杯集めたとしても、曳航するには途方もなく手間がかかるだろう。

城ヶ島の手前までは、本船の帆を四分一にして走らせてもらいたい。

「いま城ヶ島に向かうのは、潮の流れは逆目でさ」

甲板からでも潮流の見極めはできた。このひとことが岡添を動かした。

「この先六千尋（約9キロ）の位置に、我が忍藩白子船番所が設けられておる。浜から五十尋（約75メートル）の沖であれば、この船でも投錨《とうびょう》できる水深があろう。まずはその位置まで自走いたせ」

指図を終えた岡添は僚船三杯を伴い、マンハッタン号を気にすることなく白子船番所へと戻り始めた。

巨大な捕鯨船に横付けをしたことで、初めてその大きさを実感したに違いない。

この船を曳航して浦賀に向かうためには、果たして何百杯の船が入り用となるのか。

岡添は小舟を徴用する算段で一杯のようだった。四杯の警備船は、それぞれ六丁櫓を忙《せわ》しなく動かして白子に戻っていった。

*

陽春時季の風は気まぐれだ。ベタ凪《なぎ》に近かった風が、不意に強く吹き始めた。風の変化を見た警備ボートは、目的地を白子から浦賀へと変針した。

浦賀奉行所に向けての追風である。

「いかがいたしましょうか？」

追風を頬に感じながら副長が問いかけた。

船長は周囲を見回した。サムライを乗船させた漁船もどきの多数のボートが本船を遠巻きにしていた。

「クオーター展帆」

静かな口調で発令した。

いつまた凪に戻るかもしれない、気まぐれな追風である。本来なら全速前進だろうが、御用ボートに加えて多数のボートが取り囲んでいるのだ。振り払う形で走り出したら、新たな摩擦を生じかねない。

動き始めたマンハッタン号を、何杯もの船が追い始めた。いずれの船も帆柱一杯に帆が張られていた。

わずか四分一の展帆でもマンハッタン号は3本マストの大型船だ。野島崎を回り針路を北に取ったころには、追走してくる警備ボートすべてを振り切っていた。

ホノルルで購入した海図を見ていた副長は、目的地ウラガは真北だと船長に報告した。

船長は操舵手に針路真北を命じた。

「沿岸まで3マイル（約5・5キロ）の間隔を保つように」

操舵手は舵輪をわずかに右に回し、面舵《おもかじ》を切った。舳先が海岸線に向いた。

沿岸から3マイルの位置で舵輪を戻した。

四方のどこにも警備ボートはいなかった。

「全速前進」

船長の新たな発令で、マンハッタン号は大きく船足を速めた。追風をしっかり捉えたマンハッタン号は、1時間近く疾走した。

帆船には貴重な動力となる追風だが、風力はさほどでもない。穏やかで滑らかな房総半島の沖を、捕鯨船は走り続けた。

ジャパニーズ船乗りの多くは舳先に集まり、口を閉じて前方を見詰めていた。

春の陽を浴びた山は濃い緑色。

菜の花真っ盛りのいま、山裾《やますそ》に広がる畑は、隙間《すきま》なく黄色い花で埋め尽くされていた。

山肌の濃緑と、手前に広がる黄色の絨毯《じゅうたん》。

世界の美観を見てきたはずのマンハッタン号乗組員ですら、息を呑んだ顔で陽春のジャパンの景観に見入っていた。

船は疾走を続けた。午後1時半には房総半島西端洲崎まで3マイルの地点に到達した。

風がいきなり弱くなり、船足が落ちた。

「右舷前方3マイル、岬周辺には多数のボートが集まっています」

見張り当番ふたりが同時に声を発した。

舳先に移った船長はゲンスケとサダックを呼び寄せた。ふたりは船長を挟む形で立っていた。

「あれもサムライの船なのか?」

船長はサ・ム・ラ・イと区切って発音した。

「イエス」

コンサーから教わった「はい」の英語で、ゲンスケが答えた。

船長は副長を呼び、停船指示を出そうとした。が、出すまでもなかった。

再び凪となり、マンハッタン号は洲崎の手前2マイル(約3・7キロ)の海上で停船した。見張り当番の報告後、1マイルしか走っていなかった。

「右舷にタラップを下ろし、サムライの乗船に待機させなさい」

沿岸警備スタッフの本船への乗船を、船長は受け入れる決断をしていた。

指図を受けたボースンは、タラップを右舷に下ろすよう号令した。

甲板員の動きは敏捷《びんしょう》だった。24段ステップのタラップは、海面近くにまで届いた。

船長はジャパニーズ水夫全員を右舷甲板に勢揃いさせた。

マンハッタン号乗組員たちも、ジャパニーズ水夫の後ろに整列した。

*

異国船に向かって急行してきた船は、三杯の警備船だった。

浦賀奉行所外事方吟味与力、小城《おぎ》健吾《けんご》を乗せた八丁櫓船。

忍藩白子警備隊番所与力、岡添源太郎が舳先に立っている六丁櫓船。

川越藩房総警備隊長、時田《ときた》三郎助《さぶろうすけ》とその配下の鉄砲隊が乗り込んだ六丁櫓船。

異国船追走にも序列があるのだろう。小城の八丁櫓船は岡添と時田を従えて向かってきていた。

甲板から海面に向けて、階段が斜めに下ろされていた。

八丁櫓船を梯子に横付けさせた小城は、十三尺（約4メートル）上を見上げた。甲板の手すりから弦助が身を乗り出していた。

「上がってくだせえ。この船の船頭さんらが待っておりやす」

「うむ」

小声でつぶやいた小城は、はかまの裾をからげて階段に足をかけた。

船着場から浦賀奉行所建屋までは、百段以上の石段を登ることになる。毎日上り下りを繰り返す奉行所役人にしてみれば、異国船が下ろした階段など、神社参道に設けられた女坂に等しいゆるさだった。

小城は軽い調子でタッ、タッ、タッ、と駆け上がった。

甲板から様子を見ていたアメリカ人乗組員から、ウオオッという声が漏れた。小城の軽い身のこなしに感心したのだろう。

小城に続いて忍藩の岡添、川越藩の時田も駆け上がった。

弦助と定九郎が三人を迎えた。

「弦助なる者は？」

小城の問いに弦助が進み出た。

「てまえが弦助でごぜえやす」

名乗ったあと、身体を深く折って辞儀をする。定九郎も身体を二つに折った。

「本船の船頭はいずこにおいでか?」

小城の物言いからは、相手に対する敵意は感じられなかった。異国船船頭及び乗組員たちが、いかに人道的に振る舞ってくれたか、太郎兵衛は子細に供述していた。

「あちらのお方でさ。てまえがお連れしやす」

定九郎の案内で、小城たち三人は舵輪近くにいた船長の元へと向かった。

制服姿の船長と向き合った小城は、蒼い目を見詰めて話し始めた。

「わたしは浦賀奉行所外事方与力、小城健吾です」

奉行所役人が英語で名乗ったが、クーパーの顔には困惑の色が浮かんだ。訛《なま》りがひどくて、うまく聞き取れなかったからだ。

浦賀奉行所外事方役人たちは、オランダ人教師から英語を学んでいた。しかし教師の話す英語は、蘭語《らんご》訛りである。役人たちは、一度も英語を母国語とする外国人と会話をした経験がなかった。

三十七歳の小城はオランダ人教師から英会話能力の高さを褒められていた。

しかしクーパーには巧《うま》く通じておらず、堅い表情で船長は話しかけた。

「アメリカ合衆国サグハーバー所属のマンハッタン号船長、マーケイター・クーパーです」

船長が差し出した右手を小城は強く握った。

初めて握ったアメリカ人の手は、大きくて柔らかだった。

「わたしが引率してきたのは忍藩白子警備隊番所与力の岡添源太郎、川越藩房総警備隊長の時田三郎助です」

忍藩も川越藩も、船長には初耳だった。どんな目的で乗船してきたのかも不明だった。

が、武家は友好的な表情を見せている。船長はふたりとも固い握手を交わした。

「貴君は本船の出迎えに来られたのか？」

あいさつを終えて、船長から問いかけた。

「違います」

小城の即答を聞いた船長は、いぶかしげな表情に変わった。三人が乗船してきたのは、浦賀奉行所への先導を告げにきたものと解釈していたらしい。

「ただいま浦賀奉行所に向けて、緊急事態への指示を仰いでいるところです」

ひとまず洲崎近くで投錨し、奉行からの指示を待っていただくことになりますと、小城は事情を説明した。

洲崎湊から二百尋《ひろ》（約300メートル）の沖合なら、水深は二十尋である。捕鯨船の錨《いかり》なら充分に海底に届くだろうと小城は判断していた。

「浦賀入港の許可は、いついただけるのか？」

問うた船長の表情は硬くなっていた。投錨して留め置かれるのは、どれほどの長きに亘《わた》るのか。止まりかけた風力は弱まるばかりで、凪に変わるのは必至だと船長は案じていた。

奉行所では英語が達者ながら、小城は通詞《つうじ》職ではない。船長が口にしたことには幾つも理解できない語が含まれていた。前後の文脈でおよそのことに察しはついた。しかし外事方与力の職務柄、言われたことを正しく理解せぬまま返答はできない。

「指示を仰いでおりますので、洲崎沖合にてしばしの間お待ちください」

小城はこれを繰り返した。

小城の真摯《しんし》な態度には、クーパー船長も副長も感ずることが多々あったようだ。

「貴君の指示に従おう」

船長の蒼い瞳は小城を見詰めていた。

「投錨場所まで、わたしが先導します」

船長が了としてうなずくと、小城はさらに言葉を続けた。

「投錨地にて、当座の水と食べ物を届けます」

小城が告げると副長の両目がゆるんだ。

「それでは後ほど、投錨地にて」

船長と副長に会釈《えしゃく》をした小城は、階段へと向かった。

二刀を佩《は》いた武家を間近に見るのは、船長、副長を含む乗組員全員が初めてである。背筋を張り、大小二刀を揺らすことなく歩む武家の後ろ姿を、だれもが興味津々《しんしん》の目で見詰めていた。

これで帰れる！

定九郎は嬉《うれ》し涙を気づかれぬよう、空を見上げた。

27

弘化二年三月十日（1845年4月16日）、七ツ半（午後5時）過ぎ。

待ちに待っていた伝書が、沿岸警護洲崎詰所の御鳩《おはと》小屋に届いた。御用鳩の脚に結わえられていた錫《すず》缶は、直ちに小城の元に届けられた。

奉行所から小城に同行していた祐筆の手で伝書は平文に直され、小城に提出された。

「江戸詰奉行土岐丹波守《たんばのかみ》様、明日午後には浦賀にご到着あらせられる。よって異国船は明朝まで洲崎沖に留め置き、五ツ（午前8時）を以て出帆いたすべし」

構えて異国船乗組員を上陸させぬこと。また明朝の出帆に際しては、断じて異国船の自走なきように……伝書の指示は明確だった。

「これより再度、異国船に向かう。岡添、時田を帯同いたす」

立ち上がった小城は洲崎詰所の十畳間に詰めた者に、口頭での指示を始めた。

握り飯等の支度はできたのかと、炊事頭に質《ただ》した。とりあえずの炊《た》き出しとして、握り飯・ひじきの煮付け・アサリの味噌汁それぞれ百人分の支度を小城は指図していた。

「すべて仕上がっております」

詰所炊事頭は即座に答えた。

うなずいた小城は、詰所桟橋へと向かい始めた。岡添と時田が後に従った。

桟橋では八丁櫓が常時出発の構えで待っていた。小城たち三人が乗り込むなり、船は異国船目指して漕《こ》ぎ出された。

炊き出しと、給仕役の小者・漁師を乗せた警護船三杯が後に続いた。

八丁櫓の舳先《へさき》に座した小城は腕組みをし、昨日からの顚末《てんまつ》を思い返していた。

「本日よりそのほうは洲崎に詰めよ」

浦賀奉行所筆頭与力から小城が指示を受けたのは、九日六ツ半（午前7時）だった。

浦賀奉行大久保因幡守《いなばのかみ》は老中首座阿部正弘同様に、異国船はまたかならず房総沖に現れると確信していた。

浦賀に居たままでは、房総に生ずる異変には即応できない。ゆえに外事方吟味与力の小城を、房総半島西端の洲崎に駐在させる措置をとった。英語のわかる小城がいれば、異国船遭遇に際しても余計な摩擦を生ずることはないと判じての派遣だった。

小城は伝書方祐筆を伴い、八丁櫓を飛ばして洲崎に向かった。

同日午後に開催された老中評定では、沿岸警備を四分一にまで縮小することが決定された。

翌日再び異国船が現われたことで、閣議はまたしても紛糾することになった。

「浦賀入港の要望あれば、断固拒絶すべし」

徳川斉昭の意を体した老中青山下野守《あおやましもつけのかみ》は、強硬にこれを主張した。

「薪炭・水・食料の補給には応ずるとしても、それは長崎においてが定めである」

漂流民受け取りも長崎とする。長崎には異国船吟味の機能が完備している。

「浦賀入港許可は、悪《あ》しき前例となる」

青山が主張を終えるのを待って、牧野《まきの》備前守《びぜんのかみ》が意見開陳を始めた。

「房総沖から長崎までは風向き・天候に恵まれたとしても、七日を要する。異国船に対して何らの補給も認めずに長崎回航を強いるは、あまりに情なき沙汰《さた》である。江戸詰奉行より提出あった調書によれば、異国船船頭以下末端の水夫に至るまで、まことに情深き振舞いに終始しておるとある」

漂流民帰国と引き替えに、開国および交易開始を強要する意図など微塵《みじん》もないと、太郎兵衛より聴取した奉行は判じていた。

「この期《ご》に及んで長崎回航を強いるは、異国船乗組員一同が示してくれた厚情に、仇《あだ》為《な》す処断と言われても仕方あるまい」

今回に限っては浦賀入港許可を以《もっ》て対処すべきであると、牧野は強く説いた。

阿部伊勢守正弘の元には、浦賀奉行大久保因幡守、江戸詰浦賀奉行土岐丹波守連名で、入港許可請願が提出されていた。

チン、チン。チン……

七ツ（午後4時）を告げる土圭《とけい》が鈴を打ち始めたのをきっかけに、老中首座は決断を示した。

「異国船の入港を許可いたす」

阿部がこれを告げると、青山はあからさまに顔をしかめた。が、異を唱えはしなかった。

「ただし異国船乗組員については、船頭以下の全員に対し禁足令を発布する」

上陸は不許可とする旨《むね》を付け加えた。

薪炭・水・食料は今回の人命救助への褒賞として、すべて無償にて補給する。

ここまで口頭で告げたあと、阿部正弘は顔つきも語調も引き締めた。

「今回の沙汰を前例とはみなさず、二度と同様の沙汰を講ずることはないものとする」

阿部は青山と牧野を等分に見た。両者の主張を汲《く》み入れた形の決裁だった。

「明朝、土岐丹波守を浦賀に派遣いたし、異国船船頭との談判には大久保・土岐の両名にその任を命ずる」

異国船の浦賀入港許可は、土岐丹波守が浦賀に到着後とする。

船上にての談判が祝着《しゅうちゃく》至極であったことを見極めたうえで、各種補給を存分に行う。

およそこれらの事項を伝書にしたためて、浦賀奉行所と洲崎詰所に急報させた。

火急の事態ゆえ、土岐丹波守は八丁櫓船に急ぎ御座を設けて浦賀に向かうことになった。

老中が直接対応せぬことで、万にひとつ行き違い・交渉決裂が生じたとしても、最終判断への余地を確保していた。

*

小城は伝書から受けた指図に従い、クーパー船長に事情を説明した。

今夜は洲崎沖での投錨を続け、明朝五ツに浦賀に向けて出帆すること。

自走は許可されておらず、御用船等による曳航とすること。

日本人水夫を含めて、本船乗組員全員に禁足令が発せられていること。

浦賀入港後は奉行が乗船し、談判に当たる。浦賀投錨中も、禁足令が解かれることはない。

薪炭・水・食料の補給は、浦賀にて日本人水夫が下船後に実行される。

これらの事項を小城は口頭で伝達した。

「貴君の助力に感謝の意を表する」

クーパー船長と副長は、乗船してきた使者三名に敬礼で答えた。

小城・岡添・時田の三名は鍔《つば》を鳴らす金打《きんちょう》で応じた。武家が固く約束を守ると告げる所作である。

「貴君らのその動作には、特別の意味があるのか？」

「あります」

小城は金打の意味を伝えた。

深くうなずいた船長は右手を差し出した。

「今後ともよろしく取り計らわれんことを」

小城もうなずき返し、船長の手を握った。

三人の使者と入れ替わりに、詰所の小者と近在の漁師たちが炊き出しを運び上げてきた。詰所貯蔵の白米で拵《こしら》えた握り飯が二百個。漁村の女房衆が総出で握っていた。

ひじきの煮付けは大鍋《おおなべ》に二杯、山盛りにして運ばれていた。房総特産の太いひじきを、煮干しのダシで煮付けていた。砂糖と醤油《しょうゆ》をおごった味付けが、細く刻まれたニンジンと油揚げの旨味《うまみ》を引き立てていた。

あとは土地の浜で獲《と》れたアサリの味噌汁《みそしる》である。

「熱々にして食うのが美味《うま》いでよう。鍋を温め直すように、船頭さんに言ってくれや」

「がってんだ」

漁師から頼まれた弦助は鍋のひとつを提げて、舵輪近くに立っていた船長の元へと急いだ。そして身振りで火を焚《た》き、鍋を温めてほしいと示した。

脇《わき》で見ていたコンサーが、即座に理解した。

甲板にはクジラの皮を煮詰める巨大なレンガ製の炉があった。

「ただちに炉を焚き、鍋を吊《つる》せ」

漁師たちが運び上げてきたアサリ汁の鍋五つが、炉の上に渡されたパイプに吊された。

「総員、手を休めてスナックを食してよい」

ボースンの号令で、甲板前部に巨大なテーブルがセットされた。賓客用の白松材のテーブルだ。

詰所小者と漁師たちが運んできた握り飯とひじきが、テーブルに載せられた。

握り飯は皿代わりの柏の葉に載せて、銘々に供された。漁師は青竹を割いて箸《はし》も用意していた。

コンサーは日本人船乗りたちの手伝いを得て、食器を食堂から運び上げた。温められたアサリ汁とひじきは、皿で供された。

日本人には久しぶりに味わう握り飯・ひじき・アサリ汁だ。マンハッタン号の乗組員には、口にしたことのない握り飯とひじきの煮付けだが、漂う香りは夕食前の空腹を強く刺激していた。美味いと感ずる味覚に、国の隔たりはないらしい。

コンサーは塩味だけの握り飯が気に入ったようだった。

いままで本船内で食べてきたライスとは、味がまるで違っていた。差し入れられた握り飯は新鮮な水を使い、火加減も気遣いながらかまどの釜《かま》で炊いた飯である。しかしコンサーには子細が分かっておらず、炊き方に秘訣《ひけつ》があると思い込んでいた。

「ライスの炊き方をぜひ教わりたい！」

何度も同じことを繰り返し言った。しかし言葉が通じない。言われた漁師は肌の黒いコンサーを、目を見開いて見詰めるばかりだった。

28

1845年4月17日（弘化二年三月十一日）、午前6時過ぎ。

夜明けから間もない房総の海に、数え切れないほどの小船が群れ集まろうとしていた。

マンハッタン号の舳先には多数の乗組員が集まり、朝日を浴びた海面を見詰めていた。

「あれほどの船舶で、なにを……」

言いかけた副長は、ひとつの答えに思い当たったらしい。船長に目を向けた。

船長は静かにうなずいた。

「その通りだ、副長。本船をウラガまで曳航するためだ」

ふたりが前方の海を見詰めている間にも、船舶の数は増え続けていた。

「およその数は分かるか？」

マストの下からボースンが見張り番に問いかけた。

見張り番2名は望遠鏡で周囲を見回し、船数を数え始めた。ボースンに問われてから3分後に答えを返した。

「ざっとの数ですが200杯はいます」

数の多さを知ったボースンがため息をつくと、その大きな肩が動いた。

出帆は午前8時だと、昨日オギから告げられていた。そのため今朝はいつもより早く、午前6時半から朝食が始まった。

「ピッカーズが２００杯と言ったときには、大げさなことを言うと思ったが……」

「大げさどころか、２５０を超えてるぜ」

食堂では、マンハッタン号の周りに続々と集まってくる船舶の話で持ちきりだった。

「ボースンから聞かされたが、本船は展帆を許されていないらしい」

絵描きのポールが小声で漏らした。

「どういうことだよ、展帆できないとは」

食堂にいた乗組員たちが、ポールを取り囲んで問い質した。

船長がジャパニーズ船乗りと話をするとき、ポールは通訳代わりに絵描きを務めていた。ポールが言うことには信憑性《しんぴょうせい》があった。

「詳しいことは聞いてないけど、本船は展帆しないまま、ジャパニーズが漕ぐ船でウラガまで曳航されるらしい」

ポールが言い終えたとき、昇降口から朝食順を待っていた水夫が駆け下りてきた。

「すげえことが始まってるぜ」

本船のバウスプリットにロープが結わえ付けられた。そのロープを３００杯以上の船で曳航しようとしている……

水夫が大声で知らせたことは、余りにも途方もない話である。

「おまえ、まだ寝ぼけているのか？」

コーヒーを飲んでいたひとりが、大声でからかった。食堂に笑い声が湧《わ》き上がった。

「信じないなら、自分の目で確かめてみろ！」

言葉を吐き捨てて、水夫はまた昇降口を駆け上った。そのさまを見て、ただごとではないと感じたらしい。

だれもが急ぎ食べ残りを頰張り、コーヒーで喉《のど》に流し込んだ。そして昇降口を目指して駆けだした。ポールは自分のバース（寝台）に向かい、スケッチブックと色鉛筆を手にして甲板へと向かった。

舳先には乗組員の大半が群れを作っていた。船長も副長もボースンもその最前列に立って海面を見詰めていた。

バウスプリットには5本の麻ロープが固く結びつけられていた。それぞれのロープは、横並びになった5杯の中型船の艫に結わえ付けられていた。この5杯がいわば曳航の基幹船である。

5杯それぞれの舳先から、5本ずつのロープが伸びている。基幹船から伸びているロープは合計25本だ。

それらのロープ1本につき、12杯の小型船が曳こうとしていた。先頭の1杯だけは、大きな帆を張った中型船である。

曳航船の総数は300杯。房総半島には50を超える漁村が点在していると言われる。昨日から今朝の夜明けまでの間に、内房からも外房からも、漁村の漁船を総動員したのだろう。

漁船1杯ごとに複数の役人が乗船し指揮を執った。

12杯ずつ縦列に並んだ船は、形も色もまちまちである。漁船を操る漁師たちの表情も着ているものも、ひとりとして同じものはなかった。

陽は水平線の高いところまで昇っている。4月の陽を浴びた春の海は、キラキラと眩《まばゆ》く輝いていた。

人だかりの最前列にいた船長は後ろを振り返った。

「ポールはいるか？」

「ここにいます」

列の後ろから返事をした。船長はポールを自分の脇に立たせた。

「いま目にしている光景を、しっかり描き留めてもらいたい」

「この場に居合わせることができて光栄です」

昂《たか》ぶった声で答えたポールは口を閉じたあと、色鉛筆を走らせ続けた。

食堂が空になってしまい、コンサーも甲板に上がってきた。大柄なコンサーは、人垣の後ろに立っていても、海と船の群れを見ることができた。

「ウオオッ」

コンサーが驚きの大声を発しても、振り返る者は皆無だった。だれもが息を詰めた顔で、前方の成り行きに見入っていた。

副長はポケットウオッチを手にしていた。すでに午前8時を15分ほど過ぎていた。

副長が懐中時計をポケットに戻したとき、洲崎詰所の鐘《かねつ》撞き堂が五ツを撞き始めた。

ゴオーーン……

沖に出ている警護船にも聞こえるように、響きのよい鐘が吊されていた。

「なんだ、あのベルの音は？」

「曳航開始の合図じゃないか」

乗組員が私語を交わしているなかで、先頭を曳く中型船20杯が一斉に漕ぎ始めた。

どの船も1枚の大きな帆を張っている。

幸いなことにウラガに向かう追風が吹いていた。帆を膨らませた20杯の船に結ばれたロープが、ピンッと張った。

先頭船に引っ張られて、2番目の漁船も動き出した。やはり帆が大きく膨らんでおり、艫の船頭は忙しく櫓を漕いでいた。

マンハッタン号が曳かれ始めたのは、先頭の曳航船がスタートしてから10分後だった。

「針路直進」

マスト上部から籠番《かごばん》の声が降ってきた。今日の操舵指示は、曳航船を監視している見張り番が発することになっていた。

「船長はスウィフトのガリバー旅行記は読まれましたか？」

「わたしもいま、まったく同じことを考えていたところだ」

問いかけた副長に、クーパーは真っ青に澄んだ瞳《ひとみ》を向けた。

イギリスの作家、ジョナサン・スウィフト著作の『ガリバー旅行記』は、1726年に出版され、当時の船乗りたちの一番の愛読書とされていた。

船長ガリバーは帆船にて4回の航海に出る。その航海を記したのが本書だが、4回はいずれも作者の空想譚《たん》である。第1章の「リリパット国渡航記」は、ガリバーが常人の12分の1しか身長のない、小人の国を旅する冒険譚である。

浜に打ち上げられたガリバーは、リリパット国兵隊の手で、身体をロープで縛られる。

マンハッタン号を曳航する300杯の小型船は、さながらリリパット国のミニチュア軍艦に思えたのだ。

物語のなかの光景でしかなかったことが、いまは現実となって眼前に現れていた。

ホエール・ボートの大きさもないような小舟が、何百杯も力を一にしてマンハッタン号を曳航していた。

個々の力と技とが釣り合っていなければ、到底実現はできない。

熟練の船長であるがゆえに、クーパーは眼前の光景に感銘を覚えていた。

「ジャパニーズのシーメン（船乗り）たちは、まことに素晴らしい能力を有している」

感嘆のつぶやきを漏らした船旗の脇で、ポールはひたすら色鉛筆を走らせていた。

29

「針路前方11時の方角7マイル（約12・9キロ）先に、陸地が見え始めました」

籠番の声がマスト上部から降りてきた。

船長はポケットウオッチで現在時刻を確かめた。午後3時52分だった。

籠番が報《しら》せてきた陸地とは、目的地ウラガに違いないと船長は判じた。

時計を見終わった船長に副長が近寄った。背筋を張って、指示を待つ姿勢である。

ボースンも副長の脇へと移っていた。

「総員に展帆待機を命じよ」

ボースンは指示を復唱し、敬礼してメインマストに向かった。ボースンの差し迫った表情を見て、甲板員たちがその場に静止した。

重要な発令にのみ使う赤いメガホンを、ボースンは口に当てた。

「総員、展帆待機！」

ボースンの号令で3本のマストそれぞれに、甲板員たちが駆けた。船員ごとにマストの持ち場が割り振られていた。

総員待機の号令は、コックを除く全員が対象である。銛《もりう》打ちチーフのトム・ベッタ、樽《たる》職人のデル・キンダーも、持ち場となるマスト下へと駆け上がってきた。

総員待機は晴天時にあっては、滅多にない発令である。

いかつい顔が売り物のボースンだが、いまは両目が飛び切り鋭くなっている。合衆国国章であるイーグルの如《ごと》くに、強い光を宿していた。

＊

なにが生じたのか、幸宝丸と千寿丸の水夫《かこ》たちには理解できなかった。

海は穏やかなままである。見上げた空には、悪天候を暗示する黒雲もなかった。曳航《えいこう》している船も、定まった調子で漕いでいた。風こそ凪《なぎ》を思わせる弱風だったが、追風となる吹き方だ。

周囲の状況のなにをとっても、本船の水夫たちが急に張り詰めた動きになる理由はなにひとつなかった。

「水夫のだれもが、帆柱の下に張り付いているということは……」

弦助が案じ顔で言葉を区切り、定九郎に目を向けた。

「いつでも思い切り帆を張って、曳航船を振り切って逃げだそうと身構えている……そんな構えじゃねえかと思いやすぜ」

弦助が口にするのを思い留まったことを、定九郎が言い切った。

「おめえさんもそう思ったのか？」

定九郎は引き締まった顔でうなずいた。

ボースンと呼ばれている大男が、赤い筒を口にあてて怒鳴った。それをきっかけに、舳先から艫《とも》まで、いきなり気配が張り詰めた。

野分に遭遇して船が北へ流され始めたときでも、水夫の何人もが笑いながら話していた。

いまはどの顔にも、笑みのかけらも見えなかった。

「わしらの幸宝丸が嵐《あらし》のなかに飛び込んだときの、水夫のような顔つきだぜ」

「ことによると、弦助あにい……」

定九郎がなにかに思い当たったという物言いになっていた。

「浦賀の砲台から、大筒をぶっ放されると思ってるんじゃありやせんかい？」

「それだ！」

弦助が得心顔で定九郎の肩を叩《たた》いた。

「古い船頭から聞かされたことを思い出したぜ。おめえは天保《てんぽう》八（1837）年六月には、どこに居たんでえ？」

「天保八年てえと……」

「いまから八年前だ」

言われた定九郎は、銚子で船頭の見習いを務めていたと答えた。

「おれはあんとき、たまたま江戸にいたんだ」

話を続けながらも弦助は、本船の水夫たちの動きを見詰めていた。両腕を腰の脇に垂らしている。急変時には、即座に動く身構えだった。

「あれか！」

定九郎にも思い当たることがあったようだ。

「おれっちとおんなじように、水夫を助けて運んできてくれた異国船を、砲台がドンパチやって追い払ったてえ一件でやしょう？」

「そのことさ」

また甲板員たちに目を戻してから、弦助は話を続けていた。

*

クーパーは操舵手《そうだしゅ》の脇を離れて、舳先に向かった。

ゲンスケとサダックが顔をくっつけるようにして話しているそばを通り過ぎた。ゲンスケが話していることに、サダックは熱心に聴き入っていた。

いつものクーパーなら、ふたりに声をかけただろう。が、いまは事態が張り詰めていた。

声をかけることもせず、舳先のバウスプリットの根元まで進んだ。望遠鏡を伸ばして前方を確認した。

マスト上部の見張り籠とは異なり、舳先からはまだ陸地は確認できなかった。

本船は自走ではなく、小型船に曳航されていた。鈍い船足だが、籠番は陸地まで7

マイル（約12・9キロ）だと報せてきた。

あの報告から10分が過ぎていた。ウミガメよりも鈍い速度の曳航だが、あと1時間もかからずにエド・ベイ（江戸湾）に入るだろう。ウラガの砲台は、ベイの入り口に設けられていると、サグハーバーで聞かされていた。

「砲台には射程距離クオーターマイル（約463メートル）の大砲が6門配置されている。射程距離は大したことはないが、サムライの狙《ねら》いは正確きわまりない」

大砲の射程圏内到達までには、まだ充分に時間があった。が、クーパーは本船と乗組員の安全を確保する責務を負っている。異変を察知したときは、直ちに展帆し、全速で陸地から離れようと胸の内で決意を固めていた。

その際にはモリソン号と同様、救助したジャパニーズを道連れにするのも仕方がないと、船長は肚《はら》を決めていた。

ウラガの目の前まで戻っていながら、ゲンスケたちをまた外洋に連れ出してしまう。考えただけでも胸が痛んだ。しかしジャパンには先例があった。

舳先で前方を注視しながら、サグハーバーで聞かされたモリソン号事件を思い返していた。

30

1837年7月1日（天保八年五月二十九日）正午前。米国人貿易商人チャールズ・キングは、20年ものの紹興酒に口をつけた。

マカオ港桟橋近くの高台に、キングは邸宅を構えていた。テラスには潮風が流れてくる。

風が運んでくる濃い潮の香りが、紹興酒には格別の引き立て役を果たしていた。

ショットグラスの酒を飲み干したあと、卓上の鈴を鳴らした。

純白の中国服を着た執事チャンが、足音を立てずに寄ってきた。太極拳《たいきょくけん》の師も務めるチャンは、身のこなしが軽やかだった。

「港湾役人を呼び入れてよろしい」

「承知しました」

チャンは破顔《はがん》して答えた。1時間近くも待たされていた港湾役人は、チャンの従弟《いとこ》だった。

執事に案内されてテラスに出てきた役人は、立ったままで風を浴びていた。

「座ってよろしい」

キングの物言いは、中国人に対しては尊大だった。

役人は白い椅子《いす》を引き寄せて座った。

キングは相手を見もせず、グラスに紹興酒を注ぎ入れた。喉を鳴らしてひと口を飲んでから、初めて役人を見た。

「あんたが世話をしとる7人のジャパニーズは、わしが届けることにする」

キングの鳶色《とびいろ》の瞳が役人を見詰めた。役人は背筋を伸ばし、あとに続く言葉を待った。

「モリソン号は……」

キングは立ち上がり、テラス下に広がるマカオ港を見た。役人も同時に立ち上がった。

直線距離なら、テラスから桟橋までは1マイル少々である。テラスに立てば、波止場に係留された船を見下ろすことができた。

夏日を浴びたモリソン号は、白く塗られたマストが光り輝いていた。

「まことに美しい船です」

キングに催促される前に、役人は船を褒めた。世辞ではなく、3本マストの美しさは港でも際立《きわだ》っていた。

「わしの船はフォース・オブ・ジュライ（7月4日）にマカオを出帆する」

アメリカ合衆国の独立記念日に商船を出帆させると、キングはさらに偉そうな口調で告げた。

「人道的見地に立たれた閣下が、わざわざジャパンまで向かってくださる行為には、衷心《ちゅうしん》よりご尊敬申し上げます」

役人は両手を合わせてキングを称《たた》えた。

「ひととして当然のことである」

役人の賞賛の言葉を、鷹揚《おうよう》な所作で突きだした右手で制した。

「7月の風は、ジャパンに向かうには絶好の追風になると、船長から報告を受けた」

追風が続いてくれれば、4週間もかからずにウラガに行き着けると役人に告げた。

役人の表情が大きく動いた。

「なにか問題でもあるのか？」

「ございます」

役人の表情がこわばっていた。

「サコク政策を敷いているジャパンは、ナガサキのみをオランダと清《しん》に開港しております」

漂流民7名もナガサキでなければ上陸が許されないと、強く訴えた。

「そんなことは先刻承知いたしておる」

キングは不機嫌な口調で応じた。

「わしは漂流民を祖国に帰してやるために、わざわざマカオからジャパンに向かうのだ。人道的行為であり、交易を求める他の船舶とは根本から違っておる」

キングは声の調子を落とした。静かな物言いのほうが、役人には利《き》き目があると考えてのことだった。

「ここのオランダ商館が、ナガサキのオランダ商館に強い要望書を届けるよう、あんたから働きかけてもらいたい」

キングは鈴を鳴らして執事を呼び寄せた。

「テミスをここに寄越してくれ」

テミスというのは、キングが米国から連れてきた弁護士である。身長6フィート（約183センチ）のテミスは、黒革カバンを提げてあらわれた。

キングが座れと言う前に腰を下ろし、右足を左足に載せた。見るからに大きな靴が、ぶらぶらと揺れた。

「あれを彼に見せてやれ」

テミスは返事もせずカバンを開いて、紙フォルダーを取り出した。

「わたしの書類を受け取る前に、ハンカチであんたの手を拭《ぬぐ》ってもらおう」

テミスはキング以上に、役人に対して居丈高な物言いをした。相手が慌《あわ》てて手を拭ったのを見極めてから、1通の書類を役人に手渡した。

「ジャパニーズ漂流民7名を、モリソン号にてジャパンまで送り届ける。

船は1837年7月4日午前9時に、すでにマカオを出帆した。

ウラガに本船が入港できるよう、オランダ商館館長閣下にご尽力いただきたい」

以上の内容が英語で記されていた。

「すぐに、マカオのオランダ商館館長に届けてもらいたい」

言い終えたテミスは、さらに1枚の書類を役人に提示した。

指定された期日に指定された人物あてに、文書を届けることを確約する契約書だった。

「あんたがサインすれば、ジャパニーズの送還はキング氏が引き受けられる」

椅子に座っていてもテミスは大柄である。強く迫られた役人は契約書にサインし、紙フォルダーごと文書を受け取った。

＊

モリソン号は予定通り、1837年7月4日（天保八年六月二日）にマカオを出帆した。途中、琉球《りゅうきゅう》王国那覇《なは》に立ち寄り、水・燃料・食料を補給した。那覇出帆後はどこにも寄港せず、一路ウラガを目指した。

キングはしたたかな貿易商人である。サコク政策中のトクガワ政府がナガサキ以外の港への入港を許可しないことは、充分承知していた。

7人を祖国に帰してやりたいという、純粋な人道的行為であれば、モリソン号をナガサキに向かわせたに違いない。が、キングの真の目的は漂流民を送り届けることを口実に、トクガワ政府閣僚と交易開始の交渉を持つことだった。

ナガサキには政府閣僚が常駐していないことも、キングは把握していた。閣僚と面談するにはウラガ寄港が最善策だと判じ、江戸湾への入港強行を企てていたのだ。

「わしは漂流民を祖国に帰してやるために、マカオからはるばる出向いてきたのだ」

そんなモリソン号を砲撃するはずがないと、船長と乗組員に力説した。

「丸腰のこの船に砲撃を加えたりしたら、世界中がジャパンは蛮国だと嗤《わら》うだろう」

キングの強気な見方に押されて、船長は渋々ながらウラガ接近を強行した。

ところが案に相違して、ウラガの砲台はモリソン号に集中砲火を浴びせかけた。

オランダ商館は、マカオから送られてきた文書を翻訳もせず、放置していた。テミスが書き上げた要望書の内容は、ナガサキの役人にすら届いていなかった。

トクガワ政府は、モリソン号がウラガに接近することも、漂流民が乗船していることも知らずにいた。モリソン号に砲撃を加えたのは、ウラガ沿岸の警備隊の判断だった。

「話が違うぞ、キング！」

乗組員の安全に対して責任を負う船長は、船主キングを激しい口調でなじった。

「こんなことでは、もうあんたの指図に従うわけにはいかない！」

船長は那覇経由でマカオに引き返すとキングに通告した。乗組員たちはもちろん、船長の言い分を了とした。

モリソン号は丸腰の商船である。大砲6門の集中砲撃を浴びては、キングも船長の言い分を呑《の》まざるを得なかった。

「ならば船長、せめて沿岸に接近しても砲撃のない港に立ち寄ってくれんか」

「そんな沿岸があればの話だ」

船長もキングの言い分を受け入れた。薪炭《しんたん》に水、食料も乏しくなっていたからだ。

モリソン号は途中の鳥羽《とば》に立ち寄ろうとしたが、暴風に遭遇して寄港を断念した。

「途中寄港を試すだけのゆとりは、もはや本船にはない」

食料はあと7日分しか残っていなかった。

「那覇まで直行する」

船長の判断に、キングも異を唱えなかった。

琉球を目指して南下を続けていたモリソン号だが、薩摩沖に差し掛かったとき船長は停船を命じた。

陸地まで半マイル（約0・9キロ）の沿岸で投錨した。漁船が多数砂浜に引き上げられている漁村で、投錨《とうびょう》していても砲撃される気遣いもなかった。

「この漁村なら、水も食料も補給できるかもしれない」

村人との交渉は漂流民が受け持つことになった。ボートを下ろし、漕《こ》ぎ手4人にボースンと、交渉役の2名で陸地に向かった。

一行が上陸したのは薩摩国山川湊《やまがわみなと》だった。村の肝煎《きもいり》は直ちに藩の役所に漁民を走らせた。

「わしが出向く」

報せを受けた国家老島津《しまづ》久風《ひさかぜ》は、通詞《つうじ》を伴い山川湊に急行した。

沖合に停泊中の本船からキングが上陸したのは、翌朝のことだった。船内で紹興酒を飲み過ぎてしまい、下船できなかったのだ。

キングと船長が、国家老島津久風との談判に臨んだ。

「オランダ商館を通し、長崎にて上陸交渉を為《な》すべし」

通詞を交えての交渉において、久風は断固としてこの地での漂流民上陸を拒絶した。

かたわらマカオからはるばる出向いてきた人道的行為への謝意として、薪炭・水・食料を無償で供した。

山川寄港二日後、久風は沖合に停泊しているモリソン号に向けて、大筒の空砲撃ちを命じた。

異国船打ち払いの建前を遵守《じゅんしゅ》していることを、領民に示す方便だった。

漂流民を開国要求の具と企てたキング。

サコク政策断行を第一義とする徳川幕府。

両者の狭間に置かれた漂流民たちは、祖国の海岸を眼前に望めたのに……

キングの船で再び異国へと連れ出されたあとは、二度と在所の地を踏むことはかなわなかった。

31

クーパーが案じた砲台からの砲撃は杞憂《きゆう》に終わった。

左舷《さげん》に陸地を見ながら、マンハッタン号は江戸湾への進入を続けた。

「左舷海岸まで200ヤード（約183メートル）です」

見張り番の目測距離報告を受けて、クーパー船長が副長に発令した。

「総員展帆待機を解除せよ」

副長は表情を変えぬまま受け止め、ボースンを呼び寄せて、船長命令を伝えた。ボースンは目元をゆるめて指図を受け止めた。

マスト下に集まっている乗組員たちは、ボースンの振舞いを注視している。全員の視線を意識しながら、赤いメガホンを口にあてた。

「総員展帆待機、解除」

「うおおっ！」

乗組員たちの歓声が、号令にかぶさった。

待機を解かれた乗組員たちは、一斉に左舷へと移動した。いつもは仲間とは群れず、孤高を保ってきたチーフ・ハープーナーのトム・ベッタまで、左舷に立っていた。

房総半島沖から遠望したカズサビーチとは、眺めが大きく異なっていた。左舷に広がる海岸は砂浜ではなく、岩場が続いていた。岩場は随所に途切れがあった。

「切れ目を巧みに使った港だぜ」

「陸揚げした漁船は、どの船も速そうだ」

マンハッタン号と沿岸との隔たりは、わずか200ヤードでしかない。遠目の利く捕鯨船乗組員たちは、漁村の眺めに見入っていた。

「板に載せてあるのは、どれもヒモノだぜ」

ひとりが指差して声を上げたのは、アジの開きの天日干しを作っている戸板だった。

左舷に群れを作って陸地を見ている乗組員の姿は、陸地からもめずらしく映っていた。

岩場にできた人垣は、だれもがマンハッタン号に見入っていた。

三浦半島の海は、江戸湾と太平洋とが混ざり合う、格好の漁場である。いつもなら夜明けから日暮前まで、多数の漁船が海を埋めていた。

今日はただ1杯の漁船も出漁していなかった。浦賀奉行所周辺の12浦に対し、昨夜のうちから出漁禁止が通達されていた。

漁船の多くはマンハッタン号曳航に駆り出されていた。浜に残ることになった船は、

1杯残らず引き上げるように命じられていた。曳航の邪魔にならぬように、である。

マンハッタン号はこどもの駆け足よりも鈍い船足で進む。こどもたちは母親を残して岩場を駆けて、本船の先回りをして待ち構えた。漁村に棲《す》み着いた何匹もの野犬が、こどもと一緒に岩場を走った。

「女とこどもと犬しかいねえのか」

子細の分からない乗組員が、いぶかしげな声を漏らした。

「そうじゃないさ。漁師の大半は、マンハッタン号の曳航に駆り出されているのさ」

「そういうことか」

得心した甲板員は、岩場を駆けるこどもと犬に向かって手を振った。

立ち止まったこどもたちは、マンハッタン号に向かって大きく手を振った。

犬たちも尾を振って応《こた》えた。

＊

奉行所の沖合200ヤードの位置で、マンハッタン号は停船させられた。直ちに小型ボートが本船左舷下に横付けされた。

「タラップを下ろしなさい」

船長の指示をボースンが号令した。タラップが海面近くに下ろされると、サムライ2名が甲板に上がってきた。

「浦賀奉行所筆頭与力、寺田英爾です」

船長に姓名を名乗った寺田は、年配の通詞を帯同していた。

「明日、浦賀奉行および江戸詰浦賀奉行が乗船を予定しています」

寺田の発言を、訛《なま》りの強い英語で船長に伝えた。

「当座の対応として、今夕および明朝の食事は、浦賀奉行所が用意します」

飲料水など、必要なものがあれば申し出るようにと、寺田の言葉を通訳した。

「厚遇に感謝する」

船長は寺田に右手を差し出した。寺田は強く握り返し、「サンキュー・キャプテン」と英語で応えた。22人もの漂流民を、自分たちの食料を削ってまで世話をしてくれたのだ。感謝を表す態度には深くて強い思いがこもっていた。

しかし寺田は弦助たち日本人には一切、目を向けようとはしなかった。

船長と談判した奉行が、日本人上陸許可の決裁をするのだ。奉行が断を下すまでは、同胞だと分かっていても親しみを示すことはできない……寺田はそれを、きつく自分に課しているかのようだった。

寺田と通詞はタラップを下りて、小型船で浦賀奉行所桟橋へと戻って行った。すでに陽は大きく西空に傾いていた。

背筋を伸ばして船に座している奉行所与力の後ろ姿に、日本人たちは深くこうべを垂れていた。

*

浦賀奉行所が用意した夕食は、マンハッタン号の全乗組員が味わったことのない豪華版だった。

主食の握り飯は銀しゃりである。奉行所が大名などの賓客を迎えたときに供する米を、惜しげもなく使っていた。

そして長い航海でなにが一番不足するのか。マンハッタン号接待を任された寺田は、浦賀船番所吟味役への聞き取りを行った。

「パリッとした野菜が一番です」

「青物なら余計な調理を加えず、生のままを食べたいですから」

吟味役4人は、口を揃《そろ》えて生野菜を挙げた。

出漁する漁船に水・食料・薪炭を納める八百屋が、浦賀には多数あった。

「青物をよく洗い、生で食せる形に調えて納めよ」

与力からじかに指図を受けた八百屋は総出で野菜を洗い清め、手でちぎって大ザルに盛り上げた。5人でザルひとつの勘定で、10の大ザルに山盛りとなった野菜を納めた。

ほかにも砂糖を利かせた厚焼き玉子、カツオの角煮を佃煮《つくだに》に仕上げたもの、アジの一夜干しを焼いたものなどが、マンハッタン号の甲板に運び上げられた。

生野菜の山盛りには、コンサーがだれよりも大喜びをした。野菜不足が原因で、不調を訴える乗組員が多数いたからだ。

「ウラガのサムライは、捕鯨船乗りのことをよく分かっている」

緑色の濃い葉物を高く掲げ持ち、奉行所の配慮を称えた。

多数の乗組員がコンサーに呼応した。一斉に歓声を上げたあと、なにも味付けされていない野菜を頬張った。

Aデッキに仕舞われていた鯨油ランタンが多数甲板に運び上げられた。ランタンの照明を浴びた野菜は、誇らしげに青さを際立たせていた。

豪勢な夕食を終えたあとも乗組員たちは、甲板からバースへ向かおうとはしなかった。

曳航してきた小舟の大多数がマンハッタン号を取り囲んでいた。

午後8時（五ツ）を告げる鐘が鳴ったのを合図に、小型船は一斉に舳先と艫にかがり火を灯した。マンハッタン号警護のため、夜通し海上に留まっているのだ。

甲板から闇《やみ》に溶け込んだ海面を見下ろすと、揺れる明かりの群れが見えた。

「いままでの捕鯨船生活のなかで、これほど美しい夜を見たのは初めてだ」

トム・ベッタの口調には、無数のかがり火への畏敬《いけい》の思いがこもっていた。

絵描きのポールは、スケッチブックも色鉛筆も持っていなかった。その代わり両目が捉《とら》えた幻想的な夜景を、余すところなく脳裏に刻みつけていた。

32

弘化《こうか》二年三月十一日（1845年4月17日）、八ツ半（午後3時）前。

浦賀奉行大久保因幡守は奉行執務室に、江戸詰浦賀奉行土岐丹波守を迎え入れていた。

江戸湾の海は穏やかで、上天気に恵まれた。

四丁櫓《ろ》一反帆の御座船が浦賀奉行所に到着したのは、八ツ（午後2時）から四《し》半刻《はんとき》が過ぎた時分だった。

栈橋では筆頭与力が出迎えた。

そこから浦賀奉行所建家までは、百二十段の石段を登ることになる。万にひとつも丹波守が足を滑らせることのなきよう、地べたの具合を与力は確かめながら歩いた。

正装の江戸詰奉行が、御座船で浦賀を訪れるのはまれだった。百二十段を登ることのなきよう、乗物での奉行所入りが慣例だ。しかし今回は、船足の速い御座船での奉行所入りとなった。早い到着を考えての、海路選択だった。

丹波守を気遣った筆頭与力は、踊り場ごとに足を止めた。百二十段の石段は、一段の高さが八寸（約24センチ）もある。日に何度も石段を上り下りする奉行所役人の、足腰鍛錬をも目的とした造りだ。ときには奉行や大名など、上つ方の武家が石段を使うこともあるため、石段には二十段ごとに、息継ぎの踊り場が設けられ、とくに六十段目と八十段目は、浦賀水道を一望にできる見晴らし台も兼ねている。

六十段目の見晴らし台に立ったとき、与力は曳航されてくる異国船を指差した。息を整えさせようとの配慮だった。

「のちほど、ゆるりと見下ろそう」

いまは因幡守殿と向き合うのが先だと、与力に申し渡した。

「御意のままに」

与力は登る調子をわずかに速めて、奉行所建家を目指した。丹波守は息遣いを乱すことなく石段を登り続けた。

案内された執務室で因幡守と向かい合わせに座すなり、丹波守は先に口を開いた。

「御老中様にはわしらに対する、強い指示をお持ちでござった」

因幡守は居住まいを正し、阿部正弘からの指図を受け止めようとした。

「かのモリソン号接近時に示した不手際の二の舞は、断じてあいならぬとの、強き仰《おお》せでござった」

阿部正弘の強い思いは、向かい合わせに座した奉行両名とも深く深く察していた。

＊

天保八（1837）年に来航したモリソン号を追い払ったのは、浦賀沿岸警備隊だった。

幕閣はこの追い払いには、いささかも関与していなかったとされていた。事実、打ち払いを公儀が知ったのは数日後のことだった。

しかしモリソン号乗組員はもとより、当時の学識者も庶民も幕府が追い払ったと考えた。

「荒海に放り出された我が同胞を助け上げてくれた上、わざわざ浦賀まで送り届けにきてくれた船を……」

御公儀の振舞いはひどいと、うわさは尾ヒレがついて広まった。浦賀入港を許さずに砲撃して追い払ったのは事実だったからだ。浦賀周辺の漁師や住民たちは、打ち払いを目《ま》の当たりにしていた。

天保九（1838）年十月、幕府評定所ではもしもまた、モリソン号のような事態が生じた場合の対処が討議された。

幕議は紛糾を続けた。長崎入港を承認し、日本人の上陸と物資補給を認めるべきであるとの意見が多く出された。

水野忠邦はその声を押し潰《つぶ》した。

「漂流民については、オランダ船による送還のみを受け入れる」

幕議はこれを決裁していた。

もしも又漂流民救助の異国船来航の場合、長崎には入港させず、洋上でオランダ船への日本人の乗り換え措置を決めた。水・薪炭・食料の補給も、すべて洋上でなすべしと決裁した。

公儀はあくまで、長崎入港はオランダ船と中国船に限るとの建前を貫いたのだ。

漂流民を送り届けてくれようとする船まで、夷狄《いてき》船として排除するとは！

義憤を覚えた幕臣のひとりが、蘭学者高野長英《たかのちょうえい》や渡辺崋山《わたなべかざん》らに評定所での顚末《てんまつ》を話した。

長英は聞き取った次第を『戊戌夢物語《ぼじゅつゆめものがたり》』として、匿名《とくめい》で書き上げた。

出版したわけではなかったが、写本が何冊も流布《るふ》することになった。なかの一冊が、南町奉行鳥居耀蔵の手に届いてしまった。

政道批判の企図ありと断じた幕閣は、匿名筆者の特定を命じた。鳥居耀蔵は配下の者を動かし、天保十（1839）年五月に作者は高野長英だと断定した。

長英と親交の深かった渡辺崋山などをも、一斉に捕縛した。

高野長英と渡辺崋山について、その言動などを鳥居耀蔵は常々苦々しい思いで見ていた。幕閣からの指示を鳥居は、目一杯に拡大解釈して捕縛に当たった。

言論弾圧の「蛮社の獄」である。

当時の老中首座は水野忠邦で、弾圧指揮をとったのが鳥居耀蔵だった。

正弘は身体を張って水野忠邦の罷免《ひめん》を求めた。理由の一は、蛮社の獄にあった。

もしも忠邦が首座に就いたままならば、今回の異国船も断固打ち払ったに違いない。

モリソン号の轍《てつ》は踏むな。

正弘は老中首座の職責を賭《と》して、異国船に手厚く対処すべしと決裁していた。

33

丹波守との談義を終えた因幡守は、執務室に与力組頭の中島清司を呼び入れた。

「明朝五ツ（午前8時）を以《もっ》て、異国船船上にて漂流民の受け取りをいたす」

その旨《むね》を当該船船頭に通達いたせと、因幡守が命じた。

「漂流民引き取りにはわしと土岐殿とがマンハッタン丸船上にて立ち会う」

奉行乗船が定まったことで、中島は安堵《あんど》の小さな息を漏らした。

「マンハッタン丸船頭殿には、奉行所より謝辞を伝える」

この日初めて因幡守は異国船を船名で呼んだ。丹波守もその呼称を了とした。当該船および乗組員たちへの、両奉行の敬意のあらわれだった。

「マンハッタン丸が望む水・薪炭・食料・修繕に用いる木材等の補給については、無償にて応ずる用意がある」

船頭の要望を余さず聞き取るようにと、奉行は中島に命じた。

「ただしマンハッタン丸乗組員の上陸は、一切認められぬものと伝えよ」

奉行の厳命に深くうなずいた中島は、裁可を求めて問いを発した。浦賀奉行所では、筆頭奉行への与力組頭の質問が許されていた。

「帯同いたしまする通詞には、森山栄之助《もりやまえいのすけ》を指名いたしたく、ご許可のほどお願い申し上げます」

中島の要望を耳にした因幡守は、太い眉《まゆ》を上下に動かした。相手の言い分に疑念を抱いたときの仕草だった。

「森山は言葉の行き届かぬ場合は、我が身の表情、身振り手振りを総動員し、相手に心情を伝えるべく渾身《こんしん》での通詞を致しまする」

おもてを伏せたまま、中島は奉行に訴えた。

「そこまで申すなら許可いたすが、本件は御老中様直々のご裁決案件である」

針の先ほどのしくじりも許されない。念のため森山に加えてもう一名、英語に長じた通詞を随行いたすようにと申しつけた。

「御意のままに」

裁可を得た中島は御用部屋に戻り、森山と曾根《そね》を呼び込むように事務方に命じた。

いささかも間をおかず、森山栄之助と曾根幸太が参上した。両名とも乗船に備えて、両足が筒状の野袴《のばかま》を穿《は》いていた。

「因幡守様よりご裁可を賜った」

森山栄之助が通詞補、曾根幸太を正通詞として乗船すると申し渡した。森山と曾根の顔つきが引き締まった。両名とも、オランダ人以外の異国人と会うのは初だったからだ。

マンハッタン号には、通詞方主事田所政三郎が乗船していた。

田所はすでに五十路《いそじ》を大きく越えており、体力限界につき御役御免の願い出書を中島に提出していた。

貧血気味で顔色蒼白《そうはく》の田所は、願い出た翌々日に主事職を解かれた。が、後任主事はまだ定まっておらず、森山たち四人が横並びとなっていた。

森山栄之助は、二年前の天保十四（1843）年夏に、長崎奉行所から浦賀奉行所への異動を命じられた通詞である。

「将来性あり」と、筆頭与力が見込んだ若手通詞の人事交流を、長崎と浦賀は行っていた。

長崎奉行所筆頭与力吉野亮介は、オランダ語習得力が秀逸であるとして、浦賀筆頭与力の寺田に森山栄之助を推挙していた。

「江戸湾の要衝たる浦賀への研修留学は、森山当人はもとより、かならずや御公儀にも益することに相違ございませぬ」

吉野の強い推挙に得心した寺田は、当時二十四歳だった森山を受け入れて中島に預けた。

蘭学・蘭語については、吉野の推挙通り秀《ひい》でていた。が、英語はまだ修学途上で、蘭英辞書を手放せぬ語学力でしかなかった。

それを承知で中島は、森山帯同を奉行に願い出た。好奇心の旺盛《おうせい》さと判断力において森山は、通詞のなかでも飛び抜けていた。

これより始まるアメリカ船との談判は、浦賀奉行所には背水の陣である。断じて敗北できぬ戦陣に臨むには、最強の兵を配さねばならない。

組頭中島は、長崎からの留学生森山栄之助帯同を決断した。

交渉相手の懐《ふところ》に飛び込み、相手の信頼を獲得する。

成し遂げるには、交渉の場に臨む者に文字通り「一命を賭す覚悟」がいる。

長崎から異動してきた森山は、並々ならぬ覚悟を抱いていた。しくじりも不祥事も許されぬ、背水の陣たる日々を過ごしていた。

帯同は森山のほかにあらず。

中島当人が必勝を期して森山帯同を決めた。

曾根は森山より三歳年長である。森山とは逆に、英語書物の音読で声を詰まらせることはまれだった。

ふたりの英語教師はオランダ人ボンヘッフだ。十数年イギリスのロンドンで暮らしていたボンヘッフは正統英語を曾根に教えていた。

五尺九寸（約179センチ）の上背は、教師と並んでも見劣りしなかった。

蘭語の習得度合いは森山のほうが秀でていた。蘭語教師も兼ねているボンヘッフは、森山の蘭語はオランダ人以上だと賞賛した。

ボンヘッフの授業は十日ごとに、蘭語・英語を一刻ずつである。授業なき日の曾根は年長者であることにはこだわらず、背を屈《かが》めるようにして森山から蘭語を教わっていた。

日々、蘭語と英語の研鑽《けんさん》に励む両名は、日常生活においても仲がよかった。

有能な通詞ふたりを帯同できるのだ。

中島はマンハッタン丸船頭との談判上首尾を確信しつつ、百二十段を下っていた。

＊

ウラガの官吏が小型ボートで本船に向かってきたのは1845年4月18日（弘化二年三月十二日）午後4時前だった。

ボースンからボート接近の報告を受けた船長は、面談テーブルのセッティングを命じた。

「イエス・サー」

コンサーは弾んだ声で応じ、敏捷《びんしょう》に動き始めた。横幅10フィート（約3メートル）の白松テーブルをひとりで動かして、鯨油を煮詰めるレンガ炉の前にセットした。

寄港地によっては、土地の名士を甲板に迎え上げることがある。白松テーブルは、その折りの賓客歓待に用いていた。

「テーブルクロスはどうしましょうか？」

問われた船長はテーブルの天板を見た。

春分をすでに1カ月近くも過ぎていた。午後4時の陽光は、西空からまだたっぷり甲板に降り注いでいる。

斜めの空から届く陽が、天板の美しさを引き立てている。クロスで隠すには惜しまれる柾目《まさめ》の美しさだった。

「クロスは無用だ」

「イエス・キャプテン！」

コンサーも美しい柾目を見せたかったらしい。無用と聞いて返事が弾んでいた。

テーブルと同じ白松の椅子をセットしているとき、小型ボートが舷側に横付けされた。

「ウラガのオフィサーは3人です」

ボースンが官吏の人数を報《しら》せた。

コンサーは来客用に3脚置き、向かい合わせに座るように船長と副長の椅子も置いた。

官吏を迎える支度が調ったのを見て、船長はタラップ降下を許可した。正しく下ろされたのを確かめてから、ボースンが出迎えに下りた。

甲板に上がってきた官吏3名とも、裾《すそ》の広がったズボンのようなものを穿いていた。

船長と副長は顔を見合わせた。官吏の顔ぶれが違っており、3人とも初顔だったからだ。

投錨初日、乗船してきた官吏はテラダと名乗り、年配の通詞タドコロを伴っていた。

いま甲板に上がってきた3人のうち1名は、明らかに上官に見えた。裾の広いズボンの形は同じだが、金糸の縦筋が1本走っていた。しかも明るい色味の袖無《そでな》し上着を着用している。他の2名は上着を着てはいなかった。

出迎えたクーパーの前には、やはり上官の男が真っ先に進み出た。

「わたしは浦賀奉行所外事方与力組頭、中島清司と申します」

日本語の名乗りを、大柄な通詞が英語で告げた。船長が判じた通り、ナカジマはブギョウショのチーフ・オフィサーだった。

随行のふたりとも通訳で大柄な男がソネ、月代《さかやき》が青々としたもうひとりがモリヤマと名乗った。

ソネの英語はイギリス風で、モリヤマはオランダ語のような訛りの強い発音だった。

船長は3人に、テーブルにつくようにと勧めた。真ん中にチーフが座り、ソネは右、モリヤマが左に座した。

全員が着席したところにコンサーがいれたてのコーヒーを運んできた。カップに注がれたコーヒーは、豊かな香りを漂わせた。

ラハイナで購入したナッツも、コンサーは木製ボウルに山盛りにして供した。

「用向きをうかがおう」

口を開いたのはクーパーだった。

チーフは居住まいを正し、船長を見詰めて話を始めた。言葉の区切り区切りで、ソネが英訳して伝えた。

一日延期されていたブギョウとの面談は、明日朝8時からだと告げられた。

「面談後は直ちに漂流民を引き取り、閣下より要望のあった物資の積み込みをいたします」

チーフの左に座したモリヤマが通訳した。

「積み込み終了後、閣下には出帆いただける段取りとなっております」

ソネに比べて聞き取りにくい英語である。

「本船が救助したジャパニーズは、ウラガポートでの上陸帰還が許されるということか?」

自分の理解が正しいかと、クーパーはモリヤマに質《ただ》した。

「閣下のご理解通りであります」

船乗りが日常会話では使わない、大げさな物言いでモリヤマは答えた。

クーパーは相手の発音にも口にする単語にも、拙《つたな》さを感じた。が、真《ま》っ直《す》ぐに見詰めてくる目にはひたむきさを湛《たた》えていた。

船を下りてサグハーバーで過ごしているときのクーパーは、こどもたちにボートの乗り方を教えている。港町の男児は海が好きだ。クーパーの教えを、身体《からだ》の芯《しん》に吸収しようとした。

いまテーブルの向こう側で自分を見詰めているモリヤマとソネは、目に強い光を宿していた。サグハーバーでボートの乗り方を教わる男児と同じ目だ。クーパーはふたりの目に好感を抱いた。

重要局面での通訳に臨むときのモリヤマは、目が強い光を放っていた。

この目の光、おれは知っていると、クーパーは記憶を辿《たど》ろうとした。が、辿るまでもなかった。

本船の乗組員のなかにいたからだ。

ハープーナーのチーフである。

「クジラに銛《もり》を打ち込むとき、自分の命を尖《とが》った先に託している」

彼が銛打ちに命を賭しているのは、仲間に話しているときの、目の光に現れていた。

モリヤマは、チーフと同じ光を目に宿すことがあった。

この男なら信頼できると、クーパーはモリヤマを評価していた。

チーフがブギョウのメッセージを伝え終えたとき、クーパーは3人を船長室へと誘った。陪席の副長が驚き顔になった。

いままでの寄港地で、賓客を船上でもてなすことは何度もあった。しかし船長室への誘いは皆無だった。

船長の誘いを日本語に通訳するソネの表情が、昂《たか》ぶりを見せていた。聞き終えたときのナカジマも同様だった。

「ぜひ拝見させていただきたい」

ナカジマの両手はテーブルではなく、膝《ひざ》に置かれていた。サムライのその姿勢は敬意のあらわれだと、クーパーは理解した。

船長の先導で、一行は船長室につながる階段を下りた。

若い通訳ふたりの目に浮かんでいた、強い好奇心の光。クーパーはその目を見たとき、船長室の写真を見せる気になっていた。

1年半前のマンハッタン号出航前々日の昼前、クーパー一家は写真館に向かった。

ロングアイランド全域でただ1軒という写真館が、1843年9月に開業していた。

「サムの写真館」が屋号で、店内には白塗りのホリゾント（背景壁）が設けられていた。

写真館主のサムは「ダゲレオタイプ」の切り文字看板を、表のポールに吊《つ》り下げていた。1839年にフランスで発明された、世界初の実用的な写真撮影技法である。

サムはマンハッタンでこの技法を学び、機材一式をサグハーバーに持ち帰った。マンハッタンよりもサグハーバーのほうが、高額な撮影代金を払う客が多いと考えたのだ。

サグハーバーを母港とする捕鯨船は、ひとたび出航すれば最短でも2年は帰らない。留守宅を守る家族と、船に乗る船員。

両者とも家族写真を持つことで、常にこころを通い合わせることができる……サムが考えた惹句《じゃっく》は、船乗りのこころを射止めた。

クーパーも家族写真を撮影し、1枚を留守宅に、もう1枚は写真スタンドに収めて船長室のデスクに立てかけていた。

果たしてジャパンには、すでに写真技術が伝わっているだろうか？

それを見極めるつもりで、クーパーは家族写真を3人に見せた。

8×10インチ（20×25センチ）の縦型写真が、ウオルナットのフォト・スタンドに収まっている。午後5時が近かったが、まだ明かり取りから降る明るさは達者だった。

「この墨絵はだれが描いたものですか？」

質問したナカジマも、それを通訳するソネも、共に声は上ずっていた。モリヤマは口を閉じたまま、写真スタンドに見入っていた。

ソネはチーフが口にした墨絵の英語を知らなかった。仕方なく「白黒の絵」と訳した。

「これはピクチャーではない」

クーパーが静かに話し始めると、モリヤマも写真から船長に目を戻した。

「フランスで発明されたフォトグラフだ」

船長はソネとモリヤマが聞き取りやすいように、一音ずつ区切って発音した。口で言うだけではなく、船長はデスクのペンを使い、綴《つづ》りを紙に書いて示した。

フォトグラフという単語を聞くのも、墨絵のような写真を見るのも、３人は初めてだったようだ。

ジャパニーズはまだフォトグラフを知らないと、クーパーは胸に刻みつけた。

１８４５年４月18日、ジャーナルの特記事項はこれだと決めた。

いまも写真スタンドを気にしているモリヤマに、クーパーは笑みを向けた。明かり取りから降ってくる夕陽が、船長の金髪を艶《つや》やかに光らせていた。

34

弘化二年三月十三日（１８４５年４月19日）、朝五ツ（午前8時）前。

奉行所土圭《とけい》掛高田《たかだ》多《た》介《すけ》の脇《わき》には、遠眼鏡を目にあてた物見役戸《と》塚《つか》喜《き》一郎《いちろう》が立っていた。戸塚が警護の見張りをしているのは、異国船から下ろされた階段を登っている両奉行である。

先導するのは与力組頭中島で、大久保因幡守、土岐丹波守の露払いを務めていた。

奉行所砲台隣の物見台から異国船までの隔たりは、およそ百十間（約200メートル）だ。

遠目の利《き》く戸塚には、遠眼鏡不要の距離だ。しかし任務の重要さに鑑《かんが》み、三段を伸ばして目にあてていた。

奉行はふたりとも陣羽織を羽織っていた。

大久保因幡守は赤地の絹長着に濃紺の野袴。陣羽織は黒羅紗《ラシャ》地で、黄色の縁取りがなされている。長着と野袴、陣羽織三様が色味を競い合うさまからは、遠眼鏡を通しても豪壮さが伝わってきた。

後に続く土岐丹波守も同じ拵《こしら》えだった。が、色味も生地もまるで違っていた。

黒羽二重の長着に、純白の野袴を穿いている。上下の黒白が、剛胆さをあらわしていた。陣羽織は阿波国《あわのくに》特産の藍染《あいぞ》めで、幅広の白絹地の縁取りがなされ、襟元には錦《にしき》があしらわれている。丹波守の装束からも勇壮さが感じられた。

一段ずつ足元を確かめながら階段を登っていた中島が、甲板に行き着いた。

深い辞儀をして大久保因幡守、土岐丹波守を迎えた。

見張り台の戸塚が号令を発した。

「鐘を打て!」

聞くなり、土圭掛が時の鐘を撞《つ》き始めた。

ゴオーーン……

奉行所が撞く五ツの鐘は、百十間離れたマンハッタン号甲板にも届いていた。

＊

ブギョウショ最高司令官であるブギョウ2名の乗船を出迎えようと、クーパーは本船指揮官である船長の儀礼として、タラップの降り口前で待機をしていた。

最重要の賓客を迎える朝である。タラップが揺れたり落ちたりの事故を起こさぬ用心として、クーパーは6人の甲板員を見張りにつけていた。

先導役のオフィサーには、甲板員たちも見覚えがあった。昨日同様、裾の広いズボンを穿いていた。

オフィサーはタラップ両側の手すりロープを摑《つか》み、揺らさぬように気遣っていた。しかし、鮮やかな色味の袖無し上着を着た2名は、手すりを摑もうとはしなかった。

腰をわずかに落とした姿勢で、足首を巧みに使って揺れを吸収していた。熟練した捕鯨船乗りのような身のこなし方である。

「上官はふたりとも船に乗り慣れているようだ」

「ただの上官じゃない。あのふたりは最高司令官のブギョウだ」

甲板員たちは小声を交わしながら見張りを続けた。

甲板に近づくにつれて、ブギョウが間近に見えた。

「ワオウッ！」

見張りの6人が声を上げた。

不作法を咎《とが》める船長の視線を感じて、6名は声を抑えた。

先に上がってきたナカジマは船長に会釈《えしゃく》をしたあと、脇に移った。

ナカジマからほとんど間をおかず、ブギョウたちが甲板に降り立った。

それを待っていたかのように、ブギョウショが鐘を打ち鳴らし始めた。

舷側に駆け寄ってきた漂流民たちは、一斉に鐘の音が流れてきた方角を見た。が、タラップからは遠く離れていた。

奉行乗船を察していたのだろう。朝の柔らかな陽光が、ブギョウたちに降り注いでいた。

着ているものの高貴な美しさを目の当たりにして、荒海にも動じない船長が息を呑《の》んだような表情になっていた。

大久保因幡守、土岐丹波守両奉行と、異国船クーパー船長との面談は、すこぶる滑らかに運んだ。

互いに相手への、敬意と信頼感を抱いていたがゆえである。

通詞を担《にな》った曾根・森山の奮闘も、円滑な面談に大きく寄与していた。

「食料、飲み水、燃料については、面談終了後、直ちに補給が開始されよう」

因幡守の発言が通訳されるなり、クーパー船長の表情が大きく和《なご》んだ。

「ありがたいご配慮に感謝いたします」

クーパーが口にした謝辞は、曾根が通訳する前に両奉行とも意味を察していた。

多数の配下を持つ奉行である。言葉は理解できずとも、相手の表情で多くを理解していた。

両奉行は小さなうなずきで、船長の謝辞を受け止めた。

クーパーは支払い方法の問いを発した。

「補給に関する支払いは、アメリカ合衆国通貨の1ドル銀貨、および5ドル金貨の両方を受け取っていただけましょうか」

船長の問いかけを補うかのように、副長は鋲《びょう》打ちされた銭箱をテーブルに置いた。

曾根が通訳を始めると同時に、船長は銭箱を開いた。光を浴びて、金貨と銀貨が眩《まばゆ》く輝いた。

両奉行は銭箱には目もくれず、船長を見詰めたまま曾根が通訳することを聞いていた。

聞き終わるなり、両奉行は互いに顔を見交わした。

「支払いを案ずるのは無用である。すべて無償にて補給いたす」

丹波守が船長にこれを告げると、森山栄之助が通訳した。

「フリー・オブ・チャージ（無償）で補給してくださるのか？」

船長は驚きを隠さずに問い返した。

「その通りです」

森山は深くうなずき、船長の問い返しを肯定した。

日本側が示した好意に、クーパー船長は深い感謝の念を覚えたらしい。

「感謝の思いを抱いて、両閣下のご厚意を受け取ります」

奉行ふたりを交互に見ながら、船長は謝辞を伝えた。

「航海に支障を及ぼす不具合があれば、必要な修繕木材を提供いたす用意がある。入り用な資材はござろうか？」

通訳されたときは、船長以上に副長の目が輝きを帯びた。

暴風雨に襲われてカズサビーチ沖から北に流されたとき、メインマストの帆桁《ほげた》がひどく破損していたからだ。

オーク材の帆桁の応急修理として、細綱できつく縛って固定していた。しかしもう一度嵐《あらし》に遭遇したら帆桁が折れますと、ボースンから報告を受けていた。

帆桁のほかにも、舷側《げんそく》の数カ所に不具合が生じていた。樽《たる》職人が樽材で穴を塞《ふさ》いでいたが、これも応急処置でしかなかった。

「修繕木材の調達が可能であれば、価格交渉なしで購入させていただきたい」

船長の許しを得て、副長がこれに答えた。価格交渉なしの購入は、最大限の譲歩だった。

副長は帆桁、船板、船尾手すりなど、詳細に修繕箇所を挙げた。

だが、曾根も森山も、帆船各部の名称には詳しく通じてはいなかった。

「修繕箇所は何カ所もあるようですが、てまえにはその箇所の名称が理解できません」

曾根は正直に明かした。

「直ちに船大工を呼び寄せよ」

因幡守の指図を受けて、甲板に控えていた庶務掛が急ぎ奉行所に向かって下船した。
事情説明を受けた船長は、因幡守に感謝の言葉を伝えた。船大工が検分し、必要木材を特定してくれると分かったからだ。

が、船大工乗船までには、相応の間が必要だ。本船を速やかに出航させるには、手際《てぎわ》のよい補給が不可欠である。

「船大工乗船を待つまでもなく、木材以外の物資補給を開始いたす」

通訳された船長も、奉行の申し出を喜んで受け入れた。

奉行所用度掛は、桟橋に向かって赤い旗を振った。補給開始を指図する旗である。

桟橋に待機していた大型はしけ10杯が、一斉に本船に向かい始めた。船端で監視していたボースンは、補給ボートが本船に向かってくることを報告した。

「荷揚げ待機」

副長の指図を受けて、ボースンは大声で甲板員に号令を発した。

にわかに甲板の動きが活発になった。

荷揚げ用アーム３本のロックが解除され、滑車にロープが通された。

タラップは補強ロープで強く結ばれた。荷揚げ仲仕が同時に何人も駆け上がってくることになる。そのための補強だった。

乗組員たちが忙《せわ》しなく働き始めたなかで、大久保因幡守は随員の中島に目配せをした。

中島は桐箱を奉行に差し出した。徳川家の葵《あおい》御紋が描かれた、恩賜《おんし》箱である。

「徳川家より賜《たまわ》る品にござる」

因幡守が重々しい口調で告げたことを、曾根も同じ調子で通訳した。

船長の目がひときわ大きく見開かれた。

桐箱を受け取ると、まず葵御紋に見入った。トクガワの紋章であると曾根が教えたからだ。

「美しい紋章だが、なにを意味するのか？」

思いがけない質問だった。曾根が返答に詰まると、森山が脇から答えた。

「ジャパンのダイミョウは、だれもが植物、動物、自然現象などを基にデザインされたエンブレムを持っています」

トクガワのアオイは植物で、大名エンブレムの最上位とされている……訛《なま》りは強かったが、クーパー船長には伝わった。

森山がなにを説明しているのかを、曾根は両奉行に伝えていた。

桐箱には漆塗《うるしぬ》りの椀《わん》が収まっていた。

徳川家が恩賞として諸大名にくださる品のひとつである。黒漆に金蒔絵《きんまきえ》で蔦《つた》が描かれていた。限りなく生育を続けるという、縁起のよさを描いた蒔絵だ。

森山から説明を受けたクーパーは、心底の喜びを両目に浮かべて因幡守を見た。

「本船乗組員全員にも、徳川家より感謝の品が贈呈されよう」

曾根が伝えると、船長と副長が揃《そろ》って両奉行に礼を言った。

不意に、甲板に大歓声が上がった。補給船が本船船端に着いたからだ。

両奉行の目配せを受けて、中島が船長と向き合った。

「日本人漂流民の受け渡しをお願いします」

中島は確かな英語で船長に告げた。

「承知しました」

答えたのは船長ではなく副長だった。ボースンを呼び寄せると、漂流民を案内してくるようにと命じた。

「イエス、オフィサー」

奉行たちの目を意識したのか、ボースンは敏捷な動作で敬礼した。ブーツを鳴らして甲板を歩き、漂流民18名を引き連れて戻ってきた。

椅子から立ち上がった因幡守と丹波守は、労《ねぎら》いの眼差《まなざ》しで18名を見た。

「ありがとうございます」

幸宝丸と千寿丸の船頭・水夫全員が声を揃えて礼を言い、深々とこうべを垂れた。

「一同、御用船にて浦賀奉行所まで向かう手筈《てはず》である」

中島が伝えたことにも、全員が深い辞儀で応《こた》えた。

両奉行は下船する前に、クーパー船長に近寄った。相手から近寄られることを常としている奉行だが、こだわりなく自分たちから船長の前へと動いた。

船長は背筋を伸ばして向き合った。

「航海の無事を祈念いたしております」

因幡守が先に儀礼の言葉を発した。

「お示しいただいた厚意に、深い感謝を申し上げます」

クーパー船長も儀礼の言葉で応じた。

江戸詰浦賀奉行の土岐丹波守は、さらに間合いを詰めて船長を見詰めた。

「このたびの措置を前例とはいたさぬことを、閣下にはご承知いただきたい」

曾根が通訳を終えると、丹波守は目の光を強めた。

「2度目はなきものと心得られたい」

通訳される前から、船長の表情は引き締まっていた。丹波守の口調から、内容を察していたのだろう。

「ありがとうございます」

船長はこれだけを伝えた。

返事を了とした丹波守は、口調を和らげて問いを発した。

「このあと閣下は、いずこを目指して航海を続けられるのか？」

通訳されるなり、クーパーは口を開いた。

「ニホンカイに向かいます。サド・アイランド周辺の海域には、クジラが群れていると聞き及んでおりますので」

船長が正直に答えると、丹波守は了解したとばかりにうなずいた。

佐渡には公儀直轄《ちょっかつ》の湊《みなと》がある。もしも補給を望むなら相応の便宜を図ることもできる。

「ただし他の湊には断じて接岸は認められぬ。また諸国沿岸に近寄ることも、きつい法度であると心得られたい」

船長の目を見詰めて、これを申し渡した。丹波守の威厳を船長は感じ取ったようだ。

「承知しました」

瞬《まばた》きもせずに船長は答えた。

35

浦賀奉行所が差し向けた船大工は半七《はんしち》と磯兵衛《いそべえ》の2名である。

まだ27歳ながら、半七は浦賀奉行所御船蔵で帆柱頭を務めていた。大型の御用船ともなると、帆柱のてっぺんまでは海面から三丈半（約10・5メートル）の高さがあった。

半七は滑りのいい帆柱を気にも留めず、軽々とてっぺんまで登った。

「頭の先祖はましら（猿）だぜ」

陰で言い交わしながらも、身の軽い半七を職人たちは慕った。身軽なだけではなく、帆柱の傷《いた》み具合も確かな目で吟味できたからだ。

33歳の磯兵衛は、御船蔵に10人いる船板大工を束ねる頭である。どんな船でも、一目で使われている部材を言い当てた。

「頭が差配して造った船なら、船頭のくちばしがまだ黄色くても沈む気遣いはねえやね」

御船蔵の船板大工たち全員が、磯兵衛の差配には文句なしに従った。

図抜けた技量を持つ頭ふたりを迎えたクーパー船長は、帽子を脇に抱えて右手を差し出した。相手に対する敬意を示したのだ。

差し出された手を、磯兵衛は臆《おく》することなく握り返した。奉行所に出入りするオランダ人から、握手を学んでいた。

半七も船長の手をしっかり握り返した。

ボースンに呼ばれて、メインマスト担当の甲板員が駆け寄ってきた。

「帆桁の傷み具合を、彼に詳しく説明してやってくれ」

通訳は森山が受け持った。曾根よりも帆船の知識に長《た》けていたからだ。

メインマスト担当甲板員のマルコスは、偏屈な男として知られていた。身長175センチの彼は、自分の肩ほどしかない半七に見下すような目を向けた。

「こんなショーティー（チビ）に、メインマストのことが分かるんですかい？」

強い訛りのある英語で毒づいた。

森山が通訳をためらっていると、半七はメインマストの真下に向かい始めた。3本マストの帆船の子細を、半七はオランダ人から学んでいた。エッチング印刷の帆船図録も譲り受けている。

「おれは自分の目で帆桁の傷み具合を確かめやす。そこのでかいにいさんに、そう言っといてくだせえ」

森山に言い置くなり、半七は軽々とした足の運びでマストを登り始めた。そして個々の帆桁を順に確かめながら、最上部まで登った。

マルコスは呆気《あっけ》にとられた表情になって、半七を見上げていた。

最上部の帆桁は、右端に近い部分が麻綱できつく縛られていた。

身体に巻き付けていた布の物差しを取り外したあと、半七は帆桁の寸法を測り始めた。帆柱に足を巻き付けてはいるが、帆桁の端に手を伸ばすには身体を乗り出さなくてはならない。

「大した男だ」

「あれほど身軽な男は、本船にはいない」

真下から見上げている水夫たちが、半七の動きに見入っていた。

寸法を測り終えたあとは物差しを身体に巻き付けた。そして両手両足を巧みに使い、マストのてっぺんから下りてきた。

「メインマストのスカイセイルの帆桁が傷んでいると、にいさんに伝えてくだせえ」

修繕の必要な箇所を、半七は見事に言い当てた。

オランダ人から教わった名称は、森山が通訳する前にマルコスに伝わった。

「あんたなら、おれの相棒だ」

感じ入ったという物言いで、マルコスが右手を差し出した。

半七は相手を見上げながら手を握った。

＊

はしけから荷揚げされる補給物資は、品種、品数、品質のすべてにおいて、クーパーに深い満足感を与えていた。

補給品の受け渡しは、「1品目ずつ数量と中身を確認しながら行われた。

日本側は用度掛主務の田中吉太郎《たなかきちたろう》。本船側はボースンとコンサーが受け渡し役に任ぜられた。

最初に運び上げられたのは米20俵である。肩に麻布を当てた沖仲仕たちは、少ない者でも両肩に1俵ずつを担《かつ》いでタラップを上がってきた。

なかには2俵ずつ、合計で4俵も担ぎ上げてきた猛者《もさ》もいた。

「米は20俵で、いずれも白米です」

田中は帳面を見ながら品数を告げた。甲板の隅に積み上げられた米俵を、ボースンとコンサーが確認した。

「ここに受領署名を願いたい」

田中の言い分を通訳なしで理解したコンサーは、差し出された筆で署名した。

米のあとは麦20俵と、サツマイモ13俵が運び上げられた。

仲仕は米のときと同じである。米4俵を担いでタラップを登っていた仲仕は、サツマイモも4俵肩に担いでいた。

検品を終えた米は、マンハッタン号乗組員の手で船倉へと運ばれることになった。

「おれも4パックを担いでみせるぜ」

力自慢の銛打ちタッキーが米俵に手を伸ばした。が、威勢のいい物言いとは裏腹に、両肩に1俵ずつを載せるのに難儀した。片方の肩に載せたあと、反対側に載せられないのだ。何度も試したが、両肩に載せることは出来ず仕舞いだった。

タッキーが渋々顔で1俵を運んでいるとき、あの仲仕は定まった歩調でサツマイモ4俵を運び上げていた。

俵詰めの品々を運んだあとは、竹の鳥かご10籠《かご》が甲板に置かれた。鳥かごひとつにニワトリが5羽で、都合50羽のニワトリが運び上げられた。

「いずれも雌鶏《めんどり》で、毎日卵を産みます。飼い方次第では、向こう半年、新鮮な卵が手に入るでしょう」

森山が通訳すると、コンサーが手を叩《たた》いて喜んだ。ラハイナ出航時、雌鶏を5羽購入した。ところがメスとは真っ赤な嘘《うそ》だったと、翌日には判明した。業者にねじ込みたくても、本船はすでに洋上にいた。オスメスの見分け方を、コンサーは学んでいなかった。

「素晴らしい贈り物です」

コンサーは身体を二つに折って田中に礼を言った。毎日50個の卵が手に入るなら、食事メニューが飛び切り豊かなものになるからだ。

大喜びしているコンサーの前に茶の葉、小麦粉、三浦ダイコンが届いた。奉行所近くの三浦郡で収穫されるダイコンは、みずみずしくて甘いと江戸でも大人気だった。

最後に運び上げられたのは、奉行所の井戸から汲《く》み上げた飲み水4石である。マンハッタン号の舷側に着けられた水船の水槽から、バケツリレーで船倉へと運び上げられた。

酒はまだ船倉に充分にあると、先乗り水夫から聞き取っていたゆえ、酒は補給品から外し、その代わりにニワトリを増やした。

食料、飲み水、燃料のすべてを運び上げたとき、時刻は午後2時を過ぎていた。

補給品搬入に追われて、乗組員も役人も仲仕も、昼飯を食う暇がなかった。料理人のコンサーが甲板から動けなかったからだ。

それを見越していた奉行所用度掛は、炊《た》き出しの手配をしていた。塩の握り飯に漬け物という、簡素な炊き出しである。しかし不満を口にする者など皆無だった。

各自が手を止めることなく、握り飯を頬張りながら作業を続けた。

＊

七ツ（午後4時）の鐘を奉行所が撞き始めたとき、修繕木材はまだ本船に送り出されてはいなかった。

寸法を測った半七は、メインマストの最上部帆桁を、御船蔵作業所で製材していた。揺れる洋上で、しかも限られた道具だけで丸太から帆桁を削り出すのは難儀である。なによりも、帆柱頭としての矜持《きょうじ》が、丸太のままで届けることを許さなかった。

それは磯兵衛とて同じだった。

奉行所材木置き場には、秋田杉の丸太が山と積まれていた。いかだに組んで運べば、さほどに手間取ることはなかった。

が、重たい丸太を海上で運び上げるのは難儀なこと極まりない。

せめて一寸厚みの板に木挽《こび》きして届ければ、あとは向こうの大工が修繕するだろう。木挽きするのは自分たちの仕事だと、磯兵衛は考えていた。

さらにもうひとつ、異国船の乗組員たちへの感謝の思いが深くあった。

船大工は船乗りとは違う。荒海を行き来するわけではない。が、船に命をかけていることでは船乗りと同じだと考えていた。

異国船は洋上で日本人を二十二名も助けてくれた。そして自分たちの食料と水を節約しながら、航海を続けてくれたのだ。乗組員たちが示してくれた恩義を思えば、丸太のまま運ぶことはできなかった。

作業所の船板大工たちも同じ考えである。連中は昼飯も握り飯だけで、ノコギリを使い続けていた。

七ツの鐘が鳴ったのは気がかりだった。さりとて木挽きを途中で止めることはできない。

「あと半刻（1時間）で、丸太三本分の木挽きが仕上がりやす」

配下の大工が手を止めずに告げた。

用度掛からは、丸太五本を送り届けよと指図されていた。

五本は無理だが、三本の木挽きができていれば当面の修繕には充分だ。

乗船して検分したことで、磯兵衛には必要量が分かっていた。

七ツ半（午後5時）を過ぎたら陽が沈み始める。秋田杉二本は丸太のまま運ぶしかないと、磯兵衛は肚《はら》を括《くく》っていた。

＊

夕陽が西の水平線近くまで沈んできたとき、待ちかねていた木材が本船に近づいてきた。

「丸太２本のほかに、製材された板が何十枚も大型ボートで運ばれてきます」

子細を監視していたボースンが、副長に報告した。ボースンから聞かされるまでもなく、副長も船長も近寄ってくるボートといかだを見ていた。

「今夜の出帆は無理だ。荷揚げを確実に行い、船出は明朝まで延期する」

「イエス・サー」

敬礼したあと、副長は舷側に向かって歩き始めた。

午後5時過ぎで、西日が赤い光を放っていた。製材された杉板の山も、あかね色に染まっていた。

36

1845年4月20日（弘化二年三月十四日）日曜日、午前8時。

浦賀奉行所のナカジマ、ソネ、モリヤマの3名がマンハッタン号に乗船してきた。

船長の言いつけで、直ちにAデッキ後部の船長室に案内された。

「ミスター・ナカジマたちをお連れしました」

「よろしい。入りなさい」

船長の許しを得て、ドアが開かれた。

チリリンッ。

ドアの内側に取り付けられたベルが、涼しげな音を立てた。ソネとモリヤマがいぶかしげな顔を見交わした。前回船長室に案内されたとき、ドアにベルはついていなかったからだ。

入室するなり、モリヤマは振り返ってドアの上部を見た。

南部鉄の風鈴がアームに下げられていた。

モリヤマの振舞いを見ていた船長だが、なにも言わず全員に椅子《いす》を勧めた。座り終わったところで、ナカジマに用向きを質《ただ》した。

「昨日は日本人18名の無事帰還に尽力を賜り、厚く御礼申し上げます」

通訳はソネが受け持っていた。

「あいにくの逆風ですが、奉行は出帆を許可されました」

江戸湾の外までは、今朝も小舟300杯が曳航《えいこう》する手筈となっている。

「抜錨《ばつびょう》は午前9時とさせていただきます」

ナカジマの言葉が通訳されると、船長は一度深くうなずいた。

「トクガワ政権が示された手厚い処遇に、本官は衷心よりの謝辞を申し述べる」

椅子に座したままだが、船長は3人に向かって感謝の意を示した。

「諸君たちさえよければ、上級船員食堂で朝食を一緒に願いたいが、いかがであろうか?」

「ありがたく頂戴《ちょうだい》いたします」

ナカジマの答えを了とした船長は、デスクに置いてある七宝焼の小鈴を振った。

ボースンが船長室に出向いてきた。

「ナカジマ、ソネ、モリヤマの各位が朝食を共にされることになった」

上級船員食堂に席を設けるように指示した。

用意ができるなり迎えに上がりますと答えて、ボースンは船長室を出た。

「ミスター・モリヤマは、あのドアのベルに気づかれたようだが、あれはサダックからのプレゼントだ」

テーブルが調うまでの間を使い、船長は南部鉄の風鈴を受け取った経緯を話し始めた。

＊

いよいよ下船して祖国の地べたが踏めると分かった、昨日の朝。サダックとゲンスケが船長室を訪れた。面談の折りには常に付き従っているカッツは一緒ではなかった。

「ありがとうございます」

ふたりは声を合わせて礼を言い、身体《からだ》を深く折り曲げた。

アリガトウゴザイマスが感謝の言葉であるのを、船長は理解していた。トリシマでゲンスケたちを救助した3月15日以来、何十回となくこの言葉を聞いていた。

いまではマンハッタン号の乗組員も、アリガトウゴザイマスを交わし合ったりしていた。

「これはせめてもの感謝の思いです」

サダックがなにを言ったのか、理解はできなかった。しかし南部鉄の風鈴を差し出されたことで、いま聞いたのは御礼の口上だと察した。

「これはなんと言う品物だ、サダック？」

「フ・ウ・リ・ン」

船長の質問が理解できたのか、サダックは一音ずつ区切ってフウリンだと教えた。

ドアの上部を見たあとで、サダックは持参した糸でフウリンをアームに結わえ付けた。そしてドアを開け閉めし、鳴るのを確かめた。

重厚な鉄で出来ているのに、涼やかな音色である。

「素晴らしいフウリンだ。この音が、揺れのうっとうしさも和らげてくれそうだ」

船長は手のひらを水平にして、上下左右に動かした。揺れの表現である。そのあとで、耳を澄ませるポーズを見せた。

サダックもゲンスケも、船長が言おうとしていることを察した。ふたりは親指を立てて、船長の言い分に答えた。

「船長の旅がご無事でありますように」

ふたりの表情から「神のご加護を」と言ってくれたと船長は察した。

「フウリンが旅の無事を祈ってくれるだろう」

船長の表情とフウリンを指差した振舞いを見て、ふたりも船長の言葉を理解した。

深くうなずき、もう一度辞儀をした。

思わず船長も辞儀をしていた。

フウリンは千寿丸にて南部から江戸へと廻漕《かいそう》していた産物の一である。

サダックとゲンスケは手描きの地図のようなもの、航海の安全を守護する神社の御札、船乗りたちが肌身につけていた守護札など、残せる品々を残しまくった。

たとえ手作りの玩具《おもちゃ》といえども、異国人に手渡したことが露見すれば斬首《ざんしゅ》されかねないことを承知の上で、だった。

言葉は通じずとも、ジャパニーズ船乗りの感謝の想《おも》いを船長は汲み取った。がゆえに、品々は乗船した幕府官吏の目に触れぬ場所に隠すようボースンに命じていた。

ただひとつ、フウリンはあえて隠さず、涼やかに鳴るにまかせていた。

＊

話の終わりを待っていたかのように、ボースンが呼びにきた。船長が先に立ち、ナカジマ、ソネと続いた。

モリヤマは一息遅れて部屋を出て、ドアを閉めた。

朝食には目玉焼きと、小麦粉で焼き上げたパンケーキが供された。卵も小麦粉も、昨日の補給品だ。

蜂蜜《はちみつ》はラハイナで購入した品である。仕入れてから長い時間が過ぎていたが、甘さに変わりはなかった。コンサーが焼き上げた薄手のパンケーキは、ハワイの蜂蜜が美《う》味《ま》さを引き立てていた。

8時半に、3人は甲板に上がった。船長もタラップ前まで見送りに出た。

「ありがとうございました」

「神のご加護を」

別れの言葉を聞いて、船長は右手を差し出した。3人とも名残を惜しむかのように、船長の手を強く握り返していた。

＊

船長の懐中時計は8時38分を示していた。

抜錨時には身繕いを調えて、望遠鏡を手にしていたいクーパーである。足を急がせて船長室に戻った。

デスクを見て、見慣れない紙が畳んで置かれているのに気づいた。

開くと、墨の図が描かれている。

ジャパンの地図で、サド・アイランドまでの航路が書き加えられていた。

一足遅れて出てきたモリヤマが置いて帰ったに違いない。

本格的な捕鯨に向かうマンハッタン号には、一番嬉《うれ》しいプレゼントだ。

「ありがとう、ブギョウ」

椅子に座ったクーパーは、声に出して礼を言った。

チリリンッ。

フウリンが鳴った気がしたのは、クーパーの空耳だったのかもしれない。

37

1845年4月20日（弘化《こうか》二年三月十四日）日曜日、午後2時。

江戸湾出口の水道を小舟の曳航で通過したあと、副長は全帆を指示した。

ボースンは飛び切りの大声で号令した。

風を摑《つか》んだマンハッタン号は、ぐんぐん船足を速めた。

忍藩や川越藩の警備船、浦賀奉行所の御用船、そして300杯に届く漁船やはしけなどに曳航されながら、マンハッタン号は太平洋を北上し始めた。

目指すは400マイル（約740キロ）先のTSUGARU STRAIT（津軽海峡）だ。ラハイナで購入した最新の海図には、ウラガからツガルまで400マイルと記されていた。

「ジャパン東海岸を流れる海流は、驚くほど速い流れだ。巧《うま》く乗れば、潮流だけでも進むことができる」

凪《なぎ》を案ずることはないと、地図屋の親爺《おやじ》は強い口調で請け合っていた。

ウラガで受けた忠告を船長も副長も厳守していた。

「海岸から5マイル（約9・2キロ）の隔たりを保つように」

副長は操舵手《そうだしゅ》に、この指図を続けた。

外洋に出たマンハッタン号は追風に押され、さらに黒潮にも乗っていた。

「15ノット（時速約28キロ）は出ています」

六分儀による観測を終えた副長は、速度を船長に報告した。長さを調えたあご鬚《ひげ》を、
クーパーは撫《な》でてうなずいた。

去る4月5日、アラハマ沖まで暴風で流された日から、伸ばし始めたあご鬚である。

4月15日にハチジョウジマ沖で火山噴火を見たとき、あご鬚は長さがバラバラだった。

翌朝、食事の支度を始める前にコンサーが船長の鬚を調えた。

「キャプテンの無精鬚は船の縁起に障《さわ》ります」

言い分を聞き入れたクーパーは、コンサーに鬚を調整させた。以来、適宜コンサー
は船長の鬚を調えていた。今では副長の報告を了とするとき、あご鬚を撫でるのが癖
になっていた。

「この速度を保つことができれば、あと1日ちょっとでツガルに到達できるだろう」

同意した副長は左舷の彼方《かなた》に目を向けた。砂浜の海岸線が遠望できた。この眺めがすでに30分以上も続いていた。

「あの長い砂浜の海岸線には見覚えがある」

「わたしも覚えています」

副長も海岸線を見ながら答えた。

「サダックが言っていたクジュークリの浜に間違いありません」

当時を思い返しながら副長は続けた。

暴風で荒浜まで流された時、一日強風が収まって穏やかな波間に船を停めていたことがある。九十九里浜を見たのもその時だった。カッツが墨絵で描いた海岸を指したサダックは、副長に何度もクジュークリと地名を繰り返した。

発音するのが難しかったがゆえ、副長はその地名を記憶していた。

「ゲンスケとサダックたちが魚釣りをしたいと言い出したのも、長い海岸線が見えた海域ではなかったか？」

船長の質問に副長は返答をためらった。

彼らが多くの魚を獲《と》ったことは、鮮明に記憶していた。が、この海域ではなかったと思っていた。

ゲンスケたちがタイ、スズキ、シイラなどを獲ったのは、もっと別の海だった。魚釣りの日からさほど間をおかず、夜空を燃やす火山の噴火を見た記憶があった。

副長の返事がないことには構わず、クーパーは話を続けた。

＊

ゲンスケ、サダックともに10人の配下を擁する、優秀な船長だった……

どこまでも左舷に続く砂浜を見ながら、クーパーは思い返しを続けた。

他の乗組員たちも作業動作は俊敏だった。ゲンスケがひと声かけると、彼らは直ちに動いた。しかも自分の動きと仲間の動きの調子とを、見事に合わせて動くのだ。

もしもあの面々がホエール・ボートの漕《こ》ぎ手なら、ときには疾走し、あるときは音を潜めてクジラに近づくのも自在だと思った。

絵描き少年のカッツにも、クーパーは強く心を惹《ひ》かれていた。

ポールと行動を共にし、寝起きにも上下のバースを使っていた。カッツの聡明《そうめい》さには、本船乗組員たちが本気で驚いていた。

一度聞いた単語の意味を理解したあとは、絵での筆談中に魚・山・海・船・甲板・

マスト・ボートなどの語をポールに発音した。

覚えた単語は日に日に増えていた。

ミスター・セイラーと呼びかけられたくて、わざとカッツの気を惹く水夫が続出した。

明日は下船という夜、ポールはカッツとひとつの毛布にくるまり、腕のなかで眠らせた。

下船するときのカッツは、ぎりぎりまでポールの手を右手で摑んでいた。ポールがプレゼントした紙と色鉛筆は、キャンバス生地の袋に詰めて、把手《とって》を首に通して下げていた。

仲間の手前、涙を落とすまいと堪えているポールの後ろ姿を、クーパーはタラップから離れた場所で見ていた。

小型ボートで本船に近寄り、乗船してきたサムライ。仲間はタラップ下のボートで待機していた。

なにかの拍子に、本船水夫がサムライの気に障る動きをしたときは、瞬時に腰のカタナに手をかけた。

彼らはただ立っているときでも、瞬時にカタナを抜く気構えでいたのだ。

クーパーは驚きつつも、サムライに対する感銘の念を深めていた。

ジャパニーズは礼節を重んずる、聡明で勤勉な国民であった……

本日のジャーナルは、この言葉で締め括ろう……浮かんだ考えに、クーパーは納得し、小さくうなずいた。

＊

コンサーは、タクゾーからサバ、タイ、アジのさばき方を教わっていた。

アジが大漁だった際、タクゾーは肌身離さず持っている鉄の刺抜《とげぬ》きを使って、おろしたアジの小骨を引き抜いて見せた。

調理場に下りたタクゾーは、フライパンでアジの半身を油焼きにした。身が焦《こ》げ始めたとき、醬油《しょうゆ》を垂らした。油で焦がされた醬油の香りから、コンサーにも美味さが伝わったようだ。

カッツが描いた墨絵に身振りが加わり、アジの調理法が伝授された。さらに九十九里浜の絵を示しながら、サダックはこの海域がアジの宝庫だと教えていた。

徳川幕府からの無償補給品には小麦粉、菜種油が含まれていた。

無事に浦賀を離れることができた祝いに、コンサーはアジのソテーを夕食に供したいと考えていた。

下船のとき、タクゾーは刺抜きをコンサーにくれていた。自分たちの貴重な食料を使い、漂流民を助けてくれたことへの礼だった。

マンハッタン号にはニューヨークの漁師ふたり、マイキーとソニーが乗船していた。ともにハドソン川で投網《とあみ》を打ち、獲物を得ていた漁師である。この航海にも投網を持参し、マウイ島や小笠原では小舟を走らせて、投網の技を披露していた。

「1時間で充分です」

コンサーは船長に願い出た。本船からホエール・ボートを下ろし、マイキーとソニーに投網を打たせて欲しい。獲れたアジは今夜の夕食に供したい。多く獲れた場合は、ヒモノに仕上げる考えを説明した。

船長は即答を避けた。

追風に押されて船は順調に走っていた。黒潮も北に向かって速い流れを見せていた。たとえ1時間といえども停船させるのは、航海に障りを来《きた》しかねないと思われたからだ。

「副長の判断次第だ」

いまの本船は副長が操船指示を出していた。

「アジのソテーの美味さを、ショウユ・ソースが引き立ててくれますから」

コンサーは音を立てて生唾《なまつば》を飲み込んだ。

コンサーの様子を見た船長は、胸に去来した思いをいま一度、正直に噛み締めようとしていた。

本船乗組員の全員が、生涯でただ一度と思われる濃密な日々を過ごしてきた。

ところがジャパニーズたちが下船したことで、強烈な虚脱感・喪失感に襲われていた。

停船願いに即答しなかった理由は、はっきりしていた。船長自身が、深い喪失感に襲いかかられていたからだ。

まことに得がたい体験だったと思い知り、船長は唇を閉じ合わせた。

＊

次第を聞かされた副長は、コンサーの願い出を承知した。ジャパニーズ船乗りたちの置き土産という気がしたからだ。

「即時停船」

副長の指示をボースンは大声で号令した。

船が停まると直ちにホエール・ボートが下ろされた。事情を聞かされたチーフ・ハープーナーは、舵取《かじと》り役を志願した。

サダック情報は確かだった。わずか30分の投網で、ボートにはアジの山が築かれた。

夕方4時から支度が始まった。

タクゾーから教わったさばき方で、手早く40尾のアジを3枚に下ろした。

おろした半身を指の腹で触り、刺抜きで小骨を引き抜いた。小骨のある魚のソテーなど、乗組員は食べたことがなかったからだ。

浦賀で搭載された補給品には備長炭《びんちょうずみ》と炭火の炉も加わっていた。

狭いキッチンにではなく、コンサーは炉を船尾に設置していた。コークスに混ぜて熾《おこ》した備長炭は、フライパンを灼熱《しゃくねつ》にした。

当初はタクゾーから教わった通り、アジをソテーに仕上げるつもりでいた。が、強烈な火力を得たことで調理法を変えた。

アジのディープフライを作ろうと考えたのだ。

キッチンの棚にはカチカチになったパンが残っていた。揚げパンにしても堅すぎるため、使い道がなくて放り込んでおいたのだ。

幸い、本船にはメスのニワトリが50羽もいた。生卵には事欠かない。

パンをヤスリで削り、パン粉を作った。小麦粉をまぶし、生卵に浸したアジを削ったパンの粉で包み、高温の菜種油でフライにする。

補給品は極上の菜種油だ。フライは見るからに空腹を刺激する色味に揚がっていた。一人前2枚のアジフライは、冷める間もなしに皿から失《う》せていた。

食事が終わり、各自が食器を洗い場に持ち込んだあとは、静寂が食堂を包み込んだ。鯨油のランタンの灯火も、ぴくりとも揺れない静けさである。食堂に居残った水夫たちは、互いに目顔を見交わした。

ジャパニーズたちが本船に留まっていたときは、4交代で食事を摂《と》った。大人数に対処できなかったからだ。

食堂は常に賑《にぎ》わい、ざわめきに満ちていた。互いに相手の言語は理解できなかったが、身振りで想《おも》いは通じ合っていた。

「あの連中がいなくなったことで、こんなに寂しい想いをするとは考えてもみなかった」

つぶやいた水夫に、仲間が深くうなずいた。

＊

下船前夜は甲板でも食堂でも、真夜中までお祭り騒ぎが続いた。コンサーは料理の腕を振るった。足りなくなれば補給が受けられるという、明日を心配しなくてもいい豪華版である。船倉に運び入れてあった酒も、船長の許可を得て大盤振る舞いされた。

ジャパンとアメリカの民謡と踊りが、甲板狭しとばかりに披露された。

4月中旬の海上では、夜が更《ふ》けるにつれて冷えが甲板に忍び寄ってきた。が、酒と喜びで温まった身体である。多少の冷えなど、ものともしなかった。

「消灯！」

ボースンの号令が甲板に轟《とどろ》いたのは、午前0時を過ぎたころだった。

号令には各自が従った。しかし鯨油ランタンが消されたあとも、Aデッキのバースには戻らず、多数の水夫たちが甲板に残っていた。

ボースンもそれを咎《とが》めなかった。

ジャパニーズとアメリカンの水夫が、支給品の1枚の毛布に包まれて、手すりに背中を預けていた。

本船のランタンがすべて消灯されたあとも、警備の小舟はかがり火を焚《た》き続けた。

日米両国のシーメンたちは、深更の空を埋めた星空を眺めて名残を惜しみ合っていた。

38

1845年4月25日金曜日、午前5時過ぎ。

夜明け前だったが、マスト上部の籠《かご》にはすでに当番が見張りについていた。

「うおおっ、ブローだ！」

「しかも3本も噴いている！」

見張り籠のふたりが興奮した声を発した。

「Aデッキに報《しら》せろ」

「了解！」

見張りチーフのピッカーズに指図された相棒は、ベルにつながった細紐《ほそひも》を引いた。

カンカンカン……

寝静まっているAデッキに、ベルの乱打が響き渡った。

最初に飛び起きたのはボースンだった。

ブーツに両足を突っ込むと、ゆるめていたズボンのベルトを締めながら昇降口を駆け上がった。ベルの乱打はブロー発見の合図。捕鯨船乗りならだれもが心待ちにしている、妙《たえ》なる鐘の音だ。

ボースンに続き、多数の乗組員たちが昇降口から甲板に飛び出した。

「なんてえ眺めだ……」

多数の乗組員が重なり合い、右舷舳先《うげんへさき》に人垣を作った。

見張り当番が思わず声を上げたのも無理はなかった。右舷前方1時の方向に、3本のブローが噴き上がっていた。

クジラまでの距離はおよそ半マイル。望遠鏡無用で、肉眼で確認できた。

「ホエール・ボート用意！」

ボースンの号令で、舳先に群れていた乗組員たちが全力疾走で持ち場についた。

4杯のボートを下ろしたあとの本船には、船長・副長・操舵手・二等航海士・クーパー（樽《たる》職人）・鯨油の釜焚《かまた》き2名・コック・見張り当番1名の、合計9名が残るだけだ。

航海指示を出すのは船長もしくは副長だが、捕鯨指図はボースンの権限である。

「トムは1号ボートに乗ってくれ。おれが舵取りをする」

チーフ・ハープーナーのトム・ベッタに指示を与えた。

引き続き2号ボートから4号ボートまでの銛打《もりう》ち、漕ぎ手、舵取りを大声で任命した。

時刻は5時20分。東の水平線から夜明けの太陽が昇る時刻だ。しかし今朝は分厚い雲が空一面にかぶさっていた。

甲板には薄暗さが残っているが、待ちに待ったクジラとの戦闘開始である。全員の動きが敏捷《びんしょう》で張り詰めていた。

「1号ボート、おろせ」

号令を発したあと、ボースンもホエール・ボートに乗り移った。

海面に下ろされてゆくボートを、船長と副長が船端から見下ろしていた。

*

船倉では樽職人のデル・キンダーが、ひたすらカンナで樽材を削っていた。

Aデッキの床下に船倉はある。樽造りの作業場から天井までは10ヤード（約9メートル）の高さがあった。

作り置きしてあるのは10樽だけだ。樽の形で積み上げるのは場所もとるし、中身のない樽が高い場所から落ちたりすれば、呆気《あっけ》なく壊れてしまう。それになにより危険である。

鯨油作りが甲板で始まってから樽作りを始めても、10樽の備えがあれば時間はある。いまはまだホエール・ボートを下ろしている最中だ。なんら急ぐことはなかった。

が、今朝のキンダーは様子が違っていた。

カンナを走らせる手には、いつになく力がこもっていた。Aデッキで鳴っていた鐘が、尋常な響き方ではなかったからだ。

今日は間違いなく大漁だ……

その確信が、キンダーの気持ちを逸《はや》り立たせていた。

湾曲したカンナの刃を押すと、樽材が削られるシャキッ、シャキッと乾いた音がした。

今日一日で何十樽を作ることになるのか？

手を止めずに考えを巡らせた。

甲板の乗組員たち全員が、朝メシも食わずに出漁するのだ。クジラとの格闘次第では、朝メシどころかランチも食わずに闘い続けることになるだろう。

しかしそれは嬉しい空腹なのだ。

身体の芯《しん》から湧《わ》き出るアドレナリンが、空腹を忘れさせてくれる。

航海中、何度もは体験できない大漁が、目の前に待ち構えていた。

シャキッ、シャキッ。

カンナの柄を摑んだキンダーの手の動きが、さらに速くなっていた。

＊

タグ・ゲッツとパット・ライスのふたりは、鯨油採取職人である。

大半の乗組員たちがホエール・ボートの周りに集まっている頃、ゲッツとパットは、レンガ造りの炉の整備を始めていた。

炉の燃料は火力の強いコークスだ。ひとたび火が熾《お》きれば、つぎ足すだけでよかった。

コークスの難点は、火つきの悪さだ。焚きつけの火をコークスに燃え移すには、根気と技の両方が必要だった。

マンハッタン号の全乗組員のなかで、コンサーとゲッツがコークス点火の達人だった。

いまもAデッキのキッチンでは、コンサーがコークスのストーブを使っている。キッチンに下りて頼めば、コンサーは気持ちよく種火を分けてくれるだろう。しかしそうすることをゲッツの自尊心が拒んでいた。

「船倉に下りて、キンダーさんからカンナくずをたっぷりもらってきてくれ」

ゲッツはキンダーをさんづけで呼んだ。鯨油を詰める樽を作る職人は副長と同格で、仲間から尊敬されていた。

パットは特大の籠《かご》を抱えて船倉に向かった。

＊

海上で仮死状態にして、クジラを舷側まで運んだ。止《と》めを刺されたクジラは、自分の重さで海中に沈んでしまうからだ。

捕鯨船の舷側まで運んだあと、ハープーナーは止めを刺した。

頭部と尾ヒレにロープを巻き、綱の先端を甲板に放り上げる。クジラの皮剝《かわは》ぎ準備の完了である。

柄の長い包丁を手に持った水夫は、垂らされた縄梯子《なわばしご》を使って海面のクジラに近づいた。そして包丁を皮に突き刺して切れ目を入れた。

頭部と尾ヒレに巻いたロープを、甲板員たちは息を合わせて巻き上げた。

クジラの巨体が回転を始めた。

包丁を持った水夫は、回転するクジラの皮に縦の切れ目を入れた。くるくる回すことで、巨体全体に縦の包丁が入った。

次に真横に5フィート（約1・5メートル）進んだ場所で、同じように回して縦の切れ目を作った。

これで幅5フィートの切れ目ができた。

水夫は元の場所に戻り、縦の切れ目と切れ目の間を、真横に包丁を走らせた。

皮下脂肪と肉との境目、6インチ（約15センチ）の深さまで刃を入れる。

ここで水夫は、甲板に向かって手を大きく振った。

ロープを掴んだ水夫たちは、ゆっくりした速さでクジラを回転させ始めた。舷側から身を乗り出した者は、包丁の動きを見ながら回転させる速さを指図した。

くるくる回るクジラの巨体から、皮下脂肪のついた皮が剝ぎ取られていく。

皮の先端2カ所には鉤爪《かぎづめ》が突き刺さり、爪に結ばれたロープが引き上げられた。幅5フィートの皮下脂肪の帯である。

この作業を頭部から尾ヒレまで何度も繰り返して、クジラから皮下脂肪を剝ぎ取り、丸裸にされて身だけになったクジラは、そのまま海中へと沈められた。

1頭の皮剝ぎが終わると甲板には、厚さ6インチ、幅5フィートの皮の帯が、何本も重なり合っていた。

甲板は血と脂《あぶら》とで、一歩を歩くのも危ないほどに滑りやすくなっていた。猛烈な生臭いにおいも居座っている。

しかしこれこそが捕鯨で得た成果なのだ。文句を言う者は皆無だった。

大きな包丁を持った水夫たちは、皮下脂肪の切り分けを甲板で始めた。研ぎ澄まされた刃で、1フィート（約30センチ）角に切り分けて、大釜に投げ入れた。

コークスで熱せられた釜は、たちまち皮下脂肪を溶かして鯨油に変えた。すっかり脂肪が溶けたあとは黒い皮だけとなり、大釜の表面に浮かんできた。

釜焚きのふたりは皮を拾い上げると、燃え盛るコークスの中に投げ入れた。

＊

ラハイナで入手した情報はまことだった。

佐渡島の沖合10マイル（約18・5キロ）のニホンカイには、セミクジラの群れが回遊していた。

この海域に6日間停泊したマンハッタン号は、合計14頭ものセミクジラと、体長50フィート（約15メートル）のマッコウクジラ1頭を仕留めた。

捕鯨船船長歴の長いクーパーだが、これほどの大成果を挙げたのは初めてだった。

乗組員全員の身体に、クジラの生臭いにおいが染《し》みついていた。

「天然のソルト・バスが一番さ」

夕食前には、船長も含めた全乗組員が佐渡の海に飛び込み、身体のにおいを洗い流した。

夜には天の川が、マンハッタン号の真上を横切っていた。

39

1850（嘉永《かえい》三）年10月21日、月曜日。

クーパーが長かった航海の顛末《てんまつ》を閉じたとき、時計は午前2時を指していた。

話を続けてきたクーパーも、ほとんど口を挟まずに聞き入っていたC・デラノも、ともにふううっと深い息を漏らした。

テーブルの鈴を手にしたC・デラノは、小さく振った。真夜中を大きく過ぎた船内には、物音が失せている。鈴の音は小さかったのに、ラウンジ一杯に鳴り響き、純白の制服を着用したウエイターが、足音も立てずに近寄ってきた。

注文を聞くまでもないのだろう。C・デラノのテーブルにはバーボン・ウイスキーのグラスが運ばれて来た。

「わたしはこれだが、船長閣下はなにがよろしいか？」

「それはバーボンですか？」

「そうだが、船長もこれを？」

「お願いします」

静かに下がったウエイターは、バーボンの注がれたウイスキーグラスを運んできた。

ふたりは無言でグラスを掲げ持ち、乾杯を示してから口をつけた。

C・デラノが先に口を開いた。

「いまうかがった話から察するに、トクガワ政府の長官各位は、まことに道理をわきまえた振舞いで閣下に接したようだが」

「その通りです」

クーパーはきっぱりとした口調で即応した。

「漂流者をウラガで迎え入れる決断が下されるまでには、相応の時間がかかりました」

しかし迎え入れるとの判断が下された後は、理に適《かな》った態度での対応ぶりだったと、当時を思い返しながら説明した。

「しかしながら……」

クーパーの語調が変わっていた。

「マンハッタン号のウラガ入港を認めたのは、あくまでも例外中の例外でした」

ジャパンはサコク政策を堅持するのは間違いない。開国を迫る特使を派遣したとしても、面談に応ずることはないと思います……

クーパーはマンハッタン号に乗船してきたブギョウ2名を思い浮かべた。両名とも背丈はクーパーよりも低かったが、立ち居振る舞いには寸分の隙《すき》もなかった。

歩き方によっては大きく揺れるタラップを、足首と腰を使い、軽々と上り下りした。

「ジャパンの為政者は道理を重視し、心身の鍛練を怠らぬ人物たちです」

C・デラノの目を見詰めて話を続けた。

「本船甲板から遠望した漁村も農村も、まことに日々のケアが行き届いていました」

きちんと畝《うね》が作られ、一列に並んで葉の茂りを見せていた畑。

砂浜に引き上げられた漁船は整備が行き届いており、フジツボはついていなかった。

山の木々は自然林と植林との混合に見えた。よく手入れがされていた。

「補給を受けた帆桁《ほげた》は、節《ふし》が皆無の見事な木材でした。計画的な植林があって初めて、あの木材が得られるはずです」

無償で受けられた補給品も、いずれも高品質だったと付け加えた。

クーパーの話を聞き終えたC・デラノは、ひとつの問いを発した。

「我が国大統領からの親書を携えた特使を派遣したならば、トクガワ政府は面談に応ずると閣下は思われるか？」

「思いません」

クーパーは強い口調で答えた。

「特使が丸腰ならともかく、艦隊を率いて押しかけるのが、欧米諸国の常套《じょうとう》手段です」

脅迫交渉には応じないでしょうと、クーパーは受けた印象を強い口調で話した。

「ジャパンの農産物は豊かで高品質でした。飲料水も良質です」

補給基地としては最適の地理にあると、自分の経験に照らしてC・デラノに伝えた。

「太平洋の彼方に合衆国が友好国を得られれば、今後の交易に利するところ無限大です」

ペリー提督と面談されるときには、くれぐれも軍艦による外交交渉を控えてほしいと伝えていただきたい……クーパーは訴えた。

C・デラノはクーパーの目を見詰めて、口は閉じたままだった。

バーボンを半分まですすり、テーブルに戻してから口を開いた。

「今夜うかがった話は、細大漏らさず提督に聞かせることをお約束する」

C・デラノは残りを一気に呑《の》み干した。

「提督は蒸気機関の軍艦を旗艦として、ジャパン訪問を計画しておられるようだ」

友好的な交渉を期待することを言い添えておくとも、C・デラノは約束した。

「あとは大統領のご判断ということになるが、それでよろしいか?」

クーパーは無言でうなずいた。

船長室に地図を置き忘れてくれたモリヤマ。彼の後ろ姿をクーパーは思い出した。

持参した極秘ジャパン情報。

ポールが描いたカズサビーチ周辺の風景画。マンハッタン号を曳航《えいこう》した無数の小舟。

そして住民の暮らしぶりを描写した、色鉛筆のスケッチ集。

モリヤマに倣《なら》い、クーパーはテーブルの端に置き忘れていた。

本作執筆の着想を得たのは平尾信子氏の著作『黒船前夜の出会い捕鯨船長クーパーの来航』（ＮＨＫブックス）を拝読したあとです。

御自宅まで押しかけた当方との面談も、平尾氏は快諾して下さいました。またサグハーバー取材のヒントも、その折の面談で多数いただきました。

この場を借りて平尾信子氏に篤く御礼申し上げます。

山本一力

解説

縄田一男

山本一力の海をめぐる物語が止まらない。その代表的なものといえば、読者も先刻御承知の、彼の故郷の人物に材を得た二つの大河小説『ジョン・マン』（講談社文庫）と『龍馬奔る《りょうまはし》』（ハルキ文庫）であろう。

前者は、漂流という奇禍にあい、一足早く近代を体験することになった中浜万次郎の物語であり、後者は、海の彼方《かなた》に大いなる夢を馳《は》せた、坂本龍馬の物語である。

『ジョン・マン』は、綿密なアメリカ取材により、いまだかつてないほど、万次郎の足跡を詳細に辿《たど》っており、『龍馬奔る』は、土佐の人士や風土を知っていないと描けない箇所が随所に見られる。

そして本書『カズサビーチ』は、「小説新潮」の二〇一五年一月号から二〇一六年六月号にかけて連載された作品で、二〇一六年十二月、新潮社から刊行された一巻だ。今回の文庫化に当たり、大幅な加筆修正が為《な》された。とりわけ『ジョン・マン』とは縁の深い野心作ということが出来よう。

ページを繰るや一ページ目から、『ジョン・マン』ではお馴染《なじ》みの人物や地名が登場するではないか。万次郎を救《たす》けたホイットフィールド船長をはじめ、サグハーバーやニューベッドフォードという地名等々。

では、本書は『ジョン・マン』からのスピンオフ作品かというと、作者は決してそんなつもりで書いてはいないだろう。これはこれで堂々たる傑作であり、独立した一篇の小説である。

但《ただ》し、作品執筆のきっかけをつくってくれたのは、『ジョン・マン』執筆の過程で読んだ資料であったことは、作者も明言している。

その資料とは、平尾信子氏の『黒船前夜の出会い　捕鯨船長クーパーの来航』（NHKブックス）である。

作者は、この一巻と出会って、マーケイター・クーパーという船長が、漂流の島と呼ばれる鳥島とその近くで、漂流した二十二人の日本人を救助、被弾覚悟で鎖国中の日本へ届けたことを知る。ペリー来航の八年前の出来事である。

『ジョン・マン』執筆時からそうであったに違いないが、クーパー船長は山本一力が惚《ほ》れ込んだ男。一種の快男児といってもいいのではあるまいか。

作者は、「週刊現代」二〇一七年一月二十八日号のインタビュー〝書いたのは私です〟の中で次のように述べている。

クーパー船長の作戦、物事に対峙《たいじ》する態度、状況判断の的確さは、まったく見事なものでした。この時代は帆船で大航海をしていた時代ですから、当時の欧米の船乗りはスケールが大きいんです。乗組員の命を託され、天測をして自分の位置を定めながら大海原に乗り出し、どこへでも行く勇敢さがあります。

また、一度の航海で2千樽《たる》もの鯨油を作らないとならなかったんですよ。これは毎日のようにクジラを仕留めないと達成できない量。経済的な責任も負いつつ大きな決断ができる真のリーダー、それがクーパー船長でした。

と。

しかしながら、合わせて二十二名の救助者となると、食料や水が尽きるのも時間の問題となってくる。人道的な見地での救助であっても、日本は鎖国状態である。

だが、クーパー船長は、決然と房総沖まで船を進め、守谷《もりや》村納戸浦《むらなんどうら》あたりの沖合に停船、航海日誌に「カズサビーチ」と記すのである。

このくだりは、正に作者にとって会心のそれといっていいだろう。私は、山本一力が筆が急《せ》くのを抑えながら、ことさら慎重にこの場面を描くのが目に見えるようである。

本書の構成は、ペリー来航前夜、一八五〇（嘉永《かえい》三）年、ロングアイランドはサグハーバーに住む捕鯨船マンハッタン号の船長クーパーと、ペリーの意を受けて彼を訪ねてきた富豪C・デラノとの対面によって幕があく。

何しろ、クーパーは、かつて日本人漂流者二十二名を救出。彼らを送り届けるために、被弾覚悟で鎖国中の日本へ向かい、これを成功させたことは既に記した通り。デラノの目的は、日本人の気質をペリーに先んじてクーパーに尋ねるためで、ここに、言葉や民族の壁を越えた奇跡の絆《きずな》が、クーパーの長い長い一夜語りによって明らかにされてゆく。

もともと、クーパー船長が高潔の士であることは、冒頭、捕鯨船の大きな捕給地であるはずのサンフランシスコ湾が「まさに帆船の墓場だった。／乗組員がいない船だが、高いマストはまだ多くが達者だった。そのマストの林の彼方に、坂の美しいサンフランシスコが見えていた。／ところがどれほど目を凝らしても、坂や通りを行き交うひとの姿が見えない。湾に棄《す》てられた帆船と同じで、町までが棄てられたかに見えた」ことに深い息を漏らした場面からも明らかだ。

ゴールドラッシュである。同様の光景は、最新作の一つ、『桑港特急《そうこう》』（文春文庫）でも描かれているが、毎日、何百人ものよそ者が東部から砂金目当てに押しかけて、はるばる100日をかけて乗って来た帆船は、ほとんどが乗り捨てられていた。

現実の光景を目にするまでは、クーパー船長は「本気にしなかった。船乗りは砂金よりも豊饒《ほうじょう》の海が好きだと、信じていたからだ」――人の尊厳をも変えてしまう恐るべき拝金主義。

これと対照的に描かれているのが、カズサビーチの沖合から望遠鏡でクーパー船長が見た、日本の農夫たちの姿である。

ここも名場面といえるだろう。

夜明け直後の畑で働く農夫を、船長は望遠鏡で見ていた。日焼けした顔が、勤勉な野良《のら》仕事の勲章に思えた。

世界の町を見てきたクーパーの目には、ジャパニーズの農夫は特級の働き者に見えた。

本船を遠巻きにしている漁船の漁師たちは、裸も同然だった。日焼けした肌は筋肉質で引き締まっている。

勤勉な国は強い。

（中略）

ジャパンはあなどれない国だと、目の前の光景を見て船長は判じた。

人間の最も美しい姿は、働いているときの姿である――それをいつから私たちは履き違えてしまったのだろうか。

何としても二十二名を日本へ帰さなくては。副長もいう「いまはクジラよりも、彼らを祖国に帰すことですね」と。

一方、日本では、老中首座となった阿部正弘《あべまさひろ》が、この一件の決断を迫られていた。が、阿部は、頑迷固陋《ころう》な攘夷《じょうい》主義者である徳川斉昭《なりあき》のバックアップで現在の地位を得た人物だ。阿部はあくまでこれは一時的な処置であるとして、江戸湾内は浦賀へのマンハッタン号入港を許可。

これによって、浦賀奉行は、浦賀へマンハッタン号を誘導、漂流者を受け取り、食料・水・燃料を無償で提供。さらには船大工を使わして船の補修まで行ったというのだから、幕府にも人物あり、といわねばなるまい。

そして、マンハッタン号警護のため、夜通し海上に留まって、舳先と艫《とも》にかがり火を灯《とも》している小型船の何と幻想的、かつ、美しいことか——。

まったくこの一巻には名場面というべき箇所が多すぎる。

このかがり火のくだりの美しさこそ、日米の間に交された、美しき、かつ、知られざる外交のはじまりを象徴するものではなかろうか。

しかしながら、この後は、ペリーにも阿部正弘にも外交とは政治絡《がら》みのものになってくる。二国間の政治で最も優先されるべきものは、相手国より自国の利益をどのようにして、多く獲得するかに他ならない。そして日本は、文字通り、この後、幕末動乱の世の中へと移っていく——。

最後に楽しい挿話を一つ記しておくと、アメリカ人の船乗りを前に日本人漁師が阿《あ》波《わ》踊りを踊るシーンがあるが、このくだりは作者によれば、「あのシーンは、物書きならではの想像で史実にあったかどうかはわかりません。でも、言葉は通じなくても、海のうえで命をかけて任務を全うする船乗り同士、通じ合うものは必ずあったと思います。とくに物質文明が発達していなかった時代は、最後に頼れるのは人です。だから昔の人は信義をとても重んじていたし、人を見抜く眼力も強かったんではないでしょうか。それこそ、人間としてもっとも大事なものでありながら、現代人が失いつつあるものですね」とのこと。

阿波踊り一つとっても、きちんと意味がこめられている――だからこそ山本一力作品はやめられないのだ。史実に基づいた本書の唯一《ゆいいつ》、空想によって描かれた場面。何だか嬉《うれ》しくなってしまうではないか。

そして、山本一力に「歴史小説とは何を描くものか?」と尋ねると、彼はニッコリ笑って、こう答えるに違いない――「〝感動〟を描くものさ」と。

山本一力作品が多くの読者に歓迎されている理由も正にここにあるのではあるまいか。

（平成三十一年三月、文芸評論家）

この作品は平成二十八年十二月新潮社より刊行された。

山本周五郎著

樅ノ木は残った

毎日出版文化賞受賞（上・中・下）

仙台藩主・伊達綱宗の逼塞。藩士四名の暗殺と幕府の罠――。伊達騒動で暗躍した原田甲斐の人間味溢れる肖像を描き出した歴史長編。

山本周五郎著

さ　ぶ

職人仲間のさぶと栄二。濡れ衣を着せられ捨鉢になる栄二を、さぶは忍耐強く支える。友情を通じて人間のあるべき姿を描く時代長編。

山本周五郎著

赤ひげ診療譚

貧しい者への深き愛情から〝赤ひげ〟と慕われる、小石川養生所の新出去定。見習医師との魂のふれあいを描く医療小説の最高傑作。

山本周五郎著

日本婦道記

厳しい武家の定めの中で、愛する人のために生き抜いた女性たちの清々しいまでの強靭さと、凛然たる美しさや哀しさが溢れる31編。

山本周五郎著

ながい坂

（上・下）

人生は、長い坂。重い荷を背負い、一歩一歩、確かめながら上るのみ――。一人の男の孤独で厳しい半生を描く、周五郎文学の到達点。

山本周五郎著

青べか物語

うらぶれた漁師町・浦粕に住み着いた私はボロ舟「青べか」を買わされた――。狡猾だが世話好きの愛すべき人々を描く自伝的小説。

宮尾登美子著

櫂《かい》

太宰治賞受賞

渡世人あがりの剛直義侠の男・岩伍に嫁いだ喜和の、愛憎と忍従と秘めた情念。戦前高知の色街を背景に自らの生家を描く自伝的長編。

宮尾登美子著

春燈

土佐の高知で芸妓娼妓紹介業を営む家に生まれ、複雑な家庭事情のもと、多感な少女期を送る綾子。名作『櫂』に続く渾身の自伝小説。

宮尾登美子著

朱夏

まだ日本はあるのか……? 満州で迎えた敗戦。その苛酷無比の体験を熟成の筆で再現し、『櫂』『春燈』と連山をなす宮尾文学の最高峰。

宮尾登美子著

仁淀川

敗戦、疾病、両親との永訣。絶望の底で、二十歳の綾子に作家への予感が訪れる――。『櫂』『春燈』『朱夏』に続く魂の自伝小説。

宮尾登美子著

きのね（上・下）

夢み、涙し、耐え、祈る……。梨園の御曹司に仕える身となった娘の、献身と忍従。健気に、そして烈しく生きた、或る女の昭和史。

宮尾登美子著

寒椿

同じ芸妓屋で修業を積み、花柳界に身を投じた四人の娘。鉄火な稼業に果敢に挑んだ彼女達の運命を、愛惜をこめて描く傑作連作集。

藤沢周平著
用心棒日月抄
故あって人を斬り脱藩、刺客に追われながらの用心棒稼業。が、巷間を騒がす赤穂浪人の動きが又八郎の請負う仕事にも深い影を……。

藤沢周平著
竹光始末
糊口をしのぐために刀を売り、竹光を腰に仕官の条件である上意討へと向う豪気な男。表題作の他、武士の宿命を描いた傑作小説5編。

藤沢周平著
時雨のあと
兄の立ち直りを心の支えに苦界に身を沈める妹みゆき。表題作の他、江戸の市井に咲く小哀話を、繊麗に人情味豊かに描く傑作短編集。

藤沢周平著
橋ものがたり
様々な人間が日毎行き交う江戸の橋を舞台に演じられる、出会いと別れ。男女の喜怒哀楽の表情を瑞々しい筆致に描く傑作時代小説。

藤沢周平著
たそがれ清兵衛
その風体性格ゆえに、ふだんは侮られがちな侍たちの、意外な活躍！　表題作はじめ全8編を収める、痛快で情味あふれる異色連作集。

藤沢周平著
密謀（上・下）
天下分け目の関ケ原決戦に、三成と密約がありながら上杉勢が参戦しなかったのはなぜか？　歴史の謎を解明する話題の戦国ドラマ。

宮城谷昌光著

晏子（一〜四）

大小多数の国が乱立した中国春秋期。卓越した智謀と比類なき徳望で斉の存亡の危機を救った晏子父子の波瀾の生涯を描く歴史雄編。

宮城谷昌光著

楽毅（一〜四）

策謀渦巻く古代中国の戦国時代。名将・楽毅の生涯を通して「人がみごとに生きるとはどういうことか」を描いた傑作巨編！

宮城谷昌光著

新三河物語（上・中・下）

三方原、長篠、大坂の陣。家康の覇業の影で身命を賭して奉公を続けた大久保一族。彼らの宿運と家康の真の姿を描く戦国歴史巨編。

吉村昭著

長英逃亡（上・下）

幕府の鎖国政策を批判して終身禁固となった当代一の蘭学者・高野長英は獄舎に放火させて脱獄。六年半にわたって全国を逃げのびる。

吉村昭著

ふぉん・しいほるとの娘
吉川英治文学賞受賞（上・下）

幕末の日本に最新の西洋医学を伝え神のごとく敬われたシーボルトと遊女・其扇の間に生まれたお稲の、波瀾の生涯を描く歴史大作。

吉村昭著

桜田門外ノ変（上・下）

幕政改革から倒幕へ――。尊王攘夷運動の一大転機となった井伊大老暗殺事件を、水戸薩摩両藩十八人の襲撃者の側から描く歴史大作。

藤原緋沙子著

月凍てる
―人情江戸彩時記―

婿入りして商家の主人となった吉兵衛だったが、捨てた幼馴染みが女郎になっていると知り……。感涙必至の人情時代小説傑作四編。

藤原緋沙子著

百年桜
―人情江戸彩時記―

新兵衛が幼馴染みの消息を追えば追うほど、お店に押し入って二百両を奪って逃げた賊に近づいていく……。感動の傑作時代小説五編。

藤原緋沙子著

雪の果て
―人情江戸彩時記―

奸計に遭い、脱藩して江戸に潜伏する貞次郎。想い人の消息を耳にするのだが……。涙なしては読めない人情時代小説傑作四編収録。

藤原緋沙子著

恋の櫛
―人情江戸彩時記―

貧乏藩の足軽と何不自由なく育てられた大店の跡取り娘の素朴な恋の始まりを描く表題作など、生きることの荘厳さを捉えた名品四編。

吉川英治・池波正太郎
柴田錬三郎・海音寺潮五郎
佐江衆一・菊池寛著
山本一力

七つの忠臣蔵

浅野、吉良、内蔵助、安兵衛、天野屋……。「忠臣蔵」に鏤められた人間模様を名手が描く短編のうち神品のみを七編厳選。感涙必至。

池波正太郎
平岩弓枝
松本清張著
山本周五郎
宮部みゆき

親不孝長屋
―人情時代小説傑作選―

親の心、子知らず、子の心、親知らず――。名うての人情ものの名手五人が親子の情愛を描く。感涙必至の人情時代小説、名品五編。

カズサビーチ

新潮文庫　や - 54 - 8

令和元年十月一日発行

著者　山《やま》本《もと》一《いち》力《りき》

発行者　佐藤隆信

発行所　株式会社新潮社

郵便番号　一六二―八七一一
東京都新宿区矢来町七一
電話　編集部(〇三)三二六六―五四四〇
　　　読者係(〇三)三二六六―五一一一
https://www.shinchosha.co.jp

価格はカバーに表示してあります。

乱丁・落丁本は、ご面倒ですが小社読者係宛ご送付ください。送料小社負担にてお取替えいたします。

印刷・株式会社光邦　製本・株式会社大進堂

ISBN978-4-10-121348-4 C0193